红色师范 百年名校

河北大名师范学校百年华诞文萃

本书编辑组 主编

中国国际广播出版社

▶ 编辑组成员（左起）

张文海　王承俊　司中瑞　邢朝芳　张学军　陈连成　李晓玲　王映辉

校门

▶ 直隶省立第七师范学校、河北省立第七师范学校、河北省立大名师范学校三个时期的校门

▶ 河北大名师范学校校门

▶ 邯郸学院大名分院校门

▶ 邯郸幼儿师范高等专科学校大名校区校门

校名

直隸第七師範學校

河北省立第七師範學校
陳寶泉題

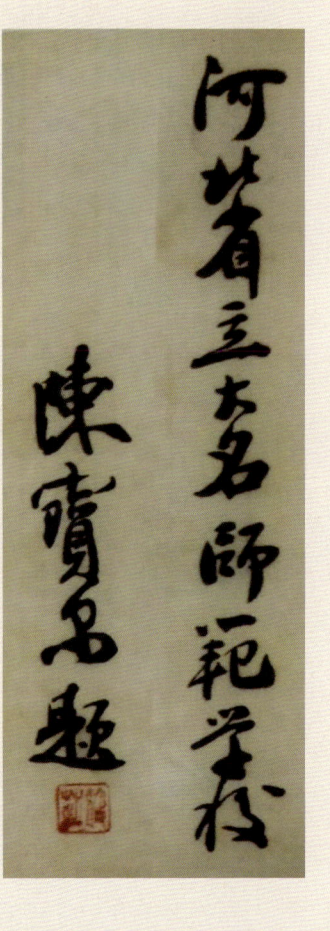

河北省立女名師範學校
陳寶泉題

河北大名師範學校

邯鄲學院大名分院

邯鄲幼儿师范高等专科学校

校 旗

直隸第七師範學校

河北省立第七師範學校

河北省省立大名師範學校

河北大名師範學校

邯鄲學院大名分院

校训

校训

毅 勇 誠 精

▶ 直隶省立第七师范学校、河北省立第七师范学校、河北省立大名师范学校三个时期的校训

科学的头脑
劳动的身手
艺术的情趣
改造的魄力

▶ 河北大名师范学校、邯郸学院大名分院时期校训

校歌

▶ 直隶省立第七师范学校校歌

▶ 河北省立第七师范学校校歌

▶ 河北大名师范学校校歌

校徽

▶ 直隶省立第七师范学校校徽

▶ 河北省立第七师范学校校徽

▶ 河北省立大名师范学校校徽

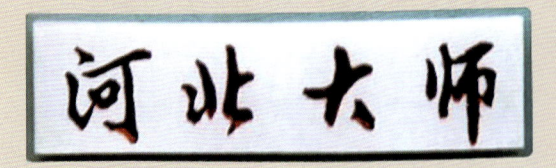

▶ 河北大名师范学校校徽

▶ 邯郸学院大名分院校徽

校 章

▶ 直隶省立第七师范学校公章

▶ 河北省立第七师范学校公章

▶ 河北省立大名师范学校公章

▶ 河北大名师范学校公章

▶ 邯郸学院大名分院公章

校 刊

▶ 河北省立第七师范学校《七师双周》

▶《河北省立第七师范学校秋季运动会专刊》

▶《省立大名师范学校双周刊》

▶《河北省立第七师范学校一览》

▶《七师期刊》（创刊号） 　　▶《七师期刊》第二期 　　▶《七师期刊》第三期

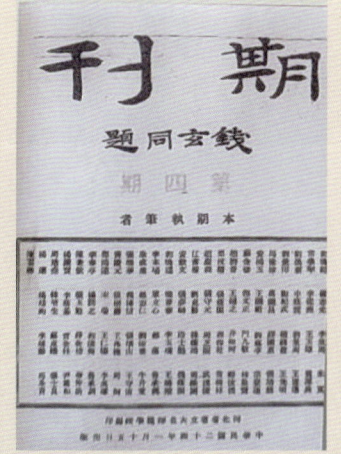

▶《七师期刊》第四期 　　▶《七师期刊》第五期

注：钱玄同（钱三强父亲）于1933年为学校《七师期刊》创刊号题写刊名。

纪念

▶ 革命教育家谢台臣同志雕像

▶ 大名七师校长谢台臣先生纪念碑

▶ 直隶省立第七师范纪念馆

▶ 直隶省立第七师范纪念馆序厅场景

▶ 直隶省立第七师范纪念馆谢台臣校长办公场景

▶ 直隶省立第七师范纪念馆学生入党宣誓场景

百年华诞

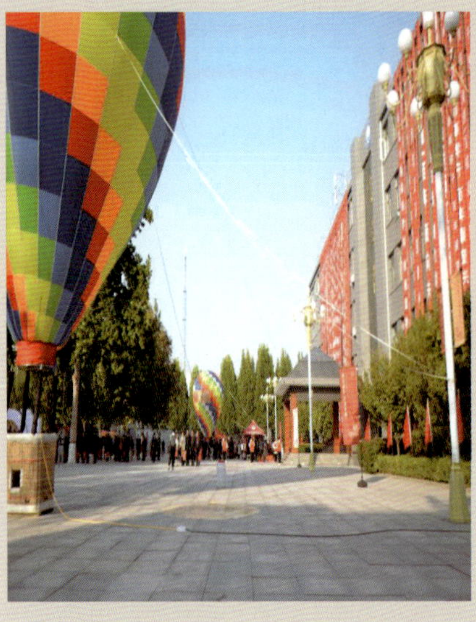

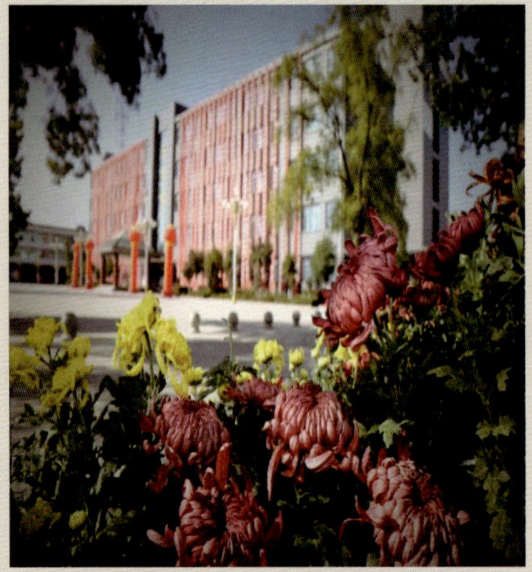

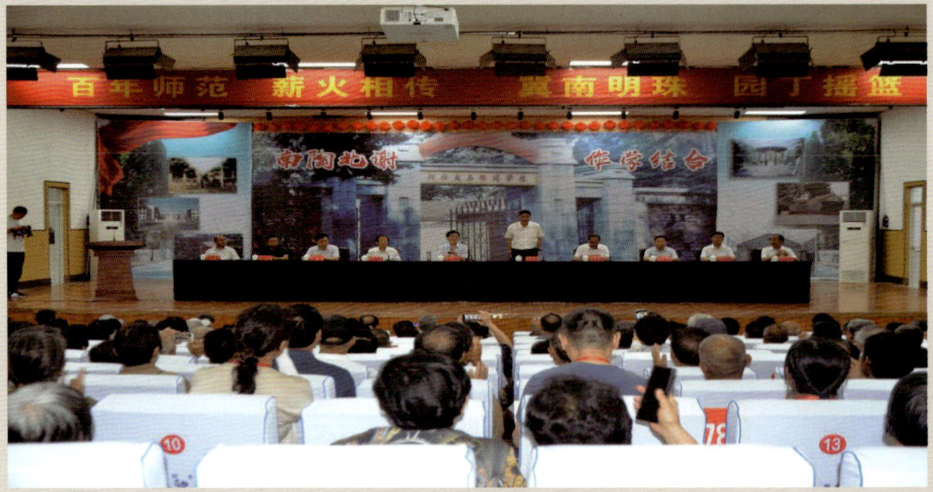
百年师范　新火相传　冀南明珠　园丁摇篮
南陶北谢　工学结合

科学的头脑
劳动的身手
艺术的情趣
改造的魄力

百年师范
红色相传
庆祝邯郸幼儿师范高等专科学校建校100周年
暨幼儿师范教育高质量发展大会
南陶北谢
以作为学

序 言

马书平

  我的母校河北大名师范学校 2023 年走过百年历程，迎来了她百岁华诞，我由衷地表示最诚挚、最热烈的祝贺！

  记得是 2023 年 8 月中旬的一个下午，手机接到母校百年校庆办公室微信发给我的几篇关于庆祝建校百年的纪念文章：《母校百年诞辰抒怀》《大名师范成就了我的人生》《大名师范，一生的眷恋》等。我读过后给的评价是：文章"写得真好，震撼人心，很有感染力！"，还说要收藏好这些文稿，出版高质量纪念文集，我全力支持。校庆办的同志还在微信上说，也把这几篇文稿分别转给了学校高级讲师邢朝芳、方言专家张学军、邯郸市文艺评论家协会主席王承俊、《邯郸晚报》新闻周刊主任李晓玲、《河北日报》报社副社长郭贵岭，还有北京的几位校友。他们的共同意愿和心声是，校友的纪念文稿要收藏好、整理好，出版大名师范百年华诞纪念文集。

  这里摘录校友们用心、用情、用义撰写文章的佳句和阅读者极高的点赞评价，以飨读者。1979 级 51 班学生张绍辉的文章说："百岁名校省七师，红色摇篮载史诗。以作为学育桃李，传播马列铸赤子……直南革命策源地，誉满晋冀鲁豫区。"曾任职河北银监局、撰写《毛泽东从韶山到中南海》《毛泽东领导下的新中国十七年》等书的贾章旺（非校友）写道："大名七师如雷贯耳，自幼家父讲故事曰：七师国民党办的学校，却培养了占大多数的共产党员。我身为大名人，感到自豪。"1984 级 102 班学生朱振东《百年校庆，追忆芳华》中写到，百年沧桑岁月，河北大名师范学校的万千学子没有忘记母校"以作为学"的教育理念,"科学的头脑、劳动的身手、艺术的情趣、改造的魄力"的培养目标,大都成为教育一线的中坚力量,有很多被冠以优秀校长、模范教师、特级教师、博士生导师和教授头衔,有的成为名牌记者、书画大家、著名律师、高级法官、优秀企业家,有的当选为各级人大代表、政协委员,还有的成为公、检、司乃至县、市、省及中央部署各行业的重要领导。我相信大名师范历届校友的奋斗精神永远不会变,并将薪火相传、发扬光大!

纪念母校建校百年约计收文稿两百件,并通过校庆办公室发至1977级到2000级24个年级256个班微信群里万余名毕业生中,产生了巨大反响。1982年88班毕业生、河北师范大学博士生导师索桂芳说:这些文稿表现大家对母校的深切怀念,对老师的无限感恩。1991级160班毕业生、贵州大学博士生导师宋汉峰说:学友们诗情纵横、才华横溢,闪耀母校激情涌荡的青春,是一道最美丽的风景。校友、邯郸学院李广教授说:文稿激情澎湃,人才济济,高手云集,美啊!

母校百年华诞纪念文集编辑组指定我写个序,我自感难当,一是年纪轻、阅历浅,二是学历低、才学浅,但情难却,只得从命。从收集的文稿里,我们可以看出学子们为有这样的母校而自豪,为有这样的母校老师而欣慰,为有这样母校育人氛围而赞叹,为有这样母校学友而呐喊!我们是大名七师、大名师范人,是母校的传承人,让我们共同努力,打造母校第二个百年美好、辉煌、灿烂的明天!

马书平,大学本科学历,文学学士学位,高级记者。曾在河北大名师范学校就读,后到新华社河北分社、《半月谈》、新闻信息中心等部门工作,并于1997年至2001年援藏。曾任新华社新媒体中心副总裁、党组成员。现任中央广播电视总台机关党委副书记兼机关纪委书记,总台巡视工作办公室主任。

目 录

上篇 真人真事、真心真情散文赞红色师范

七师精神 薪火相传 | 谢培苏 ……………………………………… 003

追 寻 | 冯 莉

——纪念大名七师建校一百周年 ……………………………… 005

大名师范：直南革命的历史丰碑 | 刘品一 …………………………… 008

与老领导、老教师在一起工作的点滴记忆 | 陈凤轩

——写在大名师范建校一百周年之际 ………………………… 011

视觉盛宴荡我心 | 张学军 ……………………………………………… 016

大名师范，我的家 | 张俊景 …………………………………………… 021

在那传承"七师精神"梦起的地方 | 郭冠清 ………………………… 023

河北大名师范学校，梦想起飞的地方 | 索桂芳

——在母校百年校庆1982级、1983级校友返校大会上的发言 … 026

母校情未了 | 周振峰

——有感于大名师范百年华诞 ………………………………… 030

百年师范 薪火相传 | 高双玲 安 洁

——邯郸幼儿师范高等专科学校大名校区百年校庆文艺
  会演圆满举办 ………………………………………………… 034

001

这一抱 | 邢永振 ·· 037

百年校史耀舞台 | 张学军
　　——校庆节目串联词 ·· 041

永远的记忆 | 马 杰 ·· 044

"以作为学"永恒不朽 | 陈素芳 ·· 047

践行"以作为学",致力追求卓越 | 杨仲信 ······························· 050

悠悠大师情　拳拳事业心 | 刘建军 ······································· 054

先生之风　山高水长 | 张庆民 ··· 056

悠悠大师情 | 郭志江 ·· 059

大名师范成就了我的人生 | 刘恭瑞 ······································· 061

读《大师,我永远的思念》有感 | 刘恭瑞 ································ 067

"以作为学",成就人生 | 梁海民
　　——献给河北大名师范百年华诞 ······································ 068

大师学两年,受益四十载 | 佘斌义 ······································· 072

母校常铭记,浅议"和尚"班 | 康振锋 ·································· 079

百年校庆有感 | 张玉林 ·· 082

母校百年华诞浅吟 | 孙俊臣 ··· 084

忆母校——大名师范 | 李洪彬 ··· 086

母校,我爱你 | 程孟印 ··· 090

魂兮,母校 | 谢继炯 ·· 092

母校回访记 | 李银山 ··· 094

空谷幽兰 | 赵竹春
　　——记大名师范毕业生靳秋荣 ·· 097

弘扬大名七师精神　传承红色文化基因 | 杨俊岭
　　——献给河北大名师范学校建校一百周年 ···························· 100

大名师范,一生的眷恋 | 孙立彬 ··· 106

母校百年校庆随感 | 庞雪平 ··· 111

目 录

大名师范学生时代掠影 | 李爱国 ………………………………………… 113

岁月沧桑　难忘母校 | 赵明武

　　——写在河北大名师范学校一百周年校庆之际 ………………… 117

回忆我的班主任张相义老师 | 杨捍平

　　——写在母校百年华诞之际 ………………………………………… 120

母校百年华诞有感 | 朱梅荣 …………………………………………… 122

大师，我永远的思念 | 邵建军 ………………………………………… 124

再回大名 | 齐瑞良 ……………………………………………………… 127

时光不老，我们不散 | 杜怀英

　　——写于大名师范百年校庆之际 …………………………………… 130

想起当年上大名师范 | 裴志广 ………………………………………… 132

大名师范——一个南宫碑体书法传播中心 | 冯克军 ………………… 136

贺母校大名师范百年校庆（外一首）| 郭贵领 ……………………… 140

回忆校园快乐时光　祝愿母校再铸辉煌 | 郭贵领 …………………… 142

回忆我的母校 | 梁兰庆 ………………………………………………… 145

再忆张学军老师 | 赵岗善 ……………………………………………… 149

记忆中的母校——大名师范 | 刘章成 ………………………………… 151

种子，乃至灯塔 | 李晓玲

　　——写在大名师范百年华诞之际 …………………………………… 154

百年校庆　追忆芳华 | 朱振东 ………………………………………… 160

百年校庆诗并序 | 张玉红 ……………………………………………… 165

感恩母校，我睁眼看世界的地方 | 童春玺 …………………………… 168

相邀返校的那一天 | 董继山 …………………………………………… 170

母校百年　百年辉煌 | 刘银珠 ………………………………………… 172

三载求学路　感恩母校情 | 张文仲

　　——回忆母校"以作为学"思想指导下的一些人和事 …………… 176

003

大名师范学校——我的母校 | 贺　志
　　——庆祝河北大名师范学校建校一百周年 ……………………… 184
大师碑亭，大师情 | 马如明 ………………………………………… 186
中师梦 | 范学臣 …………………………………………………… 189
感恩母校培养　敬贺百年华诞 | 胡丽敏 ………………………… 193
芳华岁月　铭记母校 | 王浩如 …………………………………… 198
梦想展开了飞翔的翅膀 | 高书莉 ………………………………… 202
喜迎母校百岁华诞 | 冷继英 ……………………………………… 205
出走半生，遍历山河，才更加懂得感恩母校 | 郑志刚 ………… 208
大名师范，梦想开始的地方 | 耿喜梅 …………………………… 211
一生的母校，永远的丰碑 | 郑庆贤
　　——在大名师范百年庆典大会上的发言 ……………………… 215
青春梦，母校情 | 王　敏
　　——写于大名师范学校百年华诞前夕 ………………………… 218
难忘的青春岁月 | 宋志锋 ………………………………………… 221
致敬，河北大名师范 | 任新勇 …………………………………… 224
百年校庆耀古城 | 许文国 ………………………………………… 227
游母校，又见谢园 | 许敬峰 ……………………………………… 229
青春在大名师范绽放 | 杨俊玲
　　——写在河北大名师范学校建校一百周年之际 ……………… 231
我成长的摇篮——大名师范 | 韩海丽 …………………………… 235
七师，一场红色记忆的诉说 | 罗　楠 …………………………… 239

下篇　语言凝练、情感丰富诗歌颂百年名校

读校庆诗文感怀 | 邢朝芳 ………………………………………… 247
贺大名师范百年校庆 | 石　森 …………………………………… 248

大名七师如雷贯耳 | 贾章旺 ·············· 250

浪淘沙·赞大名师范 | 王秀德 ·············· 251

百年校庆感怀 | 张学军

　　——参加1977级、1978级校友探访母校活动 ·············· 252

百年校庆有感 | 曹海青 ·············· 254

天雄古郡聚群英 | 张学军

　　——参加1979级、1980级同学回访母校活动 ·············· 256

贤俊回家贺庆典 | 张学军

　　——参加1981级、1982级同学探访母校活动 ·············· 257

七律·贺大名师范百年华诞 | 张俊景 ·············· 258

中师生，共和国向您致敬 | 张学军

　　——参加1983级、1984级、1985级校友探访母校活动 ·············· 259

闻百年校庆 | 周振峰 ·············· 263

我心中的大师 | 杨文英

　　——贺母校大名师范百年华诞 ·············· 264

念奴娇·七师百年 | 王拥军 ·············· 266

百年校庆赋 | 张学军

　　——恭贺河北大名师范学校百年华诞 ·············· 267

西江月·贺大名七师百年华诞 | 常五香 ·············· 270

不忘先师谢台臣 | 常五香

　　——贺大名师范百年校庆 ·············· 271

母校百年感怀 | 牛玉宝 ·············· 272

贺母校百年华诞 | 仝新法 ·············· 273

水调歌头·母校百年庆献词 | 李慧峰 ·············· 274

贺大名师范百年庆 | 江九录 ·············· 275

腾飞吧，大名师范 | 郭如喜

　　——献给大名师范百年华诞 ·············· 277

鹧鸪天·咏同学情 | 牛学林
　　——写在大名师范百年华诞 ·············· 281
贺母校百年华诞 | 陈夫新 ·············· 284
感念四十余年前在校学习之点滴 | 刘淑婷 ·············· 285
诗三首 | 陈秀洋 ·············· 286
卜算子·百年七师魂 | 吕延君 ·············· 288
沁园春·忆母校 | 吕延君 ·············· 290
念奴娇·贺母校百年华诞 | 孙兴德 ·············· 292
为母校百年华诞祝福 | 张海珍 ·············· 293
红色七师，薪火永传 | 程兆奎
　　——贺大名师范百年华诞 ·············· 294
感恩母校 | 裴瑞民 ·············· 295
河北大名师范学校百年校庆感怀 | 武庆才 ·············· 296
大师百年校庆感怀 | 马春芳 ·············· 297
一剪梅·七师母校百岁华诞贺词 | 郭振朝 ·············· 298
水调歌头·风华正年少 | 郭振朝 ·············· 299
读众同学校庆发言有感 | 佘斌义 ·············· 300
百年校庆，怀念母校、怀念恩师诗词四首 | 何为民 ·············· 301
莺啼序·怀念母校河北大师 | 何为民 ·············· 302
七师盛世逢华诞 | 孟昭奎
　　——大名师范百年校庆记 ·············· 303
贺母校百年华诞 | 张绍辉 ·············· 305
贺大名师范百年华诞 | 亢巨生 ·············· 306
母校七师建校百年感怀 | 马秋亮 ·············· 307
大名师范颂 | 李洪彬 ·············· 311
回访母校 | 韩海泉 ·············· 313
母校大名师范百年校庆有感 | 杨志勇 ·············· 314

目录

贺大名师范百年校庆词三首 | 陈　良 ……………………………………… 315

大名情未了 | 王　新 …………………………………………………………… 317

水调歌头·重回大师 | 郭丽霞 ………………………………………………… 322

七律·母校华诞有感 | 杨捍平 ………………………………………………… 323

参加母校百年校庆有感 | 石建华 ……………………………………………… 324

母校，您好 | 张彦霞 …………………………………………………………… 328

贺大名师范百年校庆 | 沙骏生 ………………………………………………… 331

水调歌头·贺大名师范百年校庆 | 沙骏生 …………………………………… 332

恩师不能忘却 | 陈自任
　　——敬已不知其名的恩师 ………………………………………………… 333

青春岁月三载，同窗情谊百年 | 陈自任 ……………………………………… 334

贺直隶省立第七师范百年校庆 | 刘海红 ……………………………………… 336

母校百年诞辰抒怀 | 裴志广 …………………………………………………… 337

母校百年絮语 | 裴志广 ………………………………………………………… 339

感念母校大名师范 | 张文国 …………………………………………………… 341

贺母校百岁华诞 | 冯克军 ……………………………………………………… 342

母校，我们想对您说 | 王俊河 ………………………………………………… 343

感母校百年华诞 | 梁兰庆 ……………………………………………………… 346

大师百年华诞行 | 杨荣荟 ……………………………………………………… 347

贺母校百年华诞 | 李文艺 ……………………………………………………… 348

庆河北大师建校百年 | 赵宏文 ………………………………………………… 349

归　来 | 曹　文
　　——献给母校 ……………………………………………………………… 350

癸卯金秋回母校 | 徐孟华 ……………………………………………………… 351

百年校庆赋 | 朱振东
　　——谨贺河北大名师范建校一百周年 …………………………………… 352

我骄傲，我自豪 | 杨立敬
　　——写在母校大名师范百岁华诞 ………………………… 355
母校河北大师百年校庆感悟 | 杨立敬 …………………………… 360
热烈庆祝河北大名师范百年华诞 | 杨立敬 ……………………… 361
母校百岁华诞感怀 | 杨立敬 ……………………………………… 362
贺直隶七师母校百年华诞 | 成鸿飞 ……………………………… 364
此心安处是吾乡 | 任素英 ………………………………………… 367
七绝·母校华诞有感 | 张焕臣 …………………………………… 371
我心中的圣地——大名师范 | 赵武军 …………………………… 372
百年校庆话离殇 | 赵武军 ………………………………………… 375
题百年校庆 | 崔爱香 ……………………………………………… 377
贺母校百年校庆 | 李　彦 ………………………………………… 378
七师颂 | 郭镇经 …………………………………………………… 379
破阵子·贺大名师范百年校庆 | 董俊海 ………………………… 381
大名古城号天雄 | 董俊海 ………………………………………… 382
师者情缘 | 段相彬 ………………………………………………… 383
颂母校 | 刘瑞军 …………………………………………………… 384
大名师范百年华诞 | 李爱娥 ……………………………………… 387
浪淘沙·大名师范 | 赵书广 ……………………………………… 388
贺母校百年华诞 | 杨明娥 ………………………………………… 389
此生有幸入大师 | 王瑞英 ………………………………………… 390
百年校庆有感 | 申汝英 …………………………………………… 392
遥远的记忆 | 张国良 ……………………………………………… 393
大名师范百年校庆感怀 | 张国良 ………………………………… 397
百年七师情 | 杨延民 ……………………………………………… 398
敬贺母校百年华诞 | 王　磊 ……………………………………… 401
贺母校百年华诞 | 张志涛 ………………………………………… 402

贺母校烽火百年 | 张志涛 …… 403

大名师范百年校庆有感 | 朱宪军 …… 404

百年校庆抒怀 | 王海云 …… 405

母校情似海 | 王海云 …… 406

大名师范，百年记忆 | 陈　林 …… 407

河北大名师范百年校庆颂 | 刘振兴 …… 408

百年章回，母校礼赞 | 岳邯春 …… 409

敬贺母校百年华诞 | 陈岐福 …… 411

颂七师 | 李利霞
　　——大名师范百年校庆感怀 …… 412

赓续红色血脉，致敬百年荣光 | 胡朝敏
　　——贺母校百岁华诞 …… 414

月满桂花延期颐 | 吴璐璐
　　——大师百年校庆感怀 …… 416

先生精神赓续　台臣小学赞歌 | 李运刚 …… 418

七律·七师 | 张哲博 …… 421

咏大师百年华诞 | 张哲博 …… 422

沁园春·母校百岁 | 郭洪领 …… 423

后　记 | 司中瑞 …… 424

上篇
真人真事、真心真情
散文赞红色师范

七师精神　薪火相传

谢台臣校长孙女　谢培苏

大名七师，百年华诞，可喜可贺。我虽然没有机会成为大名七师的学子，但从我记事起，就经常听父亲讲述我的祖父谢台臣创办大名七师的事迹，大名七师的精神影响着我的一生。

1980年，父亲出差到北京，带着在那里读大学的我拜访了裴志耕、裴味农、成润、刘镜西、李一帆、李大磊、刘汉生、赵纪彬等多位在京的大名七师校友，所到之处，听到的是对老校长和母校的感恩。这些在党、政、军身居高位的校友异口同声地说："没有老校长就没有七师，没有七师就没有我们的今天。"特别是赵纪彬校友，听说我们前去拜访非常激动，当时他已年迈体弱，家人多次劝阻他不要长谈，他还执意留我们吃午餐——铜锅涮羊肉，并兴致勃勃地谈到，自己成绩优异但家境贫寒，幸得谢校长的资助才完成学业，自己在与反动势力斗争被捕入狱后，也是谢校长积极设法营救。由于他文采出众，谢台臣纪念碑的碑文就由他撰写。讲到动情处，老人热泪盈眶，此情景我至今历历在目。在前不久，赵老的儿子把赵老的记事本捐给学校纪念馆，这册记事本中就记录了此事。可见，七师的老校友对学校的深情。我父亲多年前在长春偶遇做灌饼的大名老乡，攀谈起来，老乡如数家珍地谈起大名七师的荷花牌肥皂，穿布衣、会种田的学生等，真是金杯、银杯不如老百姓的口碑。我和父亲还拜访过毕业于北京医学专科学校的校医商萼楼老先生，老先生言谈中充满了对大名县城、七师师生的深深的爱。这些都深深感染着我，作为恢复高考后首届财会专业毕业生，面对金融等行业，我毅然选择留校任教，继承祖父的遗志，忠诚于党的教育事业。

我每次到大名师范，总会在纪念碑前驻足很久，满怀崇敬地反复学习谢台臣校长对"作"与"学"关系的论述："凡是称得起科学的理论，统统是'作'的经验的结晶，同时又是推进'作'的经验发展的动力；只有'作'才可以产生理论、修正理论、发展理论，并证明理论；也只有从'作'中锻炼出来的理论，才能指导行动，才算真理。"这也体现了毛主席《实践论》的观点。他还说："以往司教者往往不了然于作与学的科学关系，误以读书为教育的全部，以致学工业的不会制造，学农业的不会种田，理论与工业分家，教育与生产隔离，所谓理论家与学者，都成了无用废人的别名。"可见，谢台臣校长提倡的"以作为学"，实际上是倡导"理论联系实际"的教育方针，大名师范一直坚持这一教育方针，为党的事业培养了大批人才，涌现了如此多的具有"科学的头脑、劳动的身手、艺术的情操、创造的魄力"的优秀校友，这正是"以作为学"的成果。

我工作的学校是改革开放后建立的一所以培养高素质应用型人才为任务的高校。学校坚持"需求导向，能力为本，知行合一，重在创新"的人才培养理念，为社会输送了大量应用型人才，大名七师办学理念在金陵大地上开花结果。大名七师专心致力于教学改革、教材内容改革，在学习中重视实习活动，注重倾听学生意见，关心学生生活和身体状况，师生打成一片等办学经验对我40年的教学生涯和20年的高校管理工作起到极大的指导作用。

大名七师的办学理念和经验，世世代代，薪火相传。

追 寻

——纪念大名七师建校一百周年

冯品毅烈士孙女　冯　莉

我从儿时起，就听家里老人讲，我们的老家在河北大名。奶奶也常常讲爷爷在大名七师生活和开展革命活动的情况。虽说不知道家乡是什么样，大名七师是一个什么样的学校，但是我已深深地记住了大名，记住了大名七师。

20世纪80年代初期，父亲和姑姑回老家参加大名七师建校60周年纪念活动，带回了几张在学校拍的照片，我看了照片后，更激起了我对大名七师的向往。去看看位于华北大平原最南端的大名，去看看直南革命策源地七师，这也成为我的乡愁。

余光中说，乡愁是一枚小小的船票；席慕蓉说，乡愁是一种模糊的惆怅。人人都有乡愁，或是一缕炊烟，一轮明月，一口乡音，而我的乡愁却是能够站在大名七师的校园里，追忆当年如火如荼的峥嵘岁月，亲耳聆听校园里的琅琅书声。

2008年10月28日，这是一个很平常的日子，但对于我来说却终生难忘。这一天我们全家踏上了回家的路程。一路上我们兴致勃勃地观看着车窗外的风景，述说着思乡之情，畅想着亲情的温馨。而我们更多的话题还是聆听父亲讲述家乡昔日的情景，感慨时代的变迁。

近乡情更怯。当我们驻足在学校大门口，深深地凝视着"邯郸学院大名分院"几个大字时，心情久久不能平静。这就是我思念的故乡，这就是我深

红色师范　百年名校
——河北大名师范学校百年华诞文萃

深牵挂的大名七师。

我们走进校园，迎面看到的是革命教育家、学校创始人谢台臣校长的全身塑像，塑像身后就是整洁的校园，白色的教学楼，平坦的操场，成排的林荫小树。这时，校领导闻讯迎了上来，深情地问候，亲切地关怀，询问几十年来我们家人的近况，诉说着思念之情，我们被这浓浓的亲情包围。

我们在学校领导的带领下，参观了当时还比较简陋的校史陈列室。走进几十平方米的陈列室，学校创始人革命教育家谢台臣的照片栩栩如生。他提出的"以作为学"的教学理念，成为学校的教学基础。爷爷冯品毅的照片印在展板中间，上面详细地介绍了我党建党初期爷爷在七师发展党员、建立党团组织、使七师成为直南革命策源地的详细情况。陈列室里的每一幅图片、每一段文字，都记录着大名七师80多年的辉煌历史。在校领导的讲述中，爷爷的形象在我脑海中更清晰，我对大名七师的历史有了更细致的了解。我由此改变了对七师原有的印象，原来这里是直南地区革命策源地，冀南地下党校，一个革命的大课堂。

我的乡愁被大名所牵挂，我的信念被大名七师所召唤。从此，我几乎每年都要回大名看看，到大名七师学习。父亲也是不顾80多岁高龄回到学校追忆往事，思念亲人。冯品毅烈士纪念碑举行揭碑仪式时，我们来了；大名七师建校90周年、直隶省立第七师范纪念馆开馆时，我们来了；庆祝建党100周年冯品毅事迹展时，我们来了！

一次次走进校园，我们如沐浴春风，一次次参观直隶省立第七师范纪念馆，我们犹如上了一次次生动的党课，每阅读一篇介绍大名七师的文章，观看一遍大名七师的纪录片，参加一次大名七师的校庆活动，百年学校的光辉形象在我面前愈加丰满，直南革命策源地的光荣传统深深地印在我心里。大名七师这个百年老校，已深深地根植在我的记忆里：民国时期，谢台臣校长创办大名七师，提倡"以作为学"的教育新理念。建党之初，冯品毅烈士传授真理，发展党员，宣传共产主义理想。动荡年代，解蕴山等烈士浴血奋斗，献出了宝贵的生命。在社会主义建设和改革开放及新时代发展的今天，莘莘学子，踔厉奋发，学以致用，涌现出数十位将军、几十名专家学者，以及近百名省部市级领导和学业有成的万千学子。他们用所学的知识奉献于社会，续写着大名七师百年的辉煌历史。一百年的风雨，造就了无数精英；一百年的耕耘，培育着桃李芬芳。

追寻是为了纪念，也是为了传承。十多年前我带着大学刚毕业的女儿来到大名七师，参观大名七师陈列室，纪念冯品毅等革命烈士。在建党百年纪念活动中，她以大名七师、冯品毅烈士事迹为题材，写的舞台剧《寻根》参加省司法系统展演，荣获二等奖。2021年建党100周年之时，我带外孙又来到大名七师，参观了直隶省立第七师范纪念馆，他写的《纪念冯品毅烈士》在学校演讲中获优秀奖。

大名七师，一所百年学校，一个直南革命策源地，一个红色大熔炉。正是因为她有着辉煌的历史，才使我不断地去探望，去追寻。

大名师范：直南革命的历史丰碑

刘品一

大名师范的前身是直隶省立第七师范学校，从1923年创办至今，在风风雨雨中走过了整整一百个春秋，她不仅历史悠久并且具有优良的革命传统，被誉为直南革命的策源地。

综观七师的丰功伟绩，她最大的贡献和最闪光之处是直南一带党组织的创建和发展之地。

七师于1923年建校，1926年就建立了党团两个特别支部。1927年4月党组织有了较大发展，校长谢台臣、教务主任晁哲甫、训育主任王振华等学校主要领导人都加入了中国共产党，从此办学的指导思想有了质的飞跃。首先，学校废除了国民党教育部审定的教科书，教材内容进行大胆改革，文科选用李大钊、鲁迅、高尔基等革命作家的作品。教员编写的教材代替官方课本。在这里，辩证唯物主义、历史唯物主义、政治经济学、社会进化史等内容，学生都能学到。学校对"死读书""读死书"的旧教育制度进行大胆改革，提出并实行"以作为学"的教育主张，强调理论联系实际。其次，谢台臣千方百计从各地聘请共产党员和进步人士来七师任教，如冯品毅、王冶秋、千家驹、张友渔、藏恺之、张苏等。他们在讲课时，一般都是结合课程内容联系实践，讲解国内外形势，向师生灌输革命思想，揭露国民党的反动统治，宣传我党的主张，让学生在黑暗中看到光明、看到希望，对中国革命形成正确的认识。此外，图书馆订购了大批被国民党列为"禁书"的进步书刊，供学生课外阅读，如《共产党宣言》《反杜林论》《新青年》等。通过课外阅读，学生在潜移默化中思想素质有了很大提高，逐步树立了为劳苦大众谋利益的革命人生观。一名学生在回忆录中写道：我是在考入七师之前入党的，但我真正受到马列主义教育还是到七师之后。另一名学生写道，母亲生了我们的肉体，母校塑造了我们的灵魂。

学校党组织发展壮大。1927年根据中共北方区委的指示精神，七师把党的工作重点由学校转移到农村，把党员骨干输送到农村，进行一系列的革命实践活动，开办平民夜校，组织读书会和反帝大同盟，发展党团员，创建农村党团支部，组织发动群众建立农民武装，迎接北伐战争。在全国革命处于低潮时刻，直南一带的革命形势仍处于发展时期。一年多来，七师学生在冀鲁豫一带30多个县建立了90多个农村党支部。它像茫茫黑夜中的灯塔，照亮了前进的道路，为直南革命作出了卓越贡献，得到蔡和森同志的高度评价和称赞。1927年4月，中共北方区委派李素若到大名，在七师党团特别支部的基础上建立了大名党团县委，除了李素若，其他成员全部都是七师的学生。1928年初，中共大名县委机关，曾一度从南乐县迁驻到大名七师校内，七师党支部想方设法掩护，上级来人也经常通过七师转赴到各县。当时在校生有300多人，党团员有一百多人，连同党的外围组织、进步人士，约占学校总人数的三分之二。七师逐步把国民党统治下的文化教育机构变成了我党领导下的一个革命阵地，成为直南党的活动中心。国民党反动当局在天津《益世报》上宣称："'七师'是共产党的大本营。"河北省教育厅也怀疑直南一带共产党的频繁活动与七师领导人有关。

学校成为共产党的坚强堡垒。1929年下半年，"左"倾盲动主义影响到了直南，省委一位巡视员要求七师在国民党庆祝"双十节"时，进行革命活动。以大名县委的名义提出的"打倒国民党，建立苏维埃政权""组织工农红军，建立苏维埃政府"的宣传标语，一夜之间撒遍了大名县城内大街小巷，极大地震慑了敌人，但也过早地暴露了七师党组织的实力，引起了国民党当局的高度警觉，伺机对七师师生进行严密监视。11月，国民党当局在邮局检查七师信件时，发现八班学生孙耀宗外寄的信件中有"三民主义处处皆矛盾，无话不荒唐""国民党是刮民党"的词句，这是地理老师原政亭在课堂上曾经说过的话。敌人抓住了把柄，借机向七师开刀。国民党派一个营的兵力把七师团团包围五天五夜，并闯入学校大肆搜捕，妄图摧毁这所红名在外的学校。当时大名县委负责人，一些文件、印刷品都在学校，情况十分危急。七师党组织不畏艰险沉着镇定，展开反包围斗争，转移、焚烧文件，把学生中的右派分子看管起来。当事人原政亭为了不连累师生，不使学校党组织遭受破坏，他挺身而出，自行投案。这样才使学校得以解围，使学校党组织和大名县委机关免遭重大损失，粉碎了敌人妄图一网打尽大名共产党员的阴谋。

从1923年建校到1937年停办，七师共招收了近800名学生，这个革命大熔炉培养造就了一大批共产党员和职业革命者，如王从吾、平杰三、裴志耕、刘汉生等四十多人担任过省部级以上重要职务；一百多人担任过司局级领导职务；有的是著名学者、专家、教授、作家、艺术家，有的血洒疆场，为国捐躯。七师先辈们的光辉业绩在中国革命史上产生了深远的政治影响。1945年，刘伯承、邓小平、薄一波、宋任穷等老一辈无产阶级革命家，曾亲临大名七师旧址视察，观看了谢台臣纪念碑碑文，称赞七师是一所革命学校，谢台臣是一位革命教育家。1979年中组部行文为谢台臣同志平反昭雪，对他革命的一生予以肯定。1983年10月《光明日报》《河北日报》分别专题报道了七师60年校庆的纪念活动。1985年4月21日《人民日报》刊载《忆革命教育家谢台臣同志》。1989年薄一波题词："直南一个革命策源地——大名'七师'"；宋任穷题词："深切缅怀革命教育家谢台臣同志"。1993年8月出版发行的"国家八五规划重点图书"《师范群英光耀中华》第八卷（河北卷），刊载七师和七师人物的文章13篇，占了近四成。七师是一座历史的丰碑，将永远屹立在冀鲁豫中原大地，她的红色文化基因作为我们最宝贵的精神财富，将继续在大名师范传承和发展。

刘品一，大名师范办公室原主任，高级政工师，现为邯郸少林智勇武术院校长。

与老领导、老教师在一起工作的点滴记忆
——写在大名师范建校一百周年之际

陈凤轩

我是大名师范 1974 级 16 班学生，1976 年 7 月毕业留校任教，至 1986 年调离。我在大名师范工作 10 年，先后担任 30 班、46 班、60 班、邯郸地区骨干教师培训 2 班共四个班班主任。这 10 年是我人生最有价值的 10 年，也是我人生内容最丰富的 10 年；是给我留下记忆最多的 10 年，也是我与学校结下最深感情的 10 年。当我接到司中瑞老师电话邀我参加校庆活动时，激情与亲情从心底油然而生。

2023 年 6 月 23 日，金色的阳光洒满了大名师范美丽的校园。这里的每一个人脸上都洋溢着喜悦与欢乐；这里的每一寸土地都沐浴在朝阳的拥抱中。这一天，大名师范迎来了一百周年华诞。

在清新的晨风中，我信步走进了新建的学校大门。望着充满了诗情画意的校园，望着一座座色彩明亮的办公楼、教学楼，我无际的遐想就像洁白的云朵远远地飘来：50 年前，学校是一排排低矮的平房教室与宿舍，是一棵棵高大的杨柳与梧桐，还有那两面透风的礼堂和饭厅；学校周围是北关村的菜地，学校门前的路是北关村坑坑洼洼的老街，几十栋民房错落在老街两边。而现在，这些都不见了，呈现在眼前的是一座现代的美丽校园。此时此刻，我不由得想起了和老领导、老教师在一起工作的日日夜夜，想起了为学校发展作出贡献的前辈们。几十年过去了，那份历史的古韵和岁月的磨痕渐渐模糊，但我对大名师范的亲情依然清晰、浓重。

我在大名师范工作时的几位领导同志

我在大名师范工作期间，正值"文化大革命"后期和改革开放初期的转变时期。学校主要领导先后有冀周旺、黄克显、李九茹、陈仰贤、朱玉重，还有我的老师，即后来担任副校长的张少逸老师、邢朝芳老师。他们虽已年逾半百，但仍精神抖擞，工作任劳任怨，绘蓝图、建礼堂、挖鱼池、建农场。在与他们的长期接触过程中，我学到了很多东西，养成了良好的工作作风与生活习惯。大名师范不论哪一届领导，都始终紧紧依靠广大教职员工，在艰苦的办学条件下携手互助、团结奋进，克服重重困难，使学校的教育事业得到很大发展，不但为社会培养了一批又一批中、高级教育人才，而且使学校面貌不断改观，使学校发展为区、省闻名的一流中师学校。

大名师范的教师是我一生中遇见的最好的无私奉献的教师

我在大名师范期间，学校有一支政治素质高、业务能力强、教学水平高的教师队伍。这支教师队伍由老、中、青三个阶层教师方阵组成，之中尤以老教师方阵且以语、数、物最为突出。语文组有张少逸、李善初、郭钦炼、莫冠雄、尹大仓、邢朝芳、李玉生、尹志德；数学组有高玉昌、雷国铭、王晓梅、刘礼成；物理组有成子明、郭力耕、赵汉生、胡裕厚。此外，政治组有卢洪福、地理组有李开宁、化学组有刘榕、音乐组有马德昌、教育组有杨玉英、书法美术组有王乐同等。这些人大都是老牌大学毕业生，皆为邯郸地区学科带头人及地区教育界、文化界名人。一所学校，有了一批这样的老教师，焉能不教出好学生。我在和这些老师相处的几年间，不但学到了很多知识，而且学到了很多做人的道理和教学的经验与方法。

几位难忘的老领导、老教师

黄克显书记是一位老干部，他话语不多，但工作很认真、很仔细，有着老干部的稳重与谋略。在与他相处的十几年的时间里，我学习到了很多工作方法与做人准则。他总是语重心长地耐心做好每个人的思想工作，使同志们都紧紧团结在他的周围。1980年，朱玉重到校任校长。他上任后，带领学校一班人励精图治，发扬"三苦"精神，领导苦干，教师苦教，学生苦学，教学设施上了一个新台阶，赢得了师生的称赞。"质量立校应是学校教育永恒的主题"，在这一点上，朱校长有着非常清醒的认识。他把工作重点放在教研上，结合教学实践，不断探讨新的教育理念与教学的最佳结合点，教学成就与教育改革均走在全区前列。我与后勤处李文、贾凤章两位处长虽然不在一个办公室工作，但是他们给我留下了很好的印象。他们有着强烈的事业心和责任感，工作非常认真与辛苦。当时李文管全校的后勤工作，事情多，事务杂，但他总是不顾年龄大、身体差，常常没日没夜地干，跑前跑后，不甘心落下一份工作。记得有好几次，楼里的水管坏了，我在办公室一给他打电话，几分钟后他就来到了，并找人修理。有一次，学生宿舍里的灯坏了，我找到贾凤章处长，他当时正在吃晚饭，我把情况和他一说，他放下饭碗就走，到前院找人修灯。特别是1980年前后建学校办公楼期间，他们的工作更加辛苦。韩崇彬老师是团委书记，他既是我的老师，又是我的亲戚。他经常对我说："作为一位政治教师，要坚持一个理念，就是一个德育理念。"他说：在学校工作，从校长到工人都是教育者。我们不但要教育学生学好科学技术与文化知识，还要教育学生遵纪守法、遵守"三德"、尊老爱幼、关爱同学、孝敬长辈等。他在工作中总是勤勤恳恳、任劳任怨，埋头工作。作为班主任，我和他多次在下晚自习后到后操场树丛中去"逮"在偷着搞恋爱的学生（那时学校纪律规定在校生不准谈恋爱）。1990年校庆时，我曾见他一次。然而2019年1月，当我再见到他时已是阴阳两相隔，他再也听不见我们的笑声了。他有着多少未尽的心愿啊，却如此匆匆地去了。

张少逸校长是我十分尊敬的一位老师和领导。我在16班学习期间，他曾教我们语文基础，后又任教务处主任和教学副校长。他对学生严格要求，又有大爱的柔肠；他有严谨认真的工作作风，又有为人师表的良好形象。他常对我们说："你们到学校来就是来学习的，不好好学习，你们对得起谁？""一个学校，老师不教书、学生不学习，还是学校吗？"在工作中，他一直恪守着自己的人生准则：工作上要有能力、有魄力，要有情感投入，要以身作则。有多少个日夜，在他那一方陋室内，当学子们会聚到他的面前，向他汇报着各自的学业与成就时，他总是静静地听着，脸上挂满了幸福的笑容。他常说，人的一生干成一件大事不易，但我一生献身教育，桃李满园，我此生足矣！这就是他作为一位老教育工作者的情怀。

郭力耕、王晓梅两位老师是大名师范有名的夫妻教师。几十年中，他们把汗水挥洒在大名师范的教育阵地上，用知识、智慧、爱心哺育着每一朵花朵。他们总是把工作放在第一位，奔波在教学第一线，努力把工作做好；他们不顾年龄大、身体差，常常跑前跑后，不甘心落下一份工作；有多少次，他们书写教案到深夜，虽已是花甲之年，但仍然勤勤恳恳、任劳任怨，埋头工作，汗洒五尺讲台。"笔尖耕耘桃李地，汗水浇开万朵花"，是他们一生教学工作的真实写照。郭力耕老师经常与我谈心和沟通，当我有时在一些问题上与他争论时，他总是咧嘴一笑，憨厚的脸上露出一丝无奈的神色。王晓梅老师对教学非常认真，每次上课前都写新教案，并且写得整整齐齐。从他们身上，我受到了很大的启发和教育。

卢洪福老师是德育组组长，后升为教育处副主任。我与卢老师在工作中接触最多，他对我的教育和影响也最大。他常说，教师是人类灵魂的工程师，教师职业是人类最神圣的职业，教师的工作就是塑造人类灵魂的工作，而德育教师在德育工作中责任最大，任务最重。一位德育教师要有责任心、爱心、智慧和丰富的知识，才能更好地完成塑造人类灵魂的工作任务。我几十年从事德育教学工作，在工作中常常以卢老师为榜样。

王乐同老师是后来到学校任教的老教师，他教书法，是南宫碑的传承人。他爱岗敬业，对工作勤勤恳恳，甘为人梯，乐于奉献，平易近人，尊重学生人格，平等公正地对待每个学生，总是有一大群爱好书法的学生围在他的周围，是一位深受学生与同事尊重的老教师。他的学生遍天下，我与他虽相处只有几年时间，但他无私的奉献精神、乐观的生活理念、公平待人的处世方式，对我影响很大。我调走时，他为我写了一对条幅，成为激励我不断前进的动力。

历史是一章章沉甸甸的记忆，而每一段记忆都是一个不寻常的故事。我在大名师范的记忆很多，这里只是选择点滴记忆，汇成此文，以飨读者。

昔人乘鹤已西去，只留大师仍辉煌。但大名师范不会忘记他们，大名师范的师生更不会忘记他们。在无数个不平凡的日子里，老一代的先辈们用生命建设了大名师范校园的每一寸土地，用心血染红了大名师范的每一朵鲜花，用精神鼓舞着每一个大名师范师生，用故事谱写了一首首被人传颂的人生之歌。

大名师范的老领导、老教师是一个杰出的群体，我与他们的故事和内容很多，而与大名师范的中、青年教师的接触和工作内容更多，这里不再一一列举。校庆期间，当我见到一个个熟悉的身影、一张张熟悉的面孔，激动的心情难以言表，我常以拥抱与握手来释之。

大名师范的 10 年，是我人生转折的 10 年，也是我人生奠基的 10 年。49 年前，我第一次来到大名师范学校时，还是一个满腔大志的青年，而如今已是一个两鬓斑白的老者。上师范，就是选择了教师职业，就是选择了责任、选择了奉献。从我怀着激动的心情走上讲台，在五尺讲台上一站就是 40 年，我为党的教育事业贡献了一生。有人说："人生不是一场雾，而是一种生命的镏金。"是的，现在我正在写作和修改《数学研究·世界十大数学难题》，这是我多年业余时间研究数学问题的论文集。书中主要理念、定理皆是在大名师范工作的 10 年中产生与撰写的。千古中华，至于吾辈，饮水思源，惟德惟昌。时值大名师范 100 华诞，倾诉衷肠，撰此文以志之。

视觉盛宴荡我心

张学军

在百年校庆活动中，学校呈现的文艺演出也给观众留下了深刻的印象。它超越了历次校庆活动的演出，给人们奉献了一场前所未有的视觉盛宴。现撷取第一篇章的两个节目片段，回忆给我们留下的美好画面和精神享受。

情景舞蹈《觉醒》《入党宣誓》

舞台上，昏暗的灯光、低沉的音乐、黑白电影似的画面出现了下面的背景：战火纷飞的场面，四处逃难的人群，街上游行的队伍，高呼口号的青年……一个个镜头掠过眼帘，背景屏幕的画面随着画外音的内容不断变换……

"在那个军阀混战、民不聊生的年代里，七师师生思考着国家的命运，探寻着救国之路。一九二五年五卅运动，席卷全国，七师师生积极响应，也纷纷走上街头……"

随着画外音的结束，青年学生手摇小旗，高呼口号，上满舞台。白底黑字标语"直隶七师""国家兴亡，匹夫有责"特别醒目。青年学生游行示威和舞台上学生高呼口号连在一起，口号震天，群情激越，反帝反封的风暴势不可当！两个青年看着报纸从前台走过。另一侧，一个青年手捧血衣上场，摔倒在地。众人查看血衣，怒火满腔，猛将血衣摔下，将《救亡进行曲》高歌唱响！歌曲铿锵有力，节奏鲜明。那歌词令人激动、心胸激荡：

工农兵学商，一齐来救亡

拿起我们的铁锤刀枪

走出工厂田庄课堂

到前线去吧

走上民族解放的战场

脚步合着脚步

臂膀扣着臂膀

我们的队伍是广大强壮

全世界被压迫兄弟的斗争

是朝着一个方向！

千万人的声音高呼着反抗

千万人的歌声为革命斗争而歌唱

我们要建设大众的国防

大家起来武装

打倒汉奸走狗

枪口朝外响

要收复失地

打倒日本帝国主义

把旧世界的强盗杀光

  随着歌唱，一组青年男女在前台一条横幅上写下"打倒帝国主义"的标语。白底红字格外醒目，字的笔画往下垂着红漆，那分明是爱国同胞的血滴！镜头一闪，表示团结一心的走圆场过后，演员向中场一侧集中，倾听站在高台上的青年激情演讲。青年学生跟着演讲者高呼口号，举旗呐喊！演讲者挥动双拳，和着歌声节奏指挥同学。在"把旧世界的强盗杀光！杀光！杀光！"声中，青年学生挥动小旗，几路纵队平行挽臂站到台前，以雄壮高亢的歌声和势不可当的气派将表演的节目推向高潮！（这样编创就是为了突出《觉醒》在整台节目中时代背景的作用。通过展现七师师生觉醒的过程，引出《入党宣誓》节目，然后将百年校史的画卷慢慢展现在舞台上。）

"一九二六年，冯品毅在谢台臣校长建立的红色苗圃中播下了第一颗红色种子。七师革命党组织得以不断发展壮大，遍布直南豫北广大地区，成为直南革命策源地。"

画外音结束后，舞台上呈现的是，在鲜红党旗的映衬下，冯品毅带领李大山、刘大风、赵纪彬向党旗宣誓的场面。他们身穿民国时期的长衫，笔挺直立，神情凝重，向着党旗举拳宣誓。演职员把校史馆的塑像情景搬上了舞台。"同志们，从现在起，我们就是七师的革命先锋组织，她的名字叫中国共产党。现在我们宣誓。我，冯品毅！""我，刘大风！""我，赵纪彬！""我，李大山！""志愿加入中国共产党，直至为共产主义奋斗终生！""为了让穷人不再受欺负，人人当家作主""为了人人都受教育，少有所教，老有所依""为了民富国强，为了民族再造复兴，我愿意为共产主义奋斗终生"。四人连呼"中国共产党万岁"后，舞台背景的党旗迎风飘扬，整个舞台呈现了红色。

这红色标志着学校党组织不断发展壮大，三分之一的师生加入了党团组织；这红色标志着一颗颗火种奔赴直南周边37个县，在广大的冀鲁豫边区形成燎原之势；这红色标志着反帝反封的烈火越烧越旺，烧红了直南，烧红了豫北，烧红了鲁西，烧红了整个神州大地！

情景歌曲《松花江上》

"我的家在东北松花江上……"这倾诉性的音调、舞台上身着长衫演员的深情演唱，一下子把我们带到了战火纷飞的东北战场……

1931年"九一八"事变后，日军占领东北三省，国民党当局采取不抵抗政策，致使东北沦陷。官兵携老带子布满街头。他们被迫流亡关内，有家不能回，有仇不能报。人们思念沦陷的故土，思念家乡父老，酝酿着抗日救亡、打回东北的思想。

当时，曾在七师担任过国文课的张寒晖先生，被这些悲苦景象深深触动。每天见到这种流浪彷徨的惨景，耳中充满悲惨痛苦的呼声，心中郁结的悲苦怨愤要倾吐，心头忧国忧民的情结要爆发。这些情感激起了要创作一首歌曲诉说他们悲惨的故事和想要回家的冲动。在这种历史背景下，他拿起笔作刀枪，创作了这首满怀思乡之情、国难之痛的《松花江上》。用饱含着热泪而带有哭泣的音调，向世人倾吐悲愤交加的心声：

> 我的家在东北松花江上
> 那里有森林煤矿
> 还有那满山遍野的大豆高粱
> 我的家在东北松花江上
> 那里有我的同胞
> 还有那衰老的爹娘
> 九一八，九一八
> 从那个悲惨的时候
> 九一八，九一八
> 从那个悲惨的时候
> 脱离了我的家乡
> 抛弃那无尽的宝藏
> 流浪，流浪
> 整日价在关内流浪
> 哪年，哪月
> 才能够回到我那可爱的故乡？
> 哪年，哪月
> 才能够收回我那无尽的宝藏？
> 爹娘啊，爹娘啊！
> 什么时候才能欢聚在一堂？

舞台背景呈现的是中国东北三省地图，随后是战火浓烟四起，笼罩舞台。三三两两的逃难者，低头耷脑，搀扶着老人匆匆赶路；一组人坐下歇息，喘着粗气。背景显现东北的大好河山、茂密的森林、金黄的大豆。两个男子用弯弯曲曲的树枝抬着包袱，迈着沉重的脚步缓缓走过。一位女子搀扶满头银发、手提竹篮的老妇，佝偻着身子慢行。背景中逃难的人群和舞台上逃难的演员融为一体，看不出哪是演员，哪是背景。随着歌声的节奏，背景反复出现"9·18"字幕，警示人们莫忘国耻。一组组衣衫褴褛、相互搀扶的同胞，在日军坦克、刺刀威胁的银幕背景下艰难前行。人们疲惫不堪、筋疲力尽，擦着眼泪，艰难向前迈步……

演员倾情演唱，真切感人，倾诉着自己家乡丰富的物产和自己的爹娘。旋律回环萦绕，反复吟唱，感情越来越激动，具有回肠欲断的艺术效果。特别是尾声的"爹娘啊！爹娘啊！"呼天喊地，揪人心肺，情感抒发达到了高潮。观众不禁热血上涌，眼含泪水，鼻腔酸楚，声泪俱下。最后一句"什么时候才能欢聚在一堂"结束，倾诉的是欢聚无望，更令人悲伤。悲怨壮烈的歌声深深打动了观众，悲愤中蕴藏着要求起来反抗的力量。人们急切地要求奔赴抗日战场，和日本侵略者展开生死搏斗！全民皆兵，收复失地，把日本鬼子赶出中国去！国恨家仇聚一起，不把它杀光、砍净，誓不解恨！于是引领出下一个舞蹈节目《大刀进行曲》："大刀向鬼子们的头上砍去！"

尽管撷取的只是两个节目片段，但"窥一斑而知全豹"。各个节目之间都有内在的联系而自然衔接，水到渠成，给观众以整体的美感。这样的创编足见老师驾驭晚会的艺术水平之高超！

俗话说，台上一分钟，台下十年功。而我们的师生同心协力、刻苦努力，仅仅几个月的辛勤排练，就达到了如此高的演出水平，得到了社会各界的一致好评。而背后下的功夫可想而知。武安的张艳红老师演出前亲临大名，夜以继日进行艺术指导，一住就是好几天。年过古稀的张保存老师为了演出睡不着觉，半夜醒来还在背词。高双玲老师率领的编创团队几次修改演出方案，成功演出后累得瘫倒在床……参加演出的众多老师、同学，哪一个不是累成这样呢！正是因为你们的刻苦排练，才给观众奉献了如此精美的百年校史的艺术大餐！

各位老师、同学，你们辛苦了！

大名师范，我的家

张俊景

今年是我的母校，也是我倾心热爱的工作单位——大名师范学校的百年华诞。对此，我心中充满了期待、兴奋和激动，因为我对大名师范有一种特殊的感情：大名师范是我的家！她的生日就像是我母亲的生日一样，我要为她祝寿、祝福、祝贺！

为什么说大名师范是我的家？首先，我爱人是1974级校友，毕业后留校工作多年；我本人于1979年考入大名师范，虽然毕业后分到了校外工作，但后来又回到学校安家、生活、工作，直到退休，前后共20多年；我两个大儿子都在学校出生、长大并学习三年；小儿子也在学校出生，虽然没在学校上学，也在学校生活了十几年。我们一家都是大名师范人，所以说大名师范是我的家。

说实话，1979年刚考上大名师范时，我并没有感到特别高兴和激动。虽然村里人都赞赏我是恢复高考后第一个考上"大学"的，可是我自己并不满足，认为高中毕业上中专，没有可学的东西了，等以后有机会再考大学。其实当时很多同学都有这种想法，因为我们那一年是通过参加高考来到这里的。到了学校以后，随着课程的开讲，我们逐渐发现这里也有很多我们没有见过的、没有听说过的新知识，并且老师的讲课水平也很高，如教语文的邢朝芳老师、教语文基础知识的张少逸老师、教数学的王晓梅老师、教物理的成志明老师、教化学的曹海青老师等，特别难忘的是我们的班主任、教地理的李开宁老师，她是我上学十几年里遇到的教学效果最好的老师。李老师在上课时重点、难点抓得准，课堂时间安排科学，课程内容讲解清晰、明白，效果很好。随着课程的进展，我又学到了很多新知识、新技能，同时也渐渐地喜欢上了这所学校，也为以后的工作打下了坚实的基础。

另外，让我引以为自豪的是这个学校具有光荣的革命历史和优良传统。建校初期，学校是一个被誉为地下党校、革命摇篮、直南革命策源地的"红色七师"——直隶省立第七师范学校。从1923年到1937年，在这最艰难的十几年里，学校为直南各地党组织培养输送了大批优秀干部，为直南地区早期革命作出了重要贡献。

一百年来，学校培养了一批又一批优秀学子，他们奔赴各地各行业辛勤工作。有的成为优秀教师，有的成了各级行政部门的领导干部，有的成了将军、企业家、艺术家等。他们在不同行业的岗位上，为国家的建设和社会的进步贡献着青春和力量。

如今，这所百年老校在各级党委和政府的领导下，紧跟社会发展和时代变迁的脚步，继续坚持"以作为学"的办学理念，坚守教书育人的初心使命，在新的征途上继续为党和国家作出新的贡献。在此，我衷心地祝愿我的母校、我的家越过越红火，越来越兴旺，以新的姿态创造新的辉煌！

在那传承"七师精神"梦起的地方

郭冠清

在大名师范 60 年校庆时，我还是懵懂的少年，那时为革命教育家谢台臣先生的精神所感染，开始编织传承"七师精神"的梦！在大名师范 80 年校庆时，我还年轻，犹记作为学生代表发言时燃烧的激情，仿佛清华大学毕业、博士后的经历、企业董事长和政府顾问的身份，预示着在传承"七师精神"梦上已经踏上了征程！ 在大名师范百年校庆时，我又一次受邀作为学生代表发言，在梦起的地方，思索我传承"七师精神"的梦。我虽年过半百，除了与 92 班周振锋一样共拥大名师范学生、老师、班主任三位一体身份外，既没有我的同桌 88 班索桂芳教育家的风范，也没有我的学生 128 班范学臣冠以国务院的光环，也没有 142 班潘铭静和 88 班张美丽才艺出众、光彩照人的风采，更没有王拥军融老师和学生身份于一体的牛气。但我具有比年轻时更顽强的拼搏精神和旺盛的精力，有冬天还睡凉席的那股劲儿，依然走在践行"以作为学""教做学合一"的道路上，我想，我还有足够的自信圆我那传承"七师精神"的梦！那是我在恩师苏明春启蒙下开启的梦，那是我在弥漫着火热激情的司中瑞老师鼓舞下开启的梦，那是我在给了学生无以复加爱的梁桂兰老师点燃下开启的梦！

40 年前，我走进了初中生心目中神圣的大名师范！那里有一支不仅注重知识传授，而且更加注重价值塑造、能力培养的高水平师资队伍！此时此刻，我仿佛听到了江怀宇老师"几回回梦里回延安、双手搂定宝塔山"激情昂扬的诵读声，听到了张静老师有声有色讲述鲁迅故事的回荡声，听到了张学军老师那"J、Q、X啊小淘气,见了鱼把眼挖去"的幽默诙谐的讲课,感受了李广老师讲解伊利亚人征服异教徒的狂热,看到了曹海青老师把钠放入水中那熊熊燃烧的火焰,目睹了梁桂兰老师为生病的索桂芳煮面的场景,甚至又回到了时而嬉笑有声、时而怒发冲冠的88班……我们在弥漫着自由的气氛中唱歌、绘画、弹琴、打牌、打球,用手指压着舌头练习发音,进行通晓古今的学习,练就了"小中专"无所不能的本领。这也是我现在不仅能给博士生、硕士生上专业性很强的课,也能为大学生开五门不同的课,而且每门都成为学校精品课的原因。我也正是在这种氛围下开启了以记忆力为核心的智力训练,这种训练为我获得邯郸师专智力竞赛第一名和《我热爱教师这个崇高的职业》征文一等奖创造了条件,为我攻读清华大学工学硕士、攻读中国人民大学经济学博士、进入中国社会科学院博士后流动站奠定了基础。如果没有大名师范的能力培养,我很难完成许多不带讲稿的培训、讲座和发言,至今我仍然保持着在大名师范教学时只拿粉笔、不带教案的上课习惯。而这次发言让我写一个讲稿,我感到非常吃惊,因为这对一个"以小时度量生命、以分钟计量时间"的人来说,那是一件机会成本很高的事情。

当然,大名师范让我难忘的还有三年的工作经历,那里除了有老师的关爱,还有郭力耕、赵哲民等老师的谆谆教诲和同志们的支持,有郑建平、陈连成、赵雪峰等同事的支持,有郭振海和常海青"双核心、四大神吹"的精妙记忆,有索桂芳、郭振海、霍文星、常海青等共同考研的互帮互助,甚至犹记霍文星看到自己一个专科生要考清华大学研究生时发出的"不登泰山不知山之高兮"的感叹,因为那时还没有一个人考上研究生。我在大名师范工作时,最让我引以为豪的是作为128班班主任的经历。学校传承"七师精神",以价值塑造和能力培养为核心的理念,不仅培养出了像范学臣这样引人注目的学生,而且也培养了许多在工作岗位上为国育才的英雄,至于那挂满后墙的奖状、4×100米接力保持数十年的纪录、书法特等奖、手抄报和韵律操省级大奖等,只不过是一个小小的注解。如果有人坚持认为128班取得了大名师范办校以来最辉煌的成绩,我想那只不过是一个美妙的传说,不仅张学军老师、周振锋同学可能不同意,而且一向严肃认真的苏明春老师也会有异议。当然,我仍可以以大家熟悉的范学臣为例来进行说明,我们听听他那富有磁性的震颤歌声,看看他写的立志报国的绝妙诗词,鉴赏一下他传承王乐同先生而且在可预期的未来有望超越老师的书法,就知道我作为班主任工作有多么与众不同……

  40年后,我依然走在传承"七师精神"圆梦的路上,那是一个牺牲个人幸福、献身人类进步为人生愿景目标的梦,那是一个像大名师范无数个学子一样在平凡岗位上实现自身价值的梦!那是一个与大家共同奋斗,将谢台臣先生缔造的"七师精神"写入永恒的梦!

河北大名师范学校，梦想起飞的地方
——在母校百年校庆1982级、1983级校友返校大会上的发言

索桂芳

在母校大名师范百年校庆之际，学校组织了一系列的纪念活动。2023年8月23日，是我们1981级、1982级毕业生回访学校的日子。我们这两届学生很幸运，在学校就读期间，正逢母校60周年大庆！我们毕业将近40年，又迎来了母校百岁生日！我们从四面八方赶回母校，大家欢聚一堂，共同庆祝母校百年华诞，我们的心情都非常激动！千言万语汇成一句话：衷心祝愿母校的明天更美好！

在大名师范学习的三年，母校给我们留下了深刻的印象，为我们的发展打下了坚实基础。河北大名师范学校，成为我们梦想起飞的地方！

首先，学校办学特色鲜明，培养目标明确。作为一所初中起点的中等师范学校，学校主要是培养合格的小学教师。体现在课程的设置上，学校既重视学术性，也兼顾师范性。当时普通高中开设的课程，母校都开设，给学生的发展打下坚实的文化基础。学校还突出师范特色，开设教育学和心理学课，开设小学语文和数学教学法课，使学生掌握教育规律和学生心理发展规律，掌握各学科教学的基本规律，以更好地指导教育实践。学校同时重视教学技能的培养，重视三笔字、普通话的教学。学校还开设书法课，王乐同老先生亲自为学生授课，提高学生的书写水平。学校也重视音体美，提高学生审美欣赏能力，使学生掌握健身知识和技能。除此之外，学校还非常重视正式的教育见习、教育实习等教育实践活动课程，提高学生从教能力。这种课

程设置的均衡性，保证了学生发展的全面性，为我们走向教育工作岗位、提高教育质量奠定了很好的基础。从大名师范毕业的绝大部分学生都成了中小学的骨干，时至今时，有相当一部分同学早已是校长、书记，为推动邯郸基础教育事业的发展作出了突出贡献！

其次，学校师资队伍强大，教师爱岗敬业，教书育人。大名师范有一支高水平的师资队伍，确保了人才培养的质量。以我们88班为例，班主任是苏明春老师，苏老师同时兼任小学数学教学法课，语文、语文基础知识老师有梁桂兰、张静、张护玺老师等，数学老师有江会章、高田雨老师，物理老师有刘彦宗、王运生老师，化学老师有曹海青、苏继梦老师，生物老师是林邻老师，历史老师是李广老师，地理老师是马月娥老师，政治老师是郭社京老师，音乐老师是郭秀珍老师，体育老师是谷俊生老师，美术老师是陈凯老师，语文教学法老师是江怀宇老师，心理学老师是张汉三老师，当时还有一位教教育学的刘文杨老师。老师们工作兢兢业业，上课非常认真，讲课深入浅出。

老师们不仅教书，更注重育人。李广老师的历史课生动有趣，曹老师的化学课使我们感受到科学之美，梁桂兰老师结合语文课文的学习对我们进行思想教育……老师们严谨的工作态度对我们产生了深远的影响。正是各位老师的辛勤劳动，使我们获得了丰富的知识，培养了我们分析问题和解决问题的能力，激发了我们对学习的兴趣，坚定了我们的从教信念！

老师们不仅工作认真，关心我们的学习，还关心我们的生活。记得我爷爷去世时，电报误发成父亲去世，这一消息对于我来说犹如晴天霹雳。班主任苏老师在得知情况后立即选派了班委张美丽、吕志芳、赵振海、高庆余陪我回家，班里同学还自发捐款60余元帮助我，苏老师更是倾囊相助。这在当时是很大一笔钱，因为我们每个月的生活费才13.5元。这件事让我终生难忘，我们88班是一个团结友爱的班集体！感谢苏老师，感谢我亲爱的同学们！

李广老师不只是我的历史老师，还是我人生成长的导师。我们当年考中师时需要面试，磁县的面试工作是由李广老师和我们班的前任班主任连志军老师负责的，可以说是两位老师把我引到了大名师范。我记得开学后没

红色师范　百年名校
——河北大名师范学校百年华诞文萃

几天,有一次我走在校园里,连老师骑着自行车从对面过来,他竟然主动下车,而且张口叫出我的名字,我非常感动!可想而知,我们的班主任老师在学生入学前是做了大量准备工作的。连老师在我们班的第一次班会上就明确了我们班的奋斗目标,他说:"我上一届带的班是学校的优秀班集体,我相信我们88班也会成为一个优秀的班集体!"

梁桂兰老师对同学们也是无微不至地关心。有的同学感冒了,梁老师给他下一碗葱花姜汤面,这位同学很感动。我们班好多同学经常到梁老师家洗衣服,记得有一次我洗好床单晾起来了,梁老师刚好回家看到我的床单没洗干净,就又帮我重洗了一遍,这一画面也永远印在了我的脑海里,不时浮现出来。梁老师的家成了我们的家。

还有郭秀珍老师,郭老师对我们要求很严格,看似很严厉,但时刻在关注着我们的发展。我记得有一次郭老师留了练习作业,周末我正在琴房练习,郭老师走进来转了一圈,然后把我叫到教室外说,"你应该把更多的时间放在学习上,准备考大学"。我认为郭老师之所以这样说,是因为她对我比较了解,知道我缺少音乐天赋,将来不会在这个方面有更大发展,但是她知道我学习成绩优秀,有考大学的希望。郭老师的话对我产生了很大的影响。后来从中师毕业时,我真的被保送到了河北师范大学学习,在大名师范工作三年后又以优异的成绩考上了西北师大的研究生。在离开学校那一天,行李收拾好后我正要出发,郭老师手里拿了一个浅绿色的盆子走了过来,说"我正要去割肉包饺子送你呢,你就要走了",言下尽是不舍之意。

诸如此类的教师关爱学生的故事还有许多许多。感谢敬爱的老师们!是你们教我们学知识,教我们学做人,不论我们现在在何岗位工作,不论我们在天南海北,我们永远都是你们的学生!

最后,学校注重校园文化建设,助力学生发展。校园文化是学校教育的有机组成部分,是展现校长教育理念、学校特色的重要平台,是规范办学的重要体现。良好的校园文化,对学生身心的健康成长具有导向、陶冶、规范及社会化等多种功能,对促进学生德、智、体、美、劳全面发展具有重要意义。大名师范学校高度重视校园文化建设。第一,注重物质文化建设。校园布局合理,校内教学、生活、活动各功能区布局合理;建筑物、活动场地、绿化带相互映衬，突出校园整体美，整个校园干净、整洁、美观、有序。第二，注重制度文化建设。学校倡导科学管理、民主管理、自主管理，促使广大学生形成良好的行为习惯、健康文明的生活方式、高尚的道德情操和积极向上的精神风貌。第三，注重精神文化建设。大名师范有着优良的历史传统，有着优良的校风、教风和学风。当时为培养优秀的中小学师资，各县成绩优秀的学生才可以报大名师范，所以学生基本素质都非常好，有着优良的学习习惯。我在大名师范学习期间，从来不无故旷课，每一节课都认真听讲，积极思考，认真完成老师布置的各项作业，有问题及时向老师请教。当时同学们是集体上晚自习，晚自习结束后还有许多同学准备煤油灯，经常学习到很晚。

正是这种优良的校园文化培育了一届又一届优秀的学生，对推动邯郸基础教育的发展发挥了不可估量的作用。

总之，一路走来，我们在各方面取得的成绩都离不开在母校大名师范学校接受的教育，都离不开老师的辛勤培育。现在，在我们同学中间，有社科院的专家、大学教授，有造福一方的从政者，更多的是坚守在基础教育一线的人民教师。不论在哪一个工作岗位上，同学们都取得了优异成绩！我们这些成绩的取得都离不开母校老师们的辛勤培育！

河北大名师范学校，是我们梦想起飞的地方！祝愿母校的明天更辉煌！

索桂芳，教育学硕士，现任河北师范大学教育学院教授，博士生导师。

母校情未了
——有感于大名师范百年华诞

周振峰

离开母校已 38 年，无时或忘，因情未了，无法了。

光阴似箭，岁月如梭。往事如风思如烟，转瞬间又一年。三年的中师生活犹如漏斗中的沙石已悄然流进昨日。想往昔峥嵘岁月，何其匆匆；望未来岁月峥嵘，何其漫漫。

百年校庆，欣逢盛世。此时的我心潮澎湃、思绪万千，母校点点滴滴的往事，依然历历在目，萦绕心头。

那个年代不比现在，学生能考上中专就算出人头地了。学生考上大名师范，就意味着成了"国家人"，跳出了农门。这在当时生活条件比较差、物资不丰富的情况下，对于一个农家孩子来讲，确实是让人激动难忘的事情。况且，我是我们村第一个考上中专的孩子。

大名师范历史悠久，被誉为直南革命的策源地。首任校长谢台臣"以作为学"的办学思想实属先进，在当时教育界有"南陶北谢"的美誉。矗立在校园中的谢台臣先生纪念碑和雕像，已成为众多学子心目中的标志性建筑，永志不忘。

大名师范在一个初中生的心目中是神圣的，令人向往的。我的中学老师，有好几个就是大名师范学校毕业的，想到自己三年后，也能像他们一样当老师，心情畅快无比。在入学报到那天，老乡和师兄师姐们接站，帮忙拿行李、跑前跑后安排住宿、领着看教室，至今眼前还能浮现他们忙碌的身影。

为了培养学生的教学技能，学校成立了各种兴趣小组，重视普通话、三笔字的教学。像书法班、合唱队、军乐队、绘画班、篮球队等，参与学生众多，影响较大，给学生的念想也最多。我因为热爱写作，对学校当时的校刊《雏凤声清》和墙报《影评园地》情有独钟。学校作文课一般是两周一次。我为了提高写作水平，坚持每周写一篇作文，主动登门请教张护玺、李国锋、刘品一等老师。尤其是看到张护玺老师在大学期间就发表了很多文章，这更加激发了我学好写作的强烈欲望，平时自觉践行"不动笔墨不读书"，写读书笔记，摘抄警句名言，甚至背诵《汉语成语词典》。在三年师范过程中，我在校刊上发表了一些习作，特别是每半月或一月一期的《影评园地》上常常张贴我的观感，这增强了我的写作兴趣和信心，也让我终身受益。

上学期间，我有幸经历了60周年校庆，毕业那年还赶上了国家保送上大学的政策。我作为"三好学生"，有资格参加了学校组织的选拔考试，并幸运考中。因为有大名师范写作的基础和爱好，我毫不犹豫地填报了中文系。在校期间，我学习努力，笔耕不辍，有数篇文章在《邯郸日报》发表或在各种征文中获奖。邯郸师专毕业后，我应母校召唤，毅然选择回校任教。

曾经的校园，曾经的教室，曾经学习生活过的环境，难忘这里的一草一木，难忘这一片片熟悉的场景。一切的一切看起来是那么美好、那么自然、那么亲切，我有一种游子归乡、儿回母旁的感觉。过去我是一名学生在这里求学，现在我是一名教师在母校工作。我两次进入大名师范学校，身份不同，感情油然厚重了。

在母校工作的四年多时间，我除了担任两个班的"文选与写作"课教学工作、一个班的班主任工作，还负责学校的《影评园地》。之后，我还兼任学校办公室一些工作。在这里，我曾在《中学语文教学参考》《班主任》等核心期刊及省市报刊上发表了很多习作，成为中国电影评论学会河北分会会员。1990年，我还被评为邯郸地区优秀青年知识分子，并在全区表彰大会上作为典型代表发言。在这里，我曾参与校史、学校大事记等重大史料及有关文字的编写工作。1988年暑期，我和李广老师、邯郸地委党史办呼中汉主任、大名县党史办步玉洁主任一起赴北京拜访了老校友——原水利电力部刘汉生副部长和中央党校三部白映秋主任，并在北京图书馆查阅了母校部分史料。从七师到大师，从谢台臣、晁哲甫、冯品毅到王从吾、裴志耕、平杰三……还有体现"以作为学"教育思想的新闻报道，母校悠久辉煌的革命历史和高大巍峨的崇高形象，在我的脑海越发明朗清晰，至今难忘。

历史必须铭记他们！母校是多么令我们骄傲！

一条小溪，流淌着对大海的向往；一片绿叶，饱含着对大树的感激；一句祝福，充满着对母校的深情。我与母校的情感历程还远非上学、再上学、工作这么简单。

如果说考上大名师范是我人生之路的重大转折，有机会学习深造、在母校工作是职业生涯的人生幸事，那么母校能再次伸出双臂提供更高层次的发展平台，就应该是衔环结草、感激涕零了。东来紫气自古吉，莞草笑风履春泥。那是1992年春节过后开学伊始，母校推荐我作为邯郸地区劳动人事局物色的写材料人员，在呼玉杯校长、李建中副校长和刘品一主任的陪同下参加了面试。在办理调入手续过程中，机缘际会之下，邯郸地区教育局留下了我。调入政府机关工作，同样难解母校情缘！在我的人生旅途中，一路走来是母校再次用力将我向前推了一大把。在这里，因为工作关系，还能经常与母校的领导和老师见面。在这里，母校70、80、90周年校庆时，我也都有幸参加。母校的发展变化，母校的大事小情，我也能及时关注并尽力给予学校发展助力，为母校师生服务。

追风赶月莫停留，平芜尽处是春山。再后来，我和我爱人一起调到北京工作，在京的第一个接风宴，便是大名师范校友组织的。十几位母校的同事、同学和学生一起，忆往昔，谈感想，重温读书时代的师生情、同窗谊，但最关心的还是大名师范怎么样。说到我的爱人，她也是大名师范的校友——1984级103班学生，并且我俩是李国锋老师做媒介绍的。我们还是在大名师范工作时结婚成家的。我爱人很优秀，她是全国优秀教师、河北省特级教师、北京市特级教师。每当说起母校，她也是如数家珍，言辞恳切，情意满满！在京的校友还建有大名师范（北京）群，倘有母校领导、师友来京，大家便会张罗校友聚餐，在推杯换盏中聊得最热烈的依然是母校、母校的老师和校友。

母校之于我这样一个农村娃，不仅为我提供了上中师、上大学、在这里工作、恩师做媒结连理的机会，还举荐我到市级机关工作，在更大平台发展。这种感情又岂是区区几千字能够诉说衷肠！

情如风雪无常，却是一动即殇。

不管走到哪里，不管身在何处，只要听到"大名师范"这几个字，我就会从内心深处生发出亲近和联想。母校的形象早已嵌入了我们的脑海，母校的基因也在不知不觉中浸入了每个校友的血脉。她要么作为一座伟大的丰碑矗立在校友心中，要么成为心中的圣地，让人顶礼膜拜！

百年大师、百年积淀、百年教育、百年发展。

追忆这一切，语已多，情未了，回首犹重道。

周振峰，邯郸市师范类毕业生分配原办公室主任，市教育局处长，中国电影评论学会河北分会会员，现为北京市陈经纶中学教育集团人事处主任。

百年师范　薪火相传

——邯郸幼儿师范高等专科学校大名校区百年校庆文艺会演圆满举办

高双玲　安　洁

一百年栉风沐雨，一百年桃李芬芳。一百年拼搏奉献，一百年创造辉煌。一代代师范人用青春和热血，谱写了如诗如歌的百年华章。为向学校百年华诞献礼，学校专门成立了校庆会演组委会。组委会由校领导直接领导，由学校有舞台编导经验的教师及七师纪念馆负责人、校艺术教研组教师组成。

为通过文艺会演更好传承和发扬学校红色精神，组委会很早就开始筹备工作。经历无数次的历史资料整合、时间节点梳理、情感递进表达、演员选拔甄别，无数次的排练与打磨、更正与雕琢，才敲定了演出的节目。校庆会演于2023年10月23日在学校报告厅隆重举行。我校领导、部分老领导、各单位主要负责人和师生校友代表等观看校庆会演。

本次会演以"百年师范 薪火相传"为主题，以我校发展的三个历史阶段为依据，分为"革命摇篮""桃李芬芳""一起远航"三大篇章。会演展现了百年来踔厉奋发的七师精神，讲述了红色血脉的动人故事，诉说了凝心追梦、创造未来的美好心愿。

晚会在开场舞《追寻》的深情回望中正式拉开序幕。忆往昔峥嵘岁月，追寻之路永不停歇，开场舞《追寻》展现了一代代七师人逐梦前行、上下求索的精神。

第一篇章"革命摇篮"讲述了红色血脉在七师师生中的涌动与传承。为了还原叙述的完整性与连贯性，第一篇章采用无主持人串场的画外音形式进行节目间的衔接。《觉醒》记录了在军阀混战、民不聊生的年代里，七师师生思考着国家的命运，探寻着救国之路。1925年"五卅运动"席卷全国，七师师生积极响应纷纷走上街头的情景。情景剧《入党宣誓》把我们的思绪带回到红色种子播种在七师苗圃的那一刻。自此，七师中共党组织得以不断发展和壮大，遍布直南、豫北、鲁西广大地区，成为直南革命策源地。歌曲《松花江上》由曾在我校任过教员的张寒晖先生创作。这首歌曲的流传对中国人民的抗战有着巨大影响。此次在校教师演唱的《松花江上》将沦陷区人民的悲愤与渴望之情展现得淋漓尽致。《大刀进行曲》带我们重温了1937年抗日战争全面爆发，七师学子弃笔从戎投身抗日救亡运动的场景。伴随着腰鼓表演《解放区的天》，第一篇章在人们欢天喜地、载歌载舞庆解放的场景中走进尾声。

第二篇章"桃李芬芳"由舞蹈《校园梦想开始的地方》，歌曲《歌声飘过一百年》，舞蹈《您的模样》《长大后我就成了你》，书法展示《三笔字》和诗朗诵《我骄傲，我是中师生》串联而成。节目多角度地为我们讲述了重建后的大名师范时期丰富多彩的校园生活，彰显了大名师范出众的教育成果。其中诗朗诵《我骄傲，我是中师生》由我校教师集体创作，由70岁高龄退休教师和三名在校教师合作倾情演绎。炙热的文字传递了一代代中师生对母校永恒的感恩与爱，饱满的深情传达了一代代中师生对青春的眷恋与情。一段段心声吐露撞击着每一位观众的内心，一句句"我骄傲，我是中师生"唤起了无数中师生关于青春的记忆！

第三篇章为"一起远航"。2020年，大名师范学校、武安师范学校和曲周师范学校合并为邯郸幼儿师范高等专科学校。为此，第三篇章从情景舞蹈《新的天地》开始，小合唱《如愿》、语言情景《百年芳华 青春如歌》、歌伴舞《领航》串联而成。节目站在新的历史起点，为我们讲述了昂首阔步一起远航的故事。其中，会演结尾曲《领航》以激昂的旋律和真挚坚定的歌声唱响了每一位幼专人在党和国家的领导下，昂首奋进在新时代的征程上的决心与信心！

百年校庆系列活动赢得了社会各界的巨大反响，包括央视新闻、央视频在内的数十家媒体对校庆活动进行报道，其中河北长城网对校庆会演进行了全程直播。不仅如此，公众号"中师生"收录了校庆会演诗朗诵《我骄傲，我是中师生》，在近乎两万人次的转发量、点赞量及数不胜数的中师生留言中，校友们那种按捺不住的激动心情，隔着屏幕冲击着我们的心灵。这是每一位经历者的自豪，是每一位邯郸幼专人的骄傲。我们一定凝心聚力砥砺前行，共同谱写新时代邯郸幼专的崭新篇章！

这一抱

邢永振

"这一抱，春风得意遇知音，桃花也含笑！这一抱，保国安邦志慷慨，建国立业展雄才！这一抱，忠肝义胆，患难相随誓不分开！这一抱，生死不改，天地日月壮我情怀！长矛在手，刀剑生辉，看我弟兄，迎着烽烟大步来！"恕我妄改《桃园三结义》插曲，桃园结义，一拜成生死；我与大名师范拥抱，一抱订终身。唯这歌词能释我胸中块垒，唯有这歌词能表我对母校的一往情深！大名七师百年风雨，百年情怀，我生于斯长于斯，半个世纪相伴，怎能不让我心潮澎湃！

父亲于1969年从河北北京师范学院毕业，1973年底调入河北大名师范学校任教。三尺讲台育桃李，一根粉笔写春秋。父亲终其一生教书育人，心无旁骛。从那时起，我的人生便和大名师范紧紧相连。起初一家四口住十八间，也就是一排十八间的单人平房宿舍，后来搬到学校东北角一间半的宿舍，条件改善了不少。在童年记忆中，大名师范校园中树种繁多，如海棠树、榕树、木槿树，还有许多叫不上名字的树。茂密的林荫中是一排排教室和宿舍，大师学子们在林荫道中徜徉，耳边还时时传来风琴声和琅琅的读书声。但我们这些小孩子最喜欢的是偌大的后操场，它像鲁迅笔下的百草园，操场周围是高低错落的树木和灌木丛。我们在这里爬树、捉蝉、采野果、做游戏，一年四季都能在这里找到乐趣，懵懂的少年时光就在这桃李芬芳的校园中度过。1983年学校60年校庆，我依然记得老校友从天南地北来到大名师范，步履矫健、精神矍铄，如游子归来，非常兴奋。他们对母校的情感至今记忆深刻。"大名七师"这个名字此时便在心中生根发芽。

大名师范的毕业生在工作岗位都是教育教学一把好手,"我是革命一块砖,哪里需要哪里搬",各科教学都能够胜任。写会标、演讲稿提笔而就,组织活动、出黑板报也是须臾而成,大家简直就是学校的万金油、多面手,没有不能胜任的。大名师范的毕业生都很抢手,是行政、教育单位的"香饽饽"。我的小学、初中老师很多都是大名师范学校的毕业生,他们的言传身教都已在我的身上烙上了大名师范的印记。

1989年我有幸成为大名师范的一名中师生。从此,大名师范无私地拥抱了我。我受教三年,如沐春风,结识了许多良师益友,受益颇多。老师们的谆谆教诲萦绕在耳边,声情并茂的讲解、诙谐的语言、整洁的板书、一丝不苟的工作作风,无一不在感染着我。学校主要面向农村地区培养中小学教师,"学高为师,德高为范""一专多能",培养和引导学生强基铸魂,全面提高学生能力和素质。在必修课以外,学校还组织丰富多彩的课外活动,如文学社、书法班、手抄报、篮球队、合唱队、绘画、演讲、舞蹈等,还有各种文娱比赛,使我开阔了眼界,培养了兴趣爱好,还锻炼了组织能力。

我们142班的班主任是张学军老师。他身材不高,精力充沛,上第一节课就给同学们留下深刻印象。他那标准的普通话、具有感染力的语言、渊博的知识征服了我们每一个人。而他在培养学生能力方面更有自己的绝活,每每想起就像电影镜头,一帧帧在脑海中闪现。比如课本剧,张老师把全班同学组织起来,三五个人一组,安排每组演一个寓言故事,让大家构思排练,分饰不同的角色。他亲自指导动作、表情、语言语气,学生在班里上演一幕幕精彩的课本剧。张老师和呼玉山、张洁兰老师共同排练,潘铭静主演的《大将和美妞》还搬上舞台,在学校和多地演出,参加河北省中师课本剧比赛获二等奖,成为那几届毕业生永恒的记忆。还有手抄报,二开大的白报纸则是我们另一片天地。两个同学一组,分工合作,从精心设计报头、构思版面与插图、搜集文章资料,到计算文章字数,认真抄写,同学们认真忙碌着。我们看着丰富的阅读内容、潇洒工整的钢笔字、活泼的插图、庄重大气的报头,手抄报完成后的那种喜悦不亚于得了全校第一名的兴奋。至今我们班的手抄报还是学校标杆级的存在,手抄报多次获奖,无人超越。春联挂展，源于张老师对142班同学书法艺术的启蒙。记得那年临近放寒假，张老师告诉我们，春节期间每人写一副对联，开学时带回来，进行展览交流。开学后，教室里春联展示红红火火，各科老师上课时看到都为之惊叹，课下和晚自习时其他班的同学也来参观。赞叹声传到教导处、校领导耳里，他们利用晚自习时间来到142班，看到同学们写得果然不错，很赞赏张老师指导学生练习、提高学生能力的举措。还有大名书法界泰斗级人物王乐同老师，王老师胖胖的身材，脸上永远挂着微笑。他给我们上书法课，从执笔到"永字八法"，再到间架结构，教学中再穿插一些古人学书的故事，使很多同学都爱上了书法，以至于每到晚自习写完作业就是另一番景象。同学们把旧报纸往课桌上一铺，往墨盒里倒上墨汁，左手抚案，右手执毛笔，开始做一天中最惬意的事情——临帖。有临颜体《颜勤礼碑》的，有临柳体《玄秘塔碑》的，还有临欧体《九成宫碑》的，大家凝神屏气，一丝不苟。教室熄灯后，同学们就点上蜡烛写，以至于值班老师多次催促我们才回宿舍。

  每年学校举办的春季田径运动会和元旦晚会则是全校师生的重大活动。此时，老师化身为公正的裁判员，运动员在赛场上身姿矫健、生龙活虎的身影，此起彼伏的加油呐喊助威声，高音喇叭中甜美的嗓音，又把我们带到了那个激情燃烧的岁月。大礼堂的元旦晚会鲜花和彩旗舞动，灯光璀璨，歌曲、舞蹈、小品、武术各类节目轮番上场，老师们看得津津有味，同学们欢声雷动，压轴节目必定是《长征组歌》大合唱。魏新春老师指挥铜管乐队伴奏，同学们卖力地歌唱，气势恢宏，震撼人心。在那个年代，这就是一场饕餮盛宴，是教育教学成果的综合展现。太多活动场景无法一一展现，各科老师熟悉的笑容还在脑海中浮现。这些活动都与七师谢校长倡导"以作为学"的教育主张和"科学的头脑、劳动的身手、艺术的情趣、改造的魄力"的培养目标紧密相连。同学们在学中干、在干中学，收获了成长与快乐，增长了知识，提高了能力。

  大名师范就像一个大熔炉，把我们每一个顽石淬炼成为一块好钢，在工作岗位上发光发热，成为向农村孩子播撒理想种子的耕耘者。我从小就在大名师范生活，又成为大名师范的一名学生。小时候的叔叔、阿姨现在成了我的老师，他们的教诲，我每每想起都有一股热流在心中。他们给我们的滋养永远报答不完，他们是父亲、母亲的同事、兄弟、姊妹，是我的亲人。他们用行动教育我、感染我、激励我，用三尺讲台传授我知识，用心血培育我，我只有努力工作方能回报。

1992年我从大名师范毕业后有幸留校，成为大名师范教师的一员。从此，我也全身心地拥抱了母校大名师范，与大名师范更加紧密地联系在一起，同呼吸、共命运。我在少年和成年阶段都得到母校的呵护，我的成长与成熟都有赖母校的滋养。我与母校患难相随，休戚与共。母校的昨天是我的过去，母校的明天是我的未来！

父辈的脚步和催促在耳边萦绕，老师的叮咛和嘱托在胸中回荡。时逢三校合并，资源整合，大名师范升格为邯郸幼儿师范高等专科学校，将向更高办学层次发展，向更广教育领域拓宽，曾经有过的迷茫、彷徨，现在终于有了新的方向。老树着花无丑枝，短短蒲茸齐似剪。2023年，母校百年华诞，一个百年的到来亦是下一个百年的伊始。母校正青春，我辈当争先。我辈当接过父辈的教鞭，不负韶华勇向前！

这一抱使我思绪万千，止水起波澜；这一抱使我笃定大步向前，天地日月壮我情怀！

百年校史耀舞台

——校庆节目串联词

张学军

第一篇　革命摇篮

　　［背景屏幕：直隶第七师范学校校门］
　　［音乐声中，祖孙二人手拉手上场对白］

孙：爷爷，这是一所学校吧？

祖：对！这是一所有百年历史的革命学校。爷爷就是从这所学校毕业的。

孙：一百多年，一定有很多故事。您给我讲讲吧！

　　［此时祖孙已到舞台左侧黄金分割点处］

祖：好！

　　［祖坐在高凳或靠椅上。在聚光灯处，孙盘腿坐地，双手托腮望祖，祖低首望孙……］

祖：一百多年前，咱们家乡啊，外国列强入侵，国内军阀混战，社会上混乱不堪,老百姓生活非常艰难,就像生活在水深火热中一般呐!国家命运在哪里?怎样赶走洋人?社会现状如何改变?怎样拯救老百姓的苦难?这都是有志之士一直思考的问题,也是我们老校长一直在寻找的答案。1923年……

[聚光灯渐暗消失,祖孙退场]
[在低沉的乐曲声中,接画外音]:

1923年,谢台臣校长怀揣着教育救国的梦想,到大名筹办省立七师学校……

第二篇　桃李芬芳

[背景屏幕:大名师范校门]
[在画外音后,祖孙边说边上场]

祖:孩子,你知道吗?新中国成立后,学校重新建立,招收邯郸地区十几个县的学生呐!

孙:哦,路很远吧!

祖:对!路远的坐长途汽车来,路近的有十几里,几十里,还有一百多里地的。你知道这些学生怎么来上学吗?

孙:坐公交车呗!

祖:不是。那时还没有公交车,路况也不好。有条件的骑自行车,没自行车就靠两条腿走!

孙:他们太辛苦了。

祖:可不是嘛!他们背着行李,长途跋涉,用脚把家到学校的距离步量。披星戴月赶路,心里装着朝阳。夏天淋雨,浑身湿透;冬天飞雪,身披寒霜啊!就是为了不耽误课,按时进入课堂。

孙:他们不累吗?

祖：他们不怕累，不怕苦。个个心揣梦想，人人奋发向上，为了培养下一代，刻苦学习本领，不断积蓄力量。他们走出校园，进入课堂，托起明天的太阳，给每个学生插上理想的翅膀，让他们在祖国的蓝天上展翅飞翔！

〔中场稍偏处，祖一手搭孙肩，二人目视侧前上方，静立〕
〔聚光灯减弱，欢快的乐曲继续，祖拉孙退场，开启下面的节目〕

第三篇　一起远航

〔背景屏幕：邯郸幼儿师范高等专科学校大名校区校门〕
〔在欢快的乐曲声中，祖孙边说边上场〕

祖：孩子，一百年的教育发展，学校发生了翻天覆地的变化。2004年，学校升格为邯郸学院大名分院。2020年，大名、武安、曲周三所分院整合升格了！现在是邯郸幼儿师范高等专科学校大名校区啦！

孙：升格啦！太好啦！

祖：走进校园，就见谢校长雕像巍然屹立，时刻关注学校的发展。他身后就是百花争艳美、树木比青翠的大花园！你看，教学楼拔地而起，后操场铺了塑胶跑道。整个校园换了新装。就连那礼堂、食堂都改变了模样，显得更加年轻漂亮！

孙：噢！真好看！真漂亮！

祖：孩子，在共和国的圆梦路上，学校紧跟党中央的部署，汇聚幼教奋进力量，再续辉煌历史，赓续百年红色基因，乘时代的航船，向着太阳升起的地方，一起远航！

〔屏幕画面随着说话的内容切换到校园、教学楼、操场等场景〕
〔舞台一侧，祖孙翘首笑望远方，静立〕
〔灯光转换减弱，"新的天地"乐曲加强，祖孙退场，接着表演舞蹈〕

永远的记忆

1956级速师班 马 杰

人老了,过去的许多事情变得模糊起来。

这里说的模糊不是现代学界的新概念,如模糊数学、模糊哲学等,所要表述的是一个在走过了几十年岁月后的老人的思想,以及在这种思想支配下的个人行为和语言构成现象。

实话实说,这里说的是我自己,91岁还多一些时日了。即使对着镜子,我看见的也不过是另一个模糊的、隐约的自己,没有了光泽,失去了色彩,一切似乎都变得混沌起来。但在我的心中,始终有一抹挥之不去的光亮,就像68年前我忝为大名师范的开门弟子时一样,春去秋来,寒来暑往,始终没有相忘。什么时候想起来,我依然充满了亲切和向往。

一

那是1956年,正是我国进行社会主义改造并最终完成时期。作为一名初级师范毕业生,经过考试、政审、体检等常规流程后,我走进了大名师范这所中等师范学校的大门,成为这所学校恢复建立后第一届速师班的学生。毕业后,我又被学校保送入邢台师范学院深造。转眼间,几十年过去了。

一个人,大约六七岁开始记忆吧。从我懵懂记事的时候开始,我的家乡魏县大磨村就是一个贫穷的地方,没有山,没有矿,也没有工厂。原始生产力和生产关系构成的社会形态,经年累月地聚集着清贫与荒凉,并且落后得没有一点儿特点，让人心里着慌。这使得我们村识文断字的人很少，能读书自然就成为一种奢望。所幸的是，抗日小学让我这个在苦难中挣扎的儿童走进了学堂，只是为时太短了。

可能是几代人追求的愿望吧。新中国成立后，我们村4个生产大队先后建立了4所小学，期望改变这种文化落后的面貌。但当时学校里只有一个正式老师，后来虽然又派来一个老师，但也满足不了需要。在这种情况下，刚刚识得几个字的一些人在奇缺和无奈的背景簇拥下，拿起了粉笔，边学边教起来。

那时，我就立下了一个志愿，我要当教师。只是不知道，这个志愿后来成为我一生追求的目标和方向。

上小学时，学习条件很差。老师看到我学习刻苦，就让我搬到他的屋里住下。三、四年级的书，我一起读，焚膏继晷，朝乾夕惕，念书与行为苟日新，日日新，又日新，我深得老师、同学的赞许，他们夸我将来一定是一个有出息、有作为的人。在家人的祝福和老师的期盼中，1953年，我考上了成安县初级师范；1956年，我又考入了大名师范……

二

那时的大名师范没有高楼，也没有像样的操场。土路、土屋、土墙，夹带着一些偏僻和空旷。平原地带多有的槐树、柳树、杨树等，不规则地生长在房前屋后及道路的两旁。

还有一些不同颜色的小花儿，虽然没有花盆那样的衣裳，但在厚厚的黄土中，也在静静地开放，享受着阳光。

这一年，大名师范招收了290余名学生，共6个班，两个速师班、四个中师班。中师班学生面向基层，毕业后到中小学校任教；速师班毕业后上大专继续深造，我是其中的一员。在求学的日子里，我们每天都早早起床，用原始的跑步、晨读去迎接初升的太阳；晚上，我又在空旷的地方讨论、思考问题，直到身旁的树尖挂上月亮，才进入梦乡。

有时候我想，岁月就像奔流在高山峡谷中的河流，它像水一样流逝过去，然而河底无数大大小小的彩石却依然存在。这些彩石，恰似我的记忆，由于岁月的冲刷而变得更加美丽和多彩，显得更加珍贵。

　　这也像我和我的老师。贾培元是我的老师，也是新中国成立后大名师范的第一任校长。他把一生都献给了党的教育事业，忠诚而又坦荡。入学时，他讲的大名师范校史给我留下了长长的思量。大名师范的前身是直隶省立第七师范学校，原来是北洋政府时期创办的学校，后来教师、经费、薪水等都来源于国民党政府，但学校里出现了很多共产党，并且这些人在以后中国革命的过程中，无论是从政、从军还是从教、从研，都创造了历史的辉煌，写下了恒久的篇章。这影响了我的世界观，让我确立了为党工作、为人民服务的思想，并且成为永久的指向……

　　记忆往往会伴随着思考，就像油画作品一样。我们站得近了，看得细了，往往会比较模糊；站得高了，看得远了，才能发现她的美丽与大方。

　　大名师范之与我，正是这样。

"以作为学"永恒不朽

1964 级 28 班　陈素芳

革命先驱谢台臣校长提出"以作为学"的教育理念,是对中国古代哲学思想"知行合一"的实践总结。矗立在大名师范校园内的谢先生纪念碑的碑文阐释了"以作为学"教育理念的内涵,指出"我们要尊重劳动,长于劳动,会生产,说真话,做实事"。学生要打牢"学"的基础,抓住"作"的关键,学为人师,行为世范。

大名师范自 1923 年建校以来,百年征程中不断践行着"以作为学"的理念。建校初期,学校组织师生学习进步知识,调查社会现实,激发了师生救亡图存的强烈愿望。老师在教学过程中宣传革命思想,发展党的地下组织,为革命事业培养了一大批优秀干部,使学校发展成为冀南革命策源地。在党的革命活动中,曾有"北谢南陶始,峥嵘傲冀南"之美誉。

1964 年我考入大名师范,跨入校园耳目一新。明亮干净的教室、宽敞气派的礼堂、典雅朴实的大门、人声鼎沸的操场……都给我留下了难忘的印象。我胸前戴着河北大名师范的校徽,瞬间就感到腹有诗书气自华。

我们 1964 级 28 班第一任班主任是张连峰老师,他担任我们的政治课的教学工作。张老师讲课幽默风趣、深入浅出。我们听得懂,记得住,用得上。王晓梅老师教我们几何课。她讲课条理分明、认真负责,注意因材施教。当时我们班学生有初中应届生和社会青年,对知识的掌握参差不齐。王老师讲完课让学生用三角板、量角器反复在黑板上或地上操作练习,直到每一位学生听懂才肯罢休。教我们课的每一位老师专业水平都很高,他们把抽象的理论与客观实际有机结合起来的教学方法,引导和影响了我一生的教学工作。从他们的身上,我不仅学到了知识和才能,而且也学到了良好的品德和做人之道,老师们的一言一行照亮我过去、现在和未来的人生之路。

"以作为学"的教育理念始终指导着学校在风雨兼程中发展。当时,为贯彻教育与生产劳动相结合的方针,校方和上级政府协商决定,在万堤的廉山庄开垦出了 600 多亩的农场。学校组织全校 3 个年级 12 个班 500 多名师生肩扛劳动工具,浩浩荡荡向廉山庄农场出发。走到农场映入眼帘的是野草丛生,一片荒原。师生用镰刀、铁锨等各种劳动工具清除杂草,深翻土地、打畦田……为做到学习、生产两不误,学校安排分班轮换劳动,精耕细作、科学管理每一畦田地。1965 年大旱。学校组织师生黎明即起,老师带队唱着《我们走在大路上》等歌曲,步行 20 多里,到达廉山庄农场。稍加休息后,我们便马上替换在地里劳作的同学绷水浇地。

绷水浇地就是把引来的水用桶提绷到地面上来浇田地。桶身两边绑牢两根绳子,出来四股绳头,一边两根绳头。两个人各坐(或站)在水桶左右两边,两只手拽住绳子,两人同时弯腰把桶放到水里。当桶灌满水后,两人同时用力拉紧绳子把水提绷到地面上,再把水倒进通往田地的垄沟里。干一天,我们会累得腰酸胳膊疼。正值青涩年龄的我们休息一晚上,第二天继续在领导老师的带动下绷水浇地……

经过全校师生的艰苦奋战,600 多亩地获得亩产约 800 斤的产量。每年留足师生劳动补助后的粮食,学校全部按"爱国粮"上缴国库。我们虽饱尝了劳动的艰辛,却分享了丰收的喜悦。当时国家刚经过三年困难时期,经济生活困难,但在农场劳动的师生人人都能吃饱。办农场解决了师生温饱问题。学校"以作为学"实行生产自救,积极为国分忧,作出了自己的贡献。

青春回放多少事,岁月不老母校情。时间过得真快,一转眼,我们离开母校已近 60 年了。我们已由青春少年到了古稀之年。但在母校求学的经历时时在我脑海里闪现。感恩母校的培养!感恩老师的栽培!在母校百年校庆到来之日,衷心祝贺母校百年华诞生日快乐!

祝母校的明天更加美好!

在此赋诗一首,献给母校百年华诞:

直南革命策源地，世纪年华锦绣章。
教授无私传课业，门生有志振国邦。
芬芳桃李千山秀，兼备德才百载强。
以作为学求发展，师资兴校续辉煌。

践行"以作为学"，致力追求卓越

1972级文科2班　杨仲信

"连雨不知春去，一晴方觉夏深。"转眼间，我从大名师范毕业离校已49个春秋。今年欣逢母校百年华诞，师生相邀，共襄盛典，激起我对在校生活及相关情况的深情回忆：学路艰辛，来之不易；风华正茂，读书供职；穷且益坚，发奋苦读；母校培育，受益终生！老师恩重如山，同学情深似海。往事历历，情愫萦萦，令我永难忘怀。其中，最难忘的是对谢台臣先生"以作为学"教育理念的认知与践行。

记得1972年4月，作为复课后的第一届工农兵学员，我入学后首先映入眼帘的是学校大门内的两处景物。一处是距校门百米处中心大道中间的毛主席塑像基座，另一处是谢台臣纪念碑。碑上除了记载谢台臣先生创建学校的经历，还阐释了先生"以作为学"的教育思想。

从此开始，以至在两年学习中，"以作为学"就成了同学们的热议话题。有人不禁问老师，"以作为学"怎样理解？怎么践行？张连峰老师在讲党史课时，联系实际，明确回答，"以作为学"从理论到实践都是正确的思想。

同学们通过对代表优秀传统文化的古典文学的学习，尤其对毛泽东同志有关《实践论》等著作的学习，解析"以作为学"的内涵，统一了对"以作为学"先进性的认识。比如，荀子关于"不闻不若闻之，闻之不若见之，见之不若知之，知之不若行之。学至于行而止矣"，以及王阳明关于"知行合一"思想，认为"知之真切笃实处，即是行；行之明觉精察处，即是知"。

毛泽东对中华优秀传统文化中古人所主张的好学力行、不尚空谈，赋予新的内涵，将其概括为实事求是，并提升为党的思想路线。实事求是，归根结底源于辩证唯物论的认识论。理论和实践是辩证的统一。人们只有结合实践学习，才能使所学的知识和理论指导实践，提高能力；实践是另一种方式的学习，将学到的知识和解决问题的实践相结合，学会就用，学用结合，才能验证学习的效果；体验结合理论，反过来得出的结论再支持实践。如此往复循环，才符合实践—认识—再实践—再认识的规律。坚持知在行中求，人在事上练，才能取得正确的认知。

解析谢台臣先生的"以作为学"内涵，讲的也是以作促学、以学促作的辩证统一。它要求培养的目标是"科学的头脑、劳动的身手、艺术的情趣、改造的魄力"。这和我们党所主张的德智体美劳全面发展教育方针有什么不同？应该说，"以作为学"既符合中华优秀传统文化中所主张的"知行合一"，又符合毛泽东同志坚持的实事求是的思想路线。

回望百年历程，大名师范的各项工作都是在"以作为学"思想指导下进行的。"以作为学"铸就了学校的百年辉煌！早在建校初期，学校就组织学生学习进步知识，了解社会现实，激发大家救亡图存的强烈愿望。师生们不惧白色恐怖，积极投入推翻"三座大山"的火热斗争。他们深入城乡，宣传革命真理，发展党的地下组织，为党培养大批干部，使学校成为冀南革命策源地。

为开辟教育与生产劳动相结合平台，20 世纪 60 年代初，学校组织大批学生投入开发廉山庄农场劳动。大家风餐露宿，忍饥受饿，昼夜拼搏，在荒草湖泊的河滩地开发出 640 多亩农场，不仅为学生的劳动锻炼提供了便利，每年还为国家贡献上百万斤粮食。

学校从 1956 年复建到 2004 年升格为邯郸学院大名分院，共为国家和社会培养学生 15 654 名。其中，恢复中考后，通过考试录取的学生中，又有 200 多名学生考入北大、清华、人大、中国政法、东北师大、河北大学、河北师大等高校，在全国、全省一流学府读研、读博、做博士后，甚至到国外深造。

即使"文化大革命"时期，学校也没有放松践行"以作为学"的努力。当时，面对学员学历参差不齐、文化水平高低不一、年龄大小悬殊偏大、教学与管理困难较多的现实，学校把最强的教师配置到教学第一线。仅在文科二班教学的就有具有论说文强项的莫冠雄，写作经验丰富的郭铁炼，古文底蕴丰厚的张少逸，汉语言能力较强的李善初，以及文艺理论功底较好的李玉生等老师。这些老师的诲人不倦精神，以及在教案、教态上表现的能力，在学生的心里50年都难以磨灭！

为了调动教师教与学生学的积极性，全校开展评教、评学活动，组织教师与学生开展面对面、背靠背的交流，从中发现问题，改进教与学工作。学校副书记李九如老师还亲自蹲在我们班听取意见，具体指导，发现基础差的同学学习有困难，班里开展一对一的互帮互学活动。每逢晚自习，大家总能看到一个程度较差学生旁边站着一个老师或一个程度较好同学在帮学，有时一直学习到深夜。

为了增强学生的社会知识与教学效果，除了寒暑假，学校还组织学生开展专项社会调查，要求学生每开展一次社会调查，就要撰写一份调研报告。毕业前，学校会组织同学回本县中小学实习讲课，以提高学生的教学能力，并抽出时间，组织学生到工厂与农场参加劳动，提高学生的劳动技能。从中可以看出，为了践行"以作为学"、提高学生素质，学校领导与教师所耗费的良苦用心！

毕业离校后，我们班的47名同学中，半数以上的人从事行政工作，并有多数人担任副科以上职务，百分之四十多的同学奋斗在教学第一线，其中多数人担任初、高中课程教学工作。大家虽然所处岗位不同，但感受一样。每逢相聚，谈论最多的是，感谢"以作为学"思想提高了自己能力，改变了大家命运！

我从大名师范毕业后，从广平县教研室干事做起，一直做到县长、县委书记，以至邯郸市政协副主席。此间，自己的所有报告与讲话，不让别人代劳，坚持自己撰写，做到在干中学、在写中练，取得了一点成绩。其中，在担任曲周县委书记期间，我于1998年5月所写的近8000字的《正确认识和处理新时期的人民内部矛盾》文章，不仅全文载于《河北日报》上，还被河北省委宣传部推荐到中宣部参评全国"五个一工程奖"。退休后，我担任总纂，亲自动笔编写并修改68万字的《中国共产党邯郸历史》第二卷，曾受到上级和社会的一致好评。

根植沃土，其叶方茂；实事求是，其理乃明。坚持实事求是、勤于动脑动手，是提高履职本领、强化责任担当、致力追求卓越的有效途径。实践是真理的依据，理论是成功的基石。只有善于"以作为学"，注重作与学结合，我们才能交出无愧于时代和母校的精彩答卷。

实践发展永无止境，实事求是永远在路上。在强国建设、民族复兴的新征程上，如何进一步用好实事求是这个传家宝，让实事求是在新时代焕发新光彩？身负回报大名师范责任的每一位学子，如何进一步弘扬母校光荣传统，践行"以作为学"？时代和事业期待着每一个学人做出新的回答。尽管我已近古稀之年，但也愿意与新老学友携手同行，进一步弘扬大名师范光荣传统，积极践行"以作为学"，为铸就母校第二个百年辉煌而尽力。

祝愿大名师范明天更美好！

杨仲信，曾任广平县委常委、办公室主任，常务副县长，馆陶县委副书记、县长，邱县县委副书记、县长，曲周县委书记，邯郸市政协副主席。

悠悠大师情　拳拳事业心

1977级35班　刘建军

喜闻母校百年校庆，我欣喜若狂，浮想联翩。记忆的闸门轰然被打开，往昔历历在目，我仿佛又听到了老师抑扬顿挫的讲课声、同学们琅琅的读书声、音乐课上欢快的歌声和那嘹亮的上课铃声，沉浸在母校学习和生活的日子里……

1978年3月15日，那是我去河北大名师范学校报到的第一天。那是阳光明媚的一天，那是放飞梦想的一天，那是开始新生活的一天，那是激动人心的一天！忘不了校园中央矗立的老校长谢台臣的雕像，忘不了各位老师在讲台上的循循善诱，忘不了在万堤农场劳动的场面，忘不了操场和操场边那片茂密的小树林，忘不了运动会上热火朝天、激动人心的竞争，忘不了十几个男生拥挤在一个大宿舍谈古论今、争论不休的情景……

在这里，我认识了老前辈革命教育家谢台臣，了解了大师的光荣历史。1923年，他在大名创办了省立第七师范学校，并担任校长，提出了"以作为学"和"师生打成一片"的教育主张。他注重理论和实践的结合，提出了"我们要尊重劳动，长于劳动，会生产，说真话，做实事"的重要理论。他的教育思想深深地影响了我，使我在今后的工作和生活中受益无穷。

谢台臣还聘请共产党员冯品毅来大名七师任教，在学生中播下了革命火种，发展了共产党员，建立了党团支部，将大名七师逐步变成了共产党领导的教育阵地，使大名七师成为直南中共党组织的重要发源地之一。学校在建党之初就点燃了革命烽火，为革命事业培养和输送了大批人才。

在这里，我们如饥似渴地吮吸着知识。我们这一代深受"文化大革命"停课闹革命之苦，耽误了大好年华。置身于具有悠久历史文化的古城和光荣革命传统的学府，我们像饥饿的人扑在面包上，像久旱的禾苗遇上了春雨，像干渴的鱼儿得到了清水，十分珍惜这来之不易的学习机会，扑下身子一门心思"充电""补血"，一天之内周旋于教室、图书馆、阅览室和宿舍，徜徉在知识的海洋里。

在这里，我们养成了热爱劳动的习惯。每隔一段时间，学校总要安排我们到万堤农场进行劳动锻炼。在劳动中，我掌握了锄地、割麦子等基本的农活。特别是打麦子时，班主任张改焕老师听说我在家是开拖拉机的，就让我驾驶着"千里马"拖拉机在打麦场上欢快地碾压着麦子，那个场面至今想起来我都激动不已。学校通过劳动锻炼了我的毅力和耐心，更让我认识到粮食来之不易，亲身体验着谢台臣老前辈"我们要尊重劳动，长于劳动，会生产，说真话，做实事"的教学理念。

时光是美好的，光阴是易逝的。在学校有限的时间里，是母校为我提供了广阔的人生舞台，是母校教给我丰富厚实的文化知识，是母校指引我走上了正确的人生道路，是母校培养了我战胜困难的勇气和力量。在母校，我学会了怎样做人，也懂得了如何教育学生做人；我学到了很多宝贵的知识，也懂得了怎样去传授知识；我明白了"以作为学"的道理，也教会了学生如何去理论联系实际，为祖国建设作出自己的贡献。

三尺讲台，四季耕耘。毕业几十年来，我也培养了一批又一批学生，他们继续深造，毕业后走向各行各业。更有意义的是，我的学生也有的考上了大名师范，一代代地将大名师范的精神相传。

时光荏苒，岁月如梭。昔日风华正茂的我们大多年已花甲，告老还乡。但在大名师范建立起来的同窗情、师生情、学子情将永远沉淀在心里，时时泛出涟漪。

母校，敬爱的母校，无论走到哪里，您的恩泽将永远铭记在儿女的心头。不管将来形势如何变幻，大名师范学校是有根基、有底蕴、有分量的，也是历久弥新的。我由衷地为您感到骄傲！

母校，如今您已一百岁了，但您永远年轻！您将承载着优良的传统，开拓崭新的明天，革故鼎新，以超强的生命力和创造力继续创造辉煌！

先生之风　山高水长

1977级35班　张庆民

母校大名师范百年华诞，新老校友的纪念诗文让我又一次想起在校时的时光。回想最多的还是几位尊敬的老师，其言谈举止，萦绕脑际，记忆犹新；其师道师德、风范余韵，令人敬仰。

我们的老师学有所长，各有自己的教学风格，因材施教，左右具宜。被誉为四大名师之一的张少逸老师，学养丰富，功底深厚，文质彬彬，有谦谦君子之风。他教我们语文基础知识，神态严肃，不苟言笑，语言规范准确，板书工整隽秀，重点、难点突出。课下，张老师对学生的疑难问题耐心解答，和蔼可亲，望之俨然，即之温暖。据其同事讲，尽管张老师对教材已经很熟悉了，但还是坚持学习，了解所讲内容的最新动态，结合学生实际精心备课，一丝不苟，教好每一节课。其在课堂上讲授课程时，条理严谨，堪称楷模，学生都由衷敬佩。教文选与写作的邢朝芳老师，戴深度眼镜，斯文儒雅，不疾不徐，擅长分析作品，引人入胜。在上蒲松龄《促织》课时，邢老师从字词句入手，剥茧抽丝，演绎细节，剖析小说精巧的结构、曲折的情节、魔幻的手法，最后用郭沫若的话"写人写妖高人一等，刺贪刺虐入骨三分"进行高度概括，学生易知易记。邢老师的课，教你如何解读作品，从哪里切入，精彩在什么地方，既"授人以鱼，又授人以渔"，这对我们此后的语文教学、阅读作品非常有帮助和指导作用。后来两位老师擢任副校长，是众望所盼、实至名归。教地理课的李开宁老师，是省地理学会会员，到过祖国许多地方，见多识广、性格开朗，语言流畅明快，对祖国的名山大川、地势地貌、物产景观、海疆边关，了然于胸，如数家珍。李老师讲课兴趣盎然、慷慨激昂，颇有"女侠之风"，能引发你读万卷书、行万里路的勇气和激情。后来我也曾豪情满怀，壮游大江南北、长城内外，登岳峨，观江海，穿过莽莽林海，到过茫茫戈壁，深感祖国疆域辽阔、壮美锦绣，爱国之情油然而生。印象深刻的是2009年8月初我到哈尔滨出差，特意去了漠河。记得李老师讲课时说，祖国最北端在黑龙江漠河，是"金鸡"之冠上的明珠，在那里可以看到奇特的极昼极光。在漠河的尽头北极村，我饱览了边陲风光，并特地住了一夜，体验了北极人家的风俗人情，终于实现了30多年的愿望。还有李玉生老师，虽然李老师没有在班上给我们上过课，但多次听过他的中国文学史讲座。李老师是中国古典文学专家，长于文史、文论，没有教材，自己写讲稿，从先秦文学讲起，音调低缓，娓娓道来，既讲文学史，又分析、点评每个时期的代表作品，文史兼顾，文脉贯通。李老师讲到动情处，或金戈铁马，或浅吟低唱，或会意莞尔，或扼腕喟然，声情并茂，学生愿听爱听，每到下午放学后，都掂着凳子抢座位。1984年我上电大时要写论文，于是带着拙作《试论秦穆散文的思想和艺术风格》，拜访请教已调到邯郸市文联任职的李老师。百忙之中，他细读全文，提出了中肯宝贵的修改意见，我受益匪浅，那情那景至今宛然眼前。短时间教我们音乐课的郭秀珍老师，端庄清雅，弹唱俱佳。特别是课外，在旭日东升的早晨，或夕阳西斜的傍晚，杨柳荫下，郭老师端坐自若，手持风琴，一张一翕，从中飘出悠扬动听如天籁般的旋律，有超然物外、出尘脱俗的美感，多少人情不自禁，倾目细听。尤其是班主任张改焕老师，在政治上、学习上、生活上，关心关爱学生，在琐碎事物中周到细致，操心费神，就像家人一样亲切。老师博学笃志、修己敬业、传道解惑、循循善诱、言为士则、行为世范、启智润心、育人铸魂，熏染恩泽我们一届又一届学生，在社会上成人成才，有用有益，善莫大焉，功莫大焉！一生能上一所好学校，遇到好老师，我们真是幸运！

　　1979年7月，完成学业后，我不愿离开又不得不离开，恋恋不舍，依依惜别。经过春夏秋冬的滋养哺育，孜孜矻矻，我们破茧成蝶，鸢飞戾天，实现了命运中的重要转变，打造了走向社会的第一张"金贵名片"，开启了人生历程的新起点。这样的转变，这样的"金贵名片"是母校、母校的老师给予、成就的，从一定意义上说，我们现在的一切，包括家庭、生活，也都是母校、母校的老师给予、成就的。真诚地感谢母校与老师，无论何时何地、走的远近、变化大小，我们都不能忘，不会忘，也不敢忘！以至今日，那保存完好的与老师的珍贵合影成为"镇家之宝"。从学校毕业后，带着母校的历史传承，带着学到的知识本领，带着老师传授的"秘籍"，我们踏上新的征途。我前后教过初中、高中、县师范，在教研室工作，又先后在政府办、县委办及政府部门工作。不管从事教育教学，还是在党政机关工作，我都坚持勤与敬、学与思、知与行，努力做到干一行爱一行，懂一行专一行，求实求是、自警自励，虽无大成，也尽了心、尽了力，发挥了应有的作用，实现了自己的价值。离开工作岗位后，我身闲心不闲，阅经史，读诸子，潜心传统文化，也浏览一些名家名作、杂章趣文，没有任务，没有功利，没有压力，只图喜欢爱好、愉悦身心。一昼一夜花开者谢，一春一秋物故者新。40多年过去了，母校已届百岁，抚今追昔，绵思难忘，先生之风，山高水长！

悠悠大师情

1977 级 35 班　郭志江

母校大名师范学校一直是我魂牵梦绕、始终不能忘怀的地方。

45 年前的 1978 年，在乍暖还寒的时节，我们肥乡籍 29 名莘莘学子跨出农门，离别家乡，带着朝圣般的心情，沐浴着改革开放的春风，走进了河北大名师范这座有着光荣的革命历史、曾经培养出无数优秀人才的教学殿堂。

那时的我们正值风华正茂、英姿勃发、血气方刚的年龄，青春的气息写在每个人的脸上。作为恢复高考后的第一届学子，我们深知"知识就是力量"的道理，十分珍惜这来之不易的学习机会，扑下身子一门心思"充电""补血"，徜徉在知识的海洋。在朝夕相处的日子里，我们与母校、与老师和同学们结下了深厚的牢不可破的情谊，这情谊是前世的约定、今生的缘分，这情谊弥足珍贵，这情谊地久天长。

三千年读史学习有归期，九万里悟道践行无穷期。校园的时光是短暂的，短暂的时光是美好的，带着对母校的眷恋，我们走上了服务社会、施展才华的人生舞台，在各自的工作岗位上传承着大师的精神，历练自我，笃定前行。正如清代诗人袁枚一首诗中所写的那样："白日不到处，青春恰自来。苔花如米小，也学牡丹开。"我们像苔花一样平凡而默默地成长，与牡丹一样绽放着自己的人生风采。

常思量，自难忘。母校为我们提供了良好的学习平台，也改变了我们每个人的人生轨迹，每每回想起来，我对母校总怀有一种割舍不断的情结。1984 年 8 月，我被借调到当时的地区教委帮助工作，其间受委派到大名一中负责干部选拔外调工作，我抽出时间来到了母校。那时学校正在放假，我见到了久别的理科班校友陈希宝同学，我们相谈在校园的绿荫树下，驻足于曾经上过课的教室，仿佛又听到了同学们琅琅的读书声和老师抑扬顿挫的话语，沉浸在对学生生活的美好回忆之中。2003年母校80周年校庆之际，我和师姐巧凤等同学受邀参加，又见到了久未谋面的老师、同学，大家谈事业、聊家庭、话未来，回味那激情燃烧的岁月，此情此景无以言表。今年恰逢母校百年华诞，我们再次相聚在一起，见到了既熟悉又陌生的面孔，当年年轻的师哥师弟历经岁月的磨砺，脸上多了几分深沉；靓丽的师姐师妹走过人生的沧桑旅途，红颜退去添了不少白发。大家在一起有说不完的知心话，道不完的分别情，感恩母校的培养和关爱，对母校翻天覆地的变化感到由衷的高兴。百年庆典充满了庄严的仪式感，伫立在母校创始人谢台臣老前辈雕像前，我们读到了什么是"位卑未敢忘忧国"的家国情怀；走进直隶七师纪念馆，重温七师从风起云涌的革命时期到新时代的光辉历史，我们读到了什么是"薪火相传严谨勤奋"的大师精神；在聆听师生红歌表演中，我们读到了什么是"革命理想高于天"的坚定信仰。我也深切地感受到：知识的海洋非常宽，榜样的力量非常大，奋斗的路上非常美。

相逢又分手，告别众校友，漫漫人生路，悠悠大师情。每次离别母校，我总有一种眷恋与不舍，母校不仅给了我们知识，也教会了我们如何做人做事，母校留给我们的是一生中取之不尽、用之不竭的宝贵精神财富。人生中有了大师的经历，是一种幸福，更是一份自豪，母校的情、母校的爱，我们将铭记心中。

大名师范成就了我的人生

1978 级 42 班　刘恭瑞

在母校河北大名师范百岁华诞之际，我作为 1978 级 42 班的老校友于 2023 年 6 月 23 日有幸参加了母校的百年庆典活动。参加庆典活动归来整整两个月时间，激动的心情始终未能平静下来。

我的漫漫人生之路始于河北大名师范，是河北大名师范成就了我的人生。每想到此，内心总有一种冲动，驱使着我用文字把它记录下来，认为这也许会给正在母校学习或今后在母校就读的学弟学妹们一些启示，抑或是对母校的一种最好的纪念。

一、三个志愿均填报河北大名师范

我于 1975 年底高中毕业回乡，在本村小学当民办教师直至考上大名师范。当民办教师不足三年，我荣获了县级小学三年级珠算"三算结合教学法"一等奖，县级"模范班主任"等荣誉称号。或许是得益于领导的认可，1978 年 3 月我被县教育局抽调到孟固公社中心校担任整顿教师工作队长。其间和孟固中学几位民办教师一起复习参加当年高考。由于我对教师这个天底下最光辉的职业超常热爱，在填报学校志愿时，我毫不犹豫地将三个志愿全部填写了河北大名师范。1978 年 10 月我被向往已久的河北大名师范录取，分配到 42 班，成为大名师范的一名新生。

怀抱着当一名合格的人民教师的崇高理想，怀揣着毕业后能够成为一名公办学校教师，为父母兄弟姐妹挣一份固定工资养家糊口的朴素情感，我及时给自己规划了学习目标和人生方向。在学习上，我不求"差不多"，唯求事事通、事事懂；在教学方法上，不求死搬教条，只求灵活悟性，弄通弄懂"备教改辅考"五大环节；在学生教育管理上，不求一味批评压制，只求晓之以理，动之以情。在人生方向上，我以立业为先，不求过得去，只求做到最好；在为人处世上，以德为先，不讲得失，讲担当、讲奉献；在工作上，不讲条件，讲热情，讲认真，讲实绩。确定学习目标和人生方向之后，我坚持自我加压，持之以恒，不懈努力。在学校两年的学习、生活中，我"以作为学"、作学并重，不断向老师、向同学、向书本、向实践探讨一些立德、立学、立业、做人、做事的问题，不断拓宽自己的视野和知识面，为走上工作岗位后的顺风顺水打下了良好基础。

二、生命里不能忘怀的恩师

我的生命里于我有着较深影响的老师大有人在，但大名师范教授过我的几位老师，我终生不能忘怀。

最让我不能忘怀的是我的两位班主任老师。第一位是张琪老师，我清楚地记得，那年入学报到时，张老师对我格外关注，当我简要向张老师报告我的情况后，他深情地上下打量了我一番说："刘恭瑞，广平人，我记住你了，好好学习，要做同学的表率哟。"张老师的话不多，但很亲切，很实在，很真诚。我的内心油然而生出敬仰之情。在第一次班会上，张老师宣布班委会名单，确定我为42班体育委员。张老师对我的器重与厚爱及后来我在学校各大场合的积极表现，无不得益于张老师的极力举荐。第二位是郭社京老师。郭老师接任我班班主任后，与同学们很快融合在一起。郭老师教我们政治经济学，他常常站在哲学的角度，善于联系身边的事，结合我们熟悉的人讲政治与经济的关系，尤其善于联系同学毕业后的去向，结合政治经济学观点谈人生、谈理想，鼓舞同学们的士气。郭老师年轻有为，工作认真，做事较真，与同学们是同龄人，仅比我大两岁。他曾与我开玩笑地说："在公众场合，我是你们的老师，私下里你们就是我的兄弟。"我与郭老师之间无话不谈，我甚至让郭老师和他的夫人刘老师给我介绍过对象，为我的婚事出谋划策。我和郭老师结下了深厚的友谊。可以说，郭老师的人格魅力影响了我的一生。

让我不能忘怀的另一位老师是我的语文老师李玉生。李老师是真正的文学大家。听李老师授课，不仅是一种艺术享受，更是"种瓜得瓜，种豆得豆，种果得果"。不知何因何故，李老师很喜欢我写的作文，我的作文曾多次作为范文在课堂上交流，李老师经常从我的作文中挑选出一两个精句、妙词、用到极致的字进行点评、点赞，激励着我在文字、文学方面的努力和发展。毫不夸张地说，李老师教我懂得了如何做人、做事、做教师，教我懂得了如何依靠文字写作走天涯。由于当时通信工具和交通工具的短缺，后来我与李老师失去了联系。据说，李老师后来在河北教育出版社任职，著述等身，在同学中一时传为佳话。

让我永远不会忘怀的还有音乐老师马德昌。听说马老师是20世纪东北大学音乐系毕业的高才生，他有着东北人天生的豪爽气质，嗓音洪亮，富有磁性。我天生喜欢音乐，在读初中二年级时我曾被县豫剧团选中而未去；读高中时，我曾在学校文艺宣传队扮演过男一号，参加全县组织的文艺会演时获奖。所以，马老师的每次音乐课，我都如饥似渴，兴趣盎然，激情澎湃，热血沸腾，唱得尽兴。我清楚地记得，马老师教会了我们《祝酒歌》《我们的生活充满阳光》《红星照我去战斗》《边疆的泉水清又纯》《九九艳阳天》《小白杨》等当时最火的歌曲。这些歌，百听不厌，千唱不烦，以至于这些歌成为我宝贵的精神财富。直到现在我每到一个特定的场合，只要条件允许，我都会如当年一样深情演唱这些常唱常新的老歌。

大名师范还有许多教过我的老师，我不能忘怀。他们亲切的笑容、高尚的品质、不凡的气质及给我人生带来过积极的影响，均历历在目，仿佛就在昨天。

之所以说他们是我生命里不能忘怀的老师，是因为他们教育我、引导我认清了人生的方向、处世的哲学、奋斗的目标。

回想大名师范我的恩师给予我的言之谆谆、情之殷殷的正能量教诲与引导，其潜移默化的作用和影响使我受益终生，以至于我几十年来在实践中不断通悟，无愧于自己的青春年华。

三、不忘初心，方得始终

1980 年 7 月，在大名师范修完全部规定课程后，我满怀依依惜别的心情，怀揣毕业证回到县教育局报到。8 月底接到教育局通知，我方知被分配到教育局工作。由于在大名师范学校得到过众多老师的言传身教与迷津指点，我深深懂得"万般皆下品，唯有读书高"的真谛，我知道要想在一个单位站稳脚跟，有所作为，就要立下终身学习之志，用知识武装自己，用文字提升作为。而学习的最佳捷径就是读书。为此，这期间我可谓视书如命，读了"四大名著"，还读了鲁迅、郭沫若、老舍、丁玲、杨沫等名家作品。记得我一个晚上的时间就读完了《烈火金刚》，3 个晚上的时间就读完了《艳阳天》，4 个晚上的时间就读完了《金光大道》，柳青的《创业史》我连读过三遍……

回顾自己的人生路，似乎自己真的就是读书的命，操笔劳作的命。参加工作几十年，我没有一天不坚持读有用之书。先后在教育战线 9 年，在局机关工作满一年后，因当时我为单职工家庭，人多劳力少，强烈要求回本乡中学教书，但 4 年后又"二进宫"，被调入局机关办公室从事文秘工作长达 4 年，其间我阅读了大量的教育研究方面的刊物书籍，撰写了大量的理论文章，用于指导一线工作。其中撰写的署名文章《中小学校思想政治教育不容忽视》在《邯郸日报》头版头条位置刊发，引起轰动效应。在乡镇工作 8 年间，我的职务从"两办"主任到副乡长、常务副镇长，业务工作再忙，我还是坚持通读了《毛泽东选集》一至五卷，通读了"马、恩、列、斯"全集。撰写的《党政机关清正廉洁之我见》在全县论文评选中荣获一等奖；撰写的教育论文《宋固乡三级三制教育管理办法取得显著成效》在《邯郸日报》头版头条刊发，时任市委书记吴野渡亲自配发编者按。我在县委主要领导身边工作 6 年间，为 4 任县委书记提供文字服务。身为研究室主任，兼资料办主任、信息中心主任、形象办主任，我与书为友，本着开卷有益的心态，通过读书寻求需要的最佳方案。在此期间我撰写的理论文章塞满了两个文件专柜，我的获奖证书塞满三个抽屉。我在广播电视局 6 年，任职党组织书记兼副局长、采编制播总监等，这期间岂能有一天离开过读书和操笔写作？

忆往昔峥嵘岁月，几十年的人生路，虽然没有辉煌，但也得以慰藉，这完全得益于我的母校大名师范的恩泽滋润。

四、退休后的新征程

2009 年 9 月，我从县广播电视局离岗后，本想好好调整一下自己的生活，以休闲、娱乐、旅游、读书、写点小文为主基调，因为我自参加工作几十年如一日，白天拼命工作，挤时间读书学习，晚上熬夜加班码字，通宵达旦，成为家常便饭，熬到离岗的确不易，但出于人情面、好奇心、成就感，我不得不给朋友帮忙工作至今。

不必说我离岗后的当天下午被胜营中心卫生院长"请去"帮忙抓管理、码文字、搞外联整整 100 天，一直干到农历大年三十。

不必说一过正月十五我就被石家庄一家企业老板"挖去"，一干就是 4 年。我搞外联工作，偶尔与市长、省长见面汇报企业愿景与亮点，抓内部管理，在干中悟、在悟中干，得以历练。管理项目资金，年年创收从未间断；先后争得土地指标 350.8 亩，我为企业节省资金上千万元。其间，我长了知识，也学会了交际与公关。

也不必说因身体和年龄原因，我于 2013 年底从石家庄回到老家广平县不准备再干。现在的老板得知我从省会回来，经与我多次"沟通"，我到现在的公司一干又是十年，直到今天还在继续工作。在这里我学会了"自觉"与"慎独"，学会了处理突发应急事件，掌握了写公文协议案卷和打官司、要账与谈判。

仅仅退休后的业余生活就令人感慨万千。我喜欢携妻散步，一年 360 天早晚两次散步，在县城风景优美的环城河边和各大公园。我们既锻炼了体质，又陶冶了情操，还被游人称为一道游动的亮丽风景线。我喜欢观看大自然，看风吹叶落，看雨沁花香，缓缓旋起心中不老的梦幻。我听雨润荷叶，听风拂水面，声声醉心，浮想联翩，任风和雨的味道，在诗意的脉络里交织成最美的动感画面。我喜欢写诗、写散文，撒娇浪漫。闲暇时我以观察自然美景为题练练笔头，写写抒情诗、爱情诗，抒发抒发情感，孤芳自赏，聊以自安。我偶尔从朝花夕拾中选选题，写写散文，回忆激情燃烧的岁月，小文多数上了微刊，获奖多篇。我尤其喜欢几个文友群，常读常新，读到挑起心理感应处，以己之悟写点读后感，写些所谓的评语给予点赞……

或许，这就是我退休后的心灵驿站；或许，这就是我灵魂深处的出发点和落脚点；或许，这就是我在红尘的浩瀚中在人生的悠悠中演绎着自己的喜欢。

我想，但凡一个有梦想的人，都应该讲究律己，讲究格调，胸怀理想，追求浪漫，不辜负红尘给搭建的演绎人生的平台，放下漫漫长路中的沉重负担，带着幸福与成就感，潇洒开心地从红尘走过，直达梦想中的彼岸！

谨以此作为一位学子对母校百年华诞最本真的纪念！

　　刘恭瑞，广平县委研究室原副主任、主任，县电视台书记、副局长，已退休。

读《大师，我永远的思念》有感

1978 级 42 班　刘恭瑞

读罢 84 班邵建军《大师，我永远的思念》，作为大名师范 42 班的老校友，很有同感。《大师，我永远的思念》，何尝不是我和我的同学心底的呼唤！

弹指一挥间，我们毕业离校已有 43 年。多少美好的故事还未来得及诉说，多少青春的梦想还未有来得及吟！可是啊，那邵建军学弟笔下的大名师范正是学长们的心语，读来无不让人泪眼婆娑！

遥想当年，教导处郭力耕主任慷慨激昂讲人生，娓娓动听地谈理想，马德昌老师教音乐的引人节奏和迷人动感，还有李玉生老师讲演的《在烈日和暴雨下》与众不同的剔透释意和代入感，连德元老师精彩绝伦的数学板书设计和示范效应，特别是我的班主任郭社京老师教授的政治经济学，让我们懂得了政治与经济价值的取与舍等，无不激励着我们学习、学习，再学习，努力、努力，再努力。这一切的一切，都早已化为我们难忘的精神食粮！

邵建军的文字，再一次撩起我对母校大名师范的心心念念，这里曾经留下过我多少爱恋的故事、奋斗的足迹和美丽的传说。

但是，四季往复，一江东波。那沉舟侧畔，早已是千帆过尽；那病树前头，早已是万木春！

让我们乘着林则徐"海到无边天作岸，山登绝顶我为峰"的豪迈，牢记母校大名师范两年的培育之恩，享有着退休后的幸福生活！

让我们秉承大名师范之优良文化传统，朝着美丽的诗和远方继续奔波！

"以作为学",成就人生
——献给河北大名师范百年华诞

1978 级 44 班　梁海民

　　时光荏苒,岁月如梭。2023 年 6 月 23 日,我有幸参加了母校河北大名师范百年校庆校友返校欢迎会,代表 1977 级、1978 级全体校友做了大会发言,十分激动!我在母校读了两年书,度过了人生宝贵的青春时代,回想起那一段印象深刻的求学经历,我对母校充满了浓浓的感激之情,它给予了我成长进步的力量,是我终生的精神财富。

　　回顾母校学习期间的点点滴滴,一一浮现眼前,仿佛就在昨天。记得国家恢复高考的第二年,1978 年,我作为应届生考上了河北大名师范,时年 18 岁。我初到学校,一排排教室、宿舍、食堂、大礼堂都是清一色的灰砖或红砖蓝瓦平房,它们在绿树成荫的掩映下井然有序、整洁大方,显得格外好看,是静思学习的好地方。尤其是谢台臣校长"以作为学"的校训,使我刻骨铭心,为我指明了方向,成就了我的人生。虽然在那个年代比较艰苦,然而大家都能充满激情,老师爱岗敬业,学生刻苦读书。我们 1978 级 44 班的班主任王文学老师在教好课的同时,自习课他都常到班里,坐班管教,指导我们自学。上课时,我们都能做到专心听讲,认真做笔记,课下利用自习课和周日,认真完成作业。对于疑难题,同学们相互交流、取长补短,共同提高。我经常利用业余时间和周日提前预习,到校图书馆借书阅读,扩展知识面。由于勤奋努力,在 1979 学年全校年级统一考试时,我取得了名列全校第 3 名的好成绩,受到了学校表彰。记得 1978 年寒冬的一天出早操时,各班同学做广播体操的动作姿势很不规范,陈仰贤副校长看到后并没有批评大家,而是拿起话筒,调整队伍向他集中,喊了两声"立正、稍息"后说:"同学们,全国人民学习解放军,我陈仰贤是军人出身,请大家看我是怎么做的。"随后,一招一式,他做得甚是规范标准。陈校长的"以作为学",深深地感动了同学们。很快同学们的广播体操做得规范了起来。在校时老师的谆谆教导、师生互动谈笑风生、丰富多彩的校园文体活动、严谨活泼的教学环境,去万堤农场支农割麦子,还有学生得了病吃校食堂师傅做的病号饭、炝锅荷包鸡蛋面的特殊关爱等,至今都历历在目,令人久久难以忘怀。

母校给了我们温暖,给了我们知识,给了我们立世做人的道理。通过两年苦读,我们磨砺了自己的意志和信念。"生我者父母,育我者老师。"记得王惠枕副校长曾对我说:"海民,你学习成绩好,各方面也都很优秀,毕业了留校吧。"这是校长、老师对我的肯定,我很感动,但更多的是感谢。正是有了老师的辛勤教导和我们的努力、争气,母校才"年年桃李、岁岁芬芳",走出了一批又一批的优秀学子。

作为母校学子,毕业后,我始终牢记母校校训和每位恩师的教诲,在文教、公安等岗位工作40余载,有奋斗的艰辛,有收获的喜悦,更有对母校感恩之情一路相伴。记得毕业刚回广平时,广平县文教局工作人员看到我档案中的在校成绩非常好,就把我留在了县文教局教研室,在县文教局教育组当干事,负责全县中小学教育业务指导。曾记得,为抓好九年义务教育,我骑自行车跑遍了全县169所小学和12所中学,摸底数、查实情,整理的调研报告被县局采纳并实施,我受到了县区教育局领导的表扬,产生满满的成就感。1982年,组织派我到县北关中学治乱,任校专职团委书记。经过我和全校教职员工一年脱胎换骨的整治,学校由乱变治,面貌焕然一新。我在全县"三干"会上介绍了经验,得到了县委的认可。1983年,县委任命我为广平团县委副书记,时年我23岁。在团县委工作期间,我积极开展学习张海迪、脱贫致富等活动,培树少年张世川救落水儿童先进典型,在北京得到了时任中共中央总书记胡耀邦的亲切接见。1988年,我被团省委授予"全省新长征突击手"荣誉称号。同年,我复习一个月后,参加全国成人高考考上了河北政法管理干部学院。这主要得益于在大名师范受到的良好教育,否则时隔8年没怎么复习,我不可能考得上。毕业后,我先后被任命为广平县公安局副政委、副局长、副书记,抓消防工作,连续6年全市排名第一。1998年我被组织任命为大名县公安局政委,时年我38岁。在大名县局期间,我认真组织讲学习、讲政治、讲正气"三讲"工作,开展队伍建设等工作。我组织的"三讲"工作,省委巡视组组长给予了高度评价。2000年我被市委表彰为"全市优秀党务工作者",是全市政法系统唯一一人;同年8月,我被市委任命为邱县公安局党委书记、局长,时年我40岁。在邱县我们侦办了"9·15"大案,我为侦办该案作出了主要贡献,省公安厅为我荣记个人二等功。2003年,市委任命我为成安县公安局党委书记、局长,我提出命案必破,成安县连续5年命案破案率100%,省公安厅为我荣记个人一等功,市委政法委在成安县召开了全市命案必破现场会。成安县公安局实现了连续4年进京零上访、无违法违纪,荣获全省全市执法质量优秀单位、全省全市优秀公安局、全国信访工作优秀公安局。2007年5月27日,在北京人民大会堂,我被授予"全国特级优秀人民警察"(二级英模)称号。同年8月,我当选为成安县人民政府副县长、公安局局长。2009年,我调任市公安局党委委员、纪委书记、督察长,抓"两车"治理工作。公安部、省厅在邯郸召开成果现场新闻发布会,我被省公安厅荣记个人二等功。我抓行政权力公开透明,工作成效突出,省公安厅在邯郸召开全省公安机关现场推进会,我受到了高度赞扬。2012年我被市委任命为市公安局党委副书记、副局长。2014年我在北京参加了公安部举行的隆重授衔仪式,我被授予高级警官三级警监警衔。2017年,邯郸成功创建全国文明城市,我被省委、省政府授予"全省创建全国文明城市突出贡献先进个人"荣誉称号,荣记个人二等功。2020年元月,市委决定晋升我为一级调研员。

我还曾荣获河北省劳动模范称号,先后荣记个人一等功1次,二等功4次,荣获各种荣誉称号50余次,曾在各级媒体报刊和出版社发表文章53篇。

回首自己的成长进步,我得益于三点感受。首先,母校无私的教导和培养是成功之源;其次,吃苦耐劳、忘我拼搏奋斗精神是成功之本;最后,各级领导、老师和同学们大力支持、帮助是成功之要。

"拳拳学子情切切,难报母校两春晖。"抚今追昔,我对母校充满了感激之情,鉴知往来,难忘老师的教诲之恩。河北大名师范学校,是您,哺育了我们的昨天,更成就了我们的今天,我们永远不会忘记母校和各位老师的恩情。

河北大名师范学校,我们的母校,愿您的精彩延续,绘就更加灿烂的明天!

梁海民,邯郸市公安局党委原副书记、副局长,一级调研员,高级警官三级警监警衔,全国特级优秀人民警察(二级英模)。

大师学两年，受益四十载

1978 级 46 班　佘斌义

1978 年，那是改变我及我们姊妹三个人命运的年份。那一年，我和两个妹妹一起参加中考，我考上了师范，大妹考上了卫校，小妹则考上了县一中。这在三乡五里的邯郸县东南也引起了小小的轰动。可以说，从此，我的一生改变了，两个妹妹此后也分别成为医生和教师，为国家和社会作出了自己的贡献。

白驹过隙，一晃 40 多年过去了。今天，我来回忆一下改变自己一生的母校大名师范对我的影响。其实进入大名师范，是我人生的又一次转折。

歪打正着进大师

说起来话长，我最初并不是被大名师范录取的，是改革开放的大潮使我有幸与大名师范结缘。

记得那是 1978 年的 10 月 10 日，我迈进河北邯郸师范的校园，当时我被编入 51 班，是个理科班。事实上，我热爱文科，于是开始了闷闷不乐的师范生活。当时，我的考试总分较高，这可能是我被邯郸师范录取的缘故。但是，理科班不开语文，也不开历史、地理和政治，我对数学、物理和化学又不感兴趣，这着实让我犯了愁。谁知，这时，党中央出台了多出人才、快出人才的重大举措，我所在的邯郸师范升格为邯郸师范专科学校。我所在的51 班和 52 班两个中师理科班，要搬迁到河北大名师范学校去，这一搬迁对其他同学来说可能无关紧要，但对于我来说，却是改变我命运的重大转折。

记得那是一个飘着雪花的日子，我们 51 班、52 班两个班的同学分乘两个大轿子车，从学步桥旁的邯郸师范一路向东南，来到了对我来说开始了新生活的、真正改变我命运的河北大名师范学校。

命运初改的日子

初到大名师范，很多还没就绪，尤其是刚刚搬来，我们两个班五六十个男同学同住一个小礼堂。晚上，由于一起住的人太多，这个睡了，那个醒了，还有打呼噜的，一个晚上，好多次我被同学小便的声音震醒。那时，生活水平还不高，相比邯郸师范的条件，学校食堂的伙食，大家也不满意，我们为此还和食堂的大师傅闹过一些矛盾。好在大名师范的校风好、大名师范的师长好、大名师范的同学们好，随着时光的流逝，我们的生活条件也都逐步得到了改善：在住宿方面，我们搬进了虽是大通铺但在当时却是很好的宿舍；在伙食方面，在力所能及的前提下日渐向好；授课老师方面，学校给我们这两个新搬来的同学们安排了最好的老师。记得教我们语文基础知识的是李善初老师，教语文的是李玉生、杨凤的老师，教我们政治的是陈凤轩老师，他们都是顶尖的好老师。

而最让我欣喜的是，大名师范没有文科和理科之分，语数外、史地政各科全开，还开设了生物课程，记得有一次生物考试，我竟然考了 100 分。有了语文和史地政这几科，我对学习的兴趣大增，也有了施展才华、崭露头角的机会。可以说，如果不是我们这两个班从邯郸师范搬迁到大名师范，我的师范两年将会十分暗淡，我会非常痛苦地在邯郸师范度过这段时间。大名师范让我的人生发生了根本性改变。

多彩的校园生活

来到新的校园，来到"以作为学"的大名师范，对我来说一切都是那么新鲜。更可喜的是，学校的课余生活是那么丰富多彩：诗歌朗诵会、普通话观摩会、演讲比赛，还有重大节日的文艺晚会，让我们这些风华正茂的学子乐在其中。对我这个热爱文学、喜欢音乐的文艺青年来说，更是如鱼得水。

入校后我看到学校有许多黑板报，好像每一个班都有黑板报。我记不清是哪个班的黑板报上书写了这样一首诗，我至今牢记在心："吾乃天雄一布衣，六十初度迎晨曦。长征直到四化日，庸石素心垫路基。"这是张少逸老师（后任大名师范副校长）在"文化大革命"结束后，决心为实现祖国的现代化而奋斗的心灵告白。这首诗立意高远、感情真挚，陪伴激励我走过了40多年的人生，也激励我40年勇往直前地奋斗。

我还记得，那是1980年的元旦前夕，我们46班举办迎新年文艺晚会，我临阵磨枪写了一首《喜庆新年颂园丁》的自由诗，在晚会上进行了朗诵，没想到竟然赢得了满堂彩。当时，校领导和学校的老师有20多人参加。晚会结束后，参加我们班晚会的张少逸和陈仰贤校长还专门来到我的宿舍，让我连夜把这首诗抄写出来，交到广播室和学生会。新年前后，这首诗不但在学校广播站广播了三天，学校还以学生会的名义又办了一个专栏，专栏就在学校的大礼堂门口。

我们的大名师范还让同学们走出校园，落实"以作为学"。记得那是1979年的麦收期间，我和同学们一起去支农，即去万堤农场收割麦子。对很多以学习为主的学子来说，割麦子的体力活确实有点儿吃不消。也许沾了我是来自农村的光，我对此乐此不疲。记得割麦子时，我的速度在班里是数一数二的，并且还在支农结束后被评为班里的劳动模范。

忘不了绒花树下的畅想，忘不了学校文艺晚会上我们放声歌唱，忘不了我们几个发烧友的口琴合奏《我们的生活充满阳光》。大名师范，我的青春、我的欢乐，我永志不忘！

影响一生的奠基

大名师范近两年的校园生活，为我的一生打下了良好基础。在这里，我学会了吹口琴；在这里，我学会了写诗歌；在这里，我增长了教学能力；在这里，我锻炼了自己的演讲与口才，等等。所有这些，都让我受用无穷。

先从吹口琴说起。记得前些年，中央宣传部《党建》杂志社在贵州遵义市召开理论研讨会，我有幸参加了这次会议。研讨会间隙，我们来自河北的几位同人一起坐了会。当时，我是有备而来，我即兴用口琴吹奏了几首红色歌曲。在这革命的圣地奏起红色的歌曲，加上我在大名师范打下的吹奏基础，几曲下来，赢得大家的阵阵掌声与喝彩。

再说说我的小诗。近五六年来，我创作诗歌500多首，有的还获了奖。我准备近期结集成册，出版成书。

关于教学能力。从大名师范毕业后，我在教小学时，曾让最差的班级中多人考上了重点初中，受到中心校长的大力表彰，我还因此出席了县里的先进分子代表大会；在教初中政治时，我曾创造了连续五年政治学科成绩名列全县第一的好成绩，甚至还有两年我教的政治学科名列邯郸市榜首。因此，我受到市教科所的表彰。

关于自己的演讲与口才，我更可引以骄傲和自豪。40年来，我的演讲足迹遍及河北大地，更是讲遍了邯郸的山山水水、角角落落。我还走出邯郸、走出河北，走向全国去演讲。我进过工厂、农村、机关、学校、军营、社区、医院、民企，演讲内容涉及方方面面，演讲听众遍布各个群体。演讲场次达4800余场，听众达上百万人次。我还走进邯郸人民广播电台直播间，当了三年特邀嘉宾，主持《人文邯郸》《党旗飘飘》《科学发展在邯郸》等现场直播节目。我多次接受市电台、电视台采访，发表社评。我还登上了市委党校、省委党校进行演讲。我甚至做客中宣部《党建》杂志社接受专访，介绍自己的演讲经验。

多年的工作，多年的付出，带来了一系列荣誉：我曾荣获邯郸十大新闻人物、邯郸十佳共产党员、邯郸市十大新闻人物、首届邯郸市优秀宣传干部、邯郸市思想政治工作创新奖、河北省创先争优优秀共产党员、河北省优秀党课教员、全国理论宣讲先进个人等。《人民日报》《光明日报》《党建》杂志、新华网、人民网、中国共产党新闻网都报道了我的事迹。我亲赴北京，领取了中央领导给颁发的全国理论宣讲先讲个人证书。

树高千尺不能忘了根。所有这一切，是母校，是大名师范为我奠基，是大名师范为我打下了多方面的基础。我曾想：恢复高考让我有机会跳出农门，改变了命运，我们班搬迁到大名师范，我在此接受了近两年的良好教育。母校的良好校风，活跃的校园氛围，使我在此后的工作岗位上锦上添花、大放异彩。我由衷地感谢母校——河北大名师范。

永志不忘的母校

2023年10月23日，是母校百年华诞。我8月应邀回母校参加了纪念活动，看到母校的校园更美丽了，也见到许多朝思暮想的老师和同学，母校在社会各界的支持下又有了新的谋划和远景。我爱母校的昨天，也爱母校的今天，更爱母校的美好明天。母校，我将永志不忘。

有一段时间，社会上盛传我的母校要被撤销，这让我夜不能寐，思绪万千。当时，我即写诗几首，表达心迹与不舍，现择录于此。

忆母校大名师范

公元一九七八年，
心怀梦想进师范。
校址即在大名府，
两载求学学问添。
时光如梭匆匆过，
而今已到耳顺年。
如烟往事俱忘却，
尤记风华求学年。
校园散步榕树下，
读书二楼靠西山。
清早跑步北操场，
古城小吃让人馋。

记得八〇元旦庆，
我写诗歌传校园。
拙诗名字颂园丁，
学校为此出专栏。
校长两个到寝室，
决定此诗上联欢。
全校广播整三日，
让我自信自豪添。
回望来路有精彩，
大师根基如铁般。
大师岁月怎能忘，
大师师生记心间。
大师如今要撤去，
大师让我泪涟涟。
大师大师我大师，
大师永记万万年！

再忆河北大名师范

当初文艺小青年，
一腔热血奔校园。
虽说中师学历浅，
改变命运第一关。
胸怀建设四化志，
天雄求知苦中甜。
要说过往有成就，
得益母校课开全。
直隶七师名于世，
学子千万神州遍。
吾辈虽未成栋梁，

也为祖国砖瓦添。
再忆过往多少事，
大师功劳排在前。

如今，在领导、老师、校友及社会各界的共同努力下，我的母校河北大名师范得以邯郸幼儿师范高等专科学校大名校区的名义保留，这让我很欣慰。值此河北大名师范百年校庆之际，仅作此文，以志纪念。

佘斌义，中华教育艺术研究会会员、全国理论宣讲先讲个人。

母校常铭记，浅议"和尚"班

1979级54班　康振锋

  2023年7月23日，退休多年的我怀着小鹿撞胸的激动心情，仿佛游子般又回到了阔别42年的母校大名师范，参加了极为隆重的百年校庆。我再次感受、领略和加深了直南这个富有百年红色基因的革命圣地及文化摇篮的强大氛围。刚进校，四目极望，我感触良多，又似乎有点茫然。印象中的校容、校貌均已不在，低矮的瓦房都被高楼替代，当年的教室也不知所踪。校园和印象中母校的样子截然不同了。后再细想，时光都过去了近半个世纪，时代飞速前进和社会跨越式发展，母校哪能还保持着老样儿而故步自封不"成长"呢？看今朝，花园式的校园，处处姹紫嫣红、莺歌燕舞，旧貌换新颜了，不是更好吗？况且母校又已浴火重生，由中专晋升为大专了，更该为之祝贺！再说这也是事物发展的客观规律，一切都在年轮的转动中与时俱进啊！

  母校大名师范，这个美丽的、深深烙印在大脑中的词，为什么如此刻骨铭心地难以忘怀呢？如此漫长的岁月过去了，经历和忘记了多少人和事，唯独不能忘记也不会忘记的，就是母校！

  母校，是一个人曾经学习和走向成功的地方。

  母校，是一首永恒不灭的乐曲。作为学子的我们，是她放飞的一个个音符。无论我们将来汇入哪一首诗歌，她都会跳动出一节最美的旋律。

  母校，是一处温馨的港湾，我们是她怀中驶出的一叶扁舟。无论我们将来停泊在哪一个港湾，都闪烁着她的一盏航灯！

红色师范　百年名校
——河北大名师范学校百年华诞文萃

毋庸置疑，任何人的母校，都是终生难忘的。她即使不是那个时代最好的学校，或者最高的学府，但有别于任何学校、任何学府，是有独特个性和魅力的特殊存在，是照亮我们前程最始发的一座灯塔！她就如一个人的母亲，或许不漂亮或许不高贵，甚至五官、肢体还有些残缺，却是孩子们心中最漂亮、最温柔、最善良、最无私、最贤惠、最宽容、最完美无缺的天使！

一个人，要想飞得很高很远甚至遨游太空，首先必须具备坚实的文化基础。"万丈高楼平地起"，就是这个道理。道家说"一生二，二生三，三生万物"。没有第一步，如何走向诗和远方？这就是母校不可替代的伟大意义。所以，母校就是我们人生的"一"，就是根！

校庆后的一段的日子里，我连续不断在网上看到学兄、学弟、学姐、学妹及老师们发表的佳作，或诗歌或散文，从各个侧面、各个角度吐露着自己的心声和感念。读之津津有味，不忍释卷，我不由浮想联翩，心潮难平，沉醉在如同昨日的历历往事中，于是也产生了想写点儿东西的想法。但自知才疏学浅，写不出大的议题，干脆浅议一下我们那时母校独具特色的"和尚"班吧，这也是两年学业的长河里一朵美丽的浪花。

不知是何原因，1979年秋入学时，我们54班竟然没有一个女生，个个都是标准的纯爷们！故有人戏称我们的班级为"和尚"班。在我读过的小学、初中、高中，以及后来又进修的大专里，都是有女生的。唯独大名师范我们这个班级中没有女生。

没有女生的班级与有女生的班级是有很大区别的。有女生的班级，教室气氛总是比较安详、沉静，少男少女无论出于礼貌还是矜持及其他什么原因，在彼此交谈交流时，言语总是那么羞涩、含蓄、文雅，低声细语，甚至以目传情，想必都想在异性面前表露出自己的修养、高雅或高深，以求得心仪之人的青睐。而"和尚"班则不同，教室氛围最为活跃。在语言交流、开玩笑时，大家就会畅所欲言，无所顾忌，俚语、俗言层出不穷，有时衣着不整，袒胸露背，放荡不羁。也常常因为一句什么话而哈哈大笑，前仰后合，甚而搂肩搭背，不拘小节。这样的氛围使同学们彼此的心谊、友情、想法、感触等表露得淋漓尽致，大有梁山好汉之雄风！

我那时是班里负责纪律的副班长。由于班里没有女生，在管理上着实费了不少周折，尤其自习课时间。不过，后来回想起来，没有女生的班级，在某方面反而占有了不少优势。由于没有女生，客观上在很大程度上减少了谈恋爱的概率。由于没有约会，同学们大都"清心寡欲"，没有"私心杂念"，其时间和精力自然都会一股脑儿用在学习上。所以大家在各科学业上都有突飞猛进的长进，也为离校后的发展奠定了扎实的基础。我们班同学毕业后，有赴美国上学、就业的，有去香港地区搞经贸发展的，有在省市机关身居要职的，有在基层各行各业独当一面的，出现了好多翘楚。我想，这些或许有偶然因素，但更多的与在大名师范的"和尚"班经历有着直接或间接的关系。试想：在短暂的两年时间里，如果在繁重的学习任务面前还要抽出一定的时间谈恋爱，今晚看电影，明晚喝咖啡，周末逛集市，必定会浪费时间，荒废学业，至少非常影响精力。这样的话，大家年龄又不大，学科又那么多，基础就必然不会扎实，成绩也就不会突出，也必然影响走向社会后的发展。因此，我深深地对那时这个模式"设计"的领导们感到由衷的敬佩！我甚至觉得学校应该把这个模式传承下去，使每个学子都能在上学期间排除干扰，心无旁骛，在有限的时间里尽可能多地汲取更多的知识养分，夯实各科基础，成为为社会的发展、祖国的崛起作出更大贡献的人才！

以上拙见仅为一己之见。不妥之处在所难免，万望尊敬的师长和亲爱的学友们斧正和海涵。

百年校庆有感

1979 级 56 班　张玉林

　　为了庆祝百年华诞，学校从 2023 年 6 月到 10 月，于每月的 23 日分期分批邀请历届毕业生回访母校，缅怀青葱岁月，畅叙师情友情，共享百年庆典。

　　2023 年 7 月 23 日，母校向我们 1979 级和 1980 级学子发出召唤，邀请我们"回家"看看。

　　我们毕业已 42 年了，其间大名的同学曾组织过一次回访母校活动。由于数次拆建，母校形象在我们的心目中已变得陌生，"家"的味道日渐淡漠。

　　这次得到母校邀请，我们大都年过花甲，暮年归"家"，难免有"少小离家老大回"之感慨，有"近乡情更怯"之情怀，有"花有重开日，人无再少年"之感叹。平时多少次梦里回校园，而真正要回去了，我们却前怕狼后怕虎，畏首畏尾了。大家都上有老下有小的，百事缠身，遇事能推则推了。

　　我是被班主任张学军老师的信感召过去的。

　　"百岁母校是想念她的学生了，是想念她的孩子了，才用这种方法见见大家。其实，我也挺想念大家的。"

　　"同学们，23 号，我在学校门口等你！欢迎你的到来！"

　　一句"我也挺想大家的"，令我动容，再一句"23 号，我在门口等你！"让我泪眼婆娑！

　　我想被张老师这封信感动的绝不止我一个，因为看到这封信后我们班报名回校的人数达到 23 人，是回校人数较多的班级。张老师的信也在其他班级引起了反响，纷纷让我转发给他们。

张老师没有食言，8点多就在校门口迎接我们"回家"，像当年尽心尽责的班主任一样激情四射，带领我们游览参观、拍照留念……

母校热情周到，一张斑驳的当年毕业合影令我们回到了青葱岁月；一枚小小的"河北大师"徽章令我们心潮澎湃；参观直隶省立第七师范纪念馆，让我们崇尚先贤；一场报告会让我们信心满满……

正像学生代表，我们的学友王书银说的："我们怀念母校，其实是怀念上学时候的自己；我们想念同学，其实是想从同学眼里找回年轻时候的我们。"

坐在教室里，当满头霜发的我们用颤巍巍的双手互相帮忙把"河北大师"徽章端正地挂在彼此胸前时，我分明看到同学们都不由自主地挺直了腰杆，脸笑得像花儿一样灿烂。

"谁道人生无再少？门前流水尚能西，休将白发唱黄鸡……"

母校喜庆百寿辰，

万千桃李归黉门。

一枚校徽胸前挂，

华发难掩童子心。

母校百年华诞浅吟

1979 级 56 班　孙俊臣

母校百年华诞，作为学子，心中反复吟唱——祝您生日快乐！

然而总觉意情难尽。

7月21日，馆陶县1981届同学微信群里出现了好几位同学转发的关于母校河北大名师范在百年华诞之际分批次召唤各地学子归校进行庆祝活动的帖子。我们1981届、1982届学子于7月23日到校。看到这个消息，我马上在微信群签到，并给本班同学打电话互告喜讯。母校的形象、在母校求学期间的片片段段，如电影碎片般在脑海中浮现，心中满满的幸福和愉悦。当晚我失眠至凌晨，22日又是一个失眠夜，23日在精神亢奋中驱车扑向母校。

班主任张学军老师在校门口迎接我们，张老师身着白裤、湖蓝色短袖衫，精神抖擞，笑脸灿烂；我们56班的同学老远看见张老师，扑上去和张老师握手，不同县的同学相互问候，笑意盈盈。校园内的小广场上，有许多老师带领在校生举着写有不同班级的牌子，迎候着我们。这使我的思绪蓦地回到入学的1979年深秋，老师在门口接我们，上一级学兄学姐领着我们找宿舍、办饭票、认教室，学校的一切一切都使我感到既新鲜又亲切。倏忽40多年，曾经的翩翩青丝少年已成蹒跚白发老翁。好在有母校的召唤，使得我们能在母校百年华诞之际归校。

母校的领导和老师还像对待当年的新生那样，在现在的教学楼里给我们每个班的学生有序地安排了不同的教室，教室内仍是每个学生一凳一桌，窗明几净，同学各找一桌凳坐下，面朝黑板，满脸的笑容。此时，物是人也是，真是学子"回家"呀！这时，又一个激动人心的时刻出现了：老师给每位同学发了一枚胸牌（那时我们称为校徽），"河北大师"赫然于牌上。教室里的同学争先恐后地别在了上衣的醒目位置，抬头挺胸，先欣赏自己，再互相欣赏，而后大笑拥抱，回想我们刚入学时发校徽、戴校徽时的情景，都沉浸在美好的回忆之中。

能成为河北大名师范的学生，是我们的骄傲。去大名城里购物，大家戴上校徽，坐公交车戴上校徽，走亲访友戴上校徽，"河北大师"成了我们的标志。无论是城里人还是乡下人，看到我们胸前灿烂的校徽，无不露出羡慕的目光。

那时，我们就因能成为河北大师学生而骄傲；现在，我们仍然因为自己是河北大师的学生而自豪。

河北大师，我魂牵梦绕的母校！

我们的母校经过百年成长，如今高楼林立，绿树成荫，花草浸芳道，恢宏而大气。我们的母校经过百年劳作，如今栋梁承厦，人才辈出，桃李遍天下，业赫功高而伟大。年年有新鲜血液注入，使我们的母校枝繁叶茂；年年有硕大果实输出，使我们的母校根系遍布冀南乃至神州。

母校是参天大树，母校是巍峨高山，母校是冀南的一颗明珠！

母校永远铭刻在河北大师人的心中。

祝母校新的百年更辉煌！

忆母校——大名师范

1979级57班 李洪彬

1979年,是"文化大革命"后恢复高考的第三年。我高中毕业,以应届生的身份参加高考,有幸考入大名师范,时年只有16岁。

一个农村少年,从小学到高中,不是上学就是在生产队劳动,从没离开过家乡,没出过远门。大名离家乡虽不过百里,对我来说已是最远的一次行程。这次要到大名求学,懵懂年少的我,心中也充满了向往和期待。

其实,我对大名师范有着很深很好的印象。我大姐就是从大名师范理科13班毕业的,后来分配到邯郸工作。在大名师范期间,大姐不断写信回家,讲述她在校的学习和生活。所以,高考报名时,我的第一志愿就报了河北大名师范,并以相对优异的成绩榜上有名。

那个时代,教育还相当落后,农村考上大学、中专的人很少,可以说凤毛麟角。那一年,我所在五六千人的村庄,仅我一个人考上,因此轰动了全村,我也成了全村人的骄傲,成了家长教育孩子的楷模和学生们的榜样。

1979年的高考录取通知书来得格外晚,直到10月,我才背着行李,穿着那个年代流行的一身旧的绿军装,离开了父母家人,只身来到大名。

走进校园,呈现在眼前的是两行白杨树,中间笔直的甬道通向远处的刚刚落成不久的四层办公大楼。办公楼南边东西两侧有两栋两层教学楼,我所在的57班就在西侧教学楼的二楼。我们的宿舍在办公楼的北边,这里有好几排砖瓦房,分别整齐地排在甬道两旁,还有一座高大的礼堂和大型学生食堂,这是学生的生活区。最北边就是当时觉得异常宽阔的操场。办公楼的西边是一座历史悠久的小礼堂，部分同学就被安排在里边临时打地铺居住。离学校大门不远处的警卫室旁边有一座汉白玉纪念碑。后来我们才知道，那就是大名师范前身——直隶省立第七师范创始人、革命教育家谢台臣先生的纪念碑，不禁令我心生敬意。

我们这一级的同学，大概500人，分成了12个班。因为当年考上的女生太少，有7个班中没有女生。这7个班被同学们戏称为"和尚"班，这成了大名师范历史上奇特的现象之一，我所在的57班就是一个"和尚"班。直到现在上下几届的同学们相聚，大家还在津津乐道，令人回味。还有一个奇特的现象是，由于年代特殊，国家急需人才，为了广泛选拔，高考也进行了特别安排。当时退役军人、民办教师、职工群众，都可以和应届高中毕业生一起参加普通高考，并且同起点录取，还混编在一个班内。所以当时每个班中40多位同学年龄差距很大，我们班最年长和最年少同学的年龄差距达13岁。我们班长就是一位退役军人，我和他相差12岁。

我们的班主任是李建忠老师，他是一位英俊帅气、和蔼可亲、做事稳重、说话和善的年轻教师，把班级管理得井然有序，大家都非常敬重他。一年后，由于工作成绩突出，李老师升任学校办公室主任，后因工作繁忙，卸任班主任一职。之后王文学老师接任我们班的班主任工作。王文学老师，大学中文系毕业，文学水平很高，课教得很好，出口成章，激情飞扬，而且篮球打得挺好，深受大家喜欢。这两位班主任老师后来都成为单位的卓越领导，李建忠老师成为大名师范常务副校长、党委副书记；王文学老师离开大名师范后，调入邯郸市政府，成为邯郸市残联副主席。

我们班数学老师李文跃、物理老师张相义、化学老师苏继孟、语文基础知识老师张学军、地理老师李开宁、体育老师杨培林、音乐老师魏新春，还有记不起名字的政治老师等，都以良好的精神风貌、高尚的师德师风、精湛的教学技艺、优秀专业素养，成为我一辈子从事教育事业的榜样和不竭的力量源泉。还有大名师范的各级领导：军人风范、不苟言笑的校长朱玉重老师，沉稳老成、戴着厚厚眼镜的教务处主任张少逸老师，激情四射、富有感召力的学生处主任郭力耕老师，他们和众多的老师共同组成了大名师范恩师的光辉雕像，成为我心中一块永不磨灭的丰碑。

红色师范　百年名校
——河北大名师范学校百年华诞文萃

我在大名师范就读的两年中，国家正处在历史的变革时期，处在改革开放的初期，大家生活还比较困难。我们睡着大通铺，床上铺着师生自己薅来的干草。每月生活费只有七八块钱，大家吃着百分之七十的粗粮，喝着玉米面粥，吃着黄窝头，啃着老咸菜。每次想起我们宿舍12个同学用一个大桶到食堂打回没有多少油水的饭菜，大家围在一起分而食之，其乐融融的情形，心中都感觉很温暖。每次想起因为天天吃窝头、稀饭、咸菜，个别同学厌倦了，丢弃了窝头，一位同学发现这个现象，写了一篇"夜半哭声"的墙报，用拟人的修辞方式让窝头叙述自己被丢弃、浪费了粮食、令人心疼的情景，引起一场全校珍惜粮食的大讨论、大批判。许多同学纷纷上阵，以笔当枪、口诛笔伐，端正了大家的思想，纠正了浪费粮食的不良现象，至今令人难忘。

当时生活条件虽苦，但大家都意气风发，以苦为乐，在书海中遨游，拼命吸取知识的营养，努力提高自己，丰富自己。大家唱着激情昂扬的歌曲："年轻的朋友们，今天来相会……再过二十年，我们重相会，伟大的祖国该有多么美……光荣属于八十年代的新一辈。"我当时也是听着这首具有鲜明时代特色的歌曲，被郭力耕老师讲的励志故事激励着，满怀着远大梦想，心无旁骛、刻苦学习，努力工作，想为祖国的发展贡献青春力量。回想那两年，大名城近在咫尺，我们没进去过几次；大名城墙就在眼前，我们没登临过一回；卫河、漳河环绕大名城，其美景我们只是耳闻。我这辈子，虽然成绩平平，没有大的建树，但我在大名师范的两年，在老师们的指引下读了很多书，学了很多知识，掌握了一些教学教法和心理知识，为以后几十年的教育生涯打下了良好的基础。

毕业后，我班44个同学和其他各年级的同学一样大都回到各自的家乡，担任各级各类学校的教师，不忘初心，牢记使命，为党育人，为国育才，为党的教育事业作出默默无闻的贡献。我也是一生只做一件事，当了一辈子老师。从师范、大专到本科进修后毕业，从初中、高中到中专学校任教，从初级、中级到高级讲师职称，从教师、主任到校长职务，勤勤恳恳、兢兢业业在学校工作了42年之久，刚刚退休。可以说我和同学们都是"传道授业解惑人，桃李芬芳满天下"。

从考入大名师范到现在过去了 44 年,恰逢母校百岁华诞。我们重回母校,故地重游,看到母校和我们的祖国一样发生了翻天覆地的巨大变化。校园宽阔,环境优美,高楼大厦,大师大树,学校已经升格为大学,不久还要乔迁新址,展现出无限活力和希望。忆旧貌,看新颜,心生激动,不禁喜极而泣,感慨万千。

让我们共同祝愿恩师们身体安康、幸福吉祥!祝愿亲爱的母校芳华既往、永续辉煌!

在河北大名师范百岁华诞且升格为大学之际,谨以此文献给母校,以表对母校、对恩师的崇敬、热爱和怀念之情。

母校，我爱你

1980级63班 程孟印

2023年，7月12日晚10时许，班长启岭同学发来了大名师范百年校庆的邀请函，看后我百感交集，浮想联翩，勾起了桩桩回忆。

大名师范的百年校史，可谓一部红色革命史，学校为国家培养了大批栋梁之材。在这部宏大的革命史中，我们虽然只是一朵小小的浪花，但这个阶段的经历对于我们每一个个体来说，可谓人生转折的大事件。回想在校两年的美好时光，一桩桩、一件件，历历在目，记忆犹新，永生难忘！

刚入学时，我们只有十几岁，且大多都来自穷苦的农村。

忘不了，学校食堂那美味的饭菜，与农村生活的巨大反差，好像一下子把我们带向了共产主义；忘不了，坐在宽敞明亮的电影院里的座椅上看电影，这与在家里看露天电影，早早搬个小板凳占位置的情景真是天壤之别；欣赏着《牧马人》《庐山恋》……里的故事情节，特别是周筠对耿桦的新中国电影史上那第一吻，更使我们年轻人萌动的心掀起了层层涟漪；忘不了，《我们的生活充满阳光》《泉水叮咚响》等一首首流行歌曲，让我们如痴如醉；忘不了，收音机里宋世雄老师的体育比赛解说，让我们好像置身于现场，身临其境般亲眼看见运动员们的精湛技艺；忘不了，女排精神成为时代的最强音，激励着一代代人为中华之崛起而努力奋起；忘不了，"幸福的花儿，心中开放……"的起床铃声，把我们从梦境中唤醒，召唤我们迅速奔向操场，跑步、做操，开始了一天的学习生活；忘不了，我们卸下了高中时期的紧张压力，各自奔向自己的兴趣领域——书画、体育、文学、英语，在知识的海洋遨游，乐此不疲。

忘不了，我们63班同学的组织能力，大家自编自演的文艺晚会，引来兄弟班同学羡慕的目光；忘不了，我和汝兴、运华、好林、建峰在篮球场上勇夺前三，赢得胜利时的激情与霸气！忘不了，我们在拔河比赛中摇旗呐喊、齐心协力，战胜对手时的欢乐与惊喜！

忘不了，我们互帮互助时彰显出的真诚友谊：新顺、献军生病时，我们个个伸出友谊之手，捐钱送物，在医院里昼夜守候，轮流值替；忘不了，女生们为我们男生拆洗衣被，使我们又惊又喜，不胜感激！

忘不了，大名的油炸火烧、脆皮烧饼、二毛烧鸡，可因为囊中羞涩，我们只能是围着货摊转上一圈，悻悻而去。

回忆不只都是欣喜，同时也有苦涩。

忘不了，君肖同学半夜起床，尿撒邻班同学饭桶，被手电光紧紧照射时的尴尬与无助；忘不了，写不尽的情话，递不出的情书，即使鼓足勇气发了出去，也是石沉大海，等来的只是一声叹息；忘不了，我们实习时，好像是一下子跌落神坛，当步入那简陋的小学教室时，我们的女同学掩饰不住内心的悲伤，开始掩面哭泣；忘不了，我们毕业时，那种依依不舍、难分难离的场景，令人窒息！

毕业40多年，虽是念念不忘，但又能有几次相聚？真可谓"别时容易见时难"！

如今，我们皆已步入花甲，分别已40年有余，回不去的往昔，道不尽的友谊。大名师范为我们打下了走向社会的良好根基，我们不仅汲取了知识的力量，在各自的岗位上大显身手，游刃有余；同时我们也聚集了人脉，建立了友谊，同学之间始终牵挂，不离不弃。我们感谢学校及老师的培养，感谢同学们的相互助力！

欣遇大名师范百年华诞，得以重聚，让我们齐声高喊：我的母校，我爱你！

魂兮，母校

1980 级 66 班　谢继炯

司中瑞老师是一位深受师生尊敬的热心老师，约我给母校百年生日写篇文章。想说的太多，我不知道该怎么说了。

最近几年，我在业余时间研究中医，对魂又有了更深的认识。魂牵梦萦，能牵动一个人的力量是魂，梦境录演的主角是魂。我在想，母校的魂是什么？是 100 年来对师生的吸引力、感召力和亲和力。魂从来都不是具体的，它是一种能量。母校的魂也是一种能量，是牵动师生的一种能量，是感召师生、鼓舞师生的一种能量。

40 年过去了，最牵动我的是母校的操场和操场边那片茂密的小树林，是校园中央矗立的老校长谢台臣的雕像，是用来集体打饭的饭桶、勺子，还有几百个男生拥挤在大礼堂"同居"的那个冬天。那时虽然很艰苦，但正是那种艰苦给了我们意志和坚强。当我写到此时的时候，眼泪已在涌动。

忘不了教我们的老师，是他们在薪火传承，任劳任怨，兢兢业业。那时的师生关系也非常融洽。在校两年，也有些遗憾的事情。王乐同老师的书法那么好，我竟然没有认真地去学习。在音乐课上我常常逃学，现在偶尔写歌时就想如果当时打好音乐基础多好啊。人生不能重来，希望后来的同学不要再留下我们的遗憾。

母校的魂是朴实无华，是自强不息，是勇于担当。百年前，母校曾是冀南革命的策源地，为我党早期输送了大批人才。一百年过去了，母校已是桃李满天下。我们爱母校,母校永远属于我们。
　　魂兮,母校,母校万岁!

　　　谢继炯,原邯郸市政协副主席,一级巡视员。

母校回访记

1980 级 67 班　李银山

前几天，我接到母校河北大名师范学校司中瑞老师的电话，让我通知我们 67 班同学参加百年校庆回访活动，我欣然同意，心里激动不已。我在群里发出通知，同学们积极响应，热情很高，纷纷报名参加，先后有 30 多人参与接龙，我们班是同年级报名人数最多的班级之一。我们班虽经 40 多年岁月洗礼，但仍然是一个团结战斗的集体，有很深厚的师生谊和同学情！

23 号早晨，我 6 点钟就起床了，穿上西装，系上领带，蹬上皮鞋，收拾得干干净净、利利索索。孙子见我西装革履、文质彬彬的样子，便大声喊道："奶奶，快来看，爷爷像个新郎官！"我笑着对孙子说："爷爷今年 60 了，不是新郎，变成老狼了。""什么？变成刀郎了！"这时妻子出来，看见我的装扮，风趣地说："现在什么天气，今天 40 度，还穿西服，热死了，赶紧换上夏季唐装吧！"这时，我才恍然大悟，真是有点儿老年痴呆了。

我换上唐装，坐上汽车，眯上双眼，回想起 43 年前的情景……我是 1980 年考入大名师范的，我的班主任是冀俊魁老师，他教我们数学课。他知识渊博，上课风趣自然，能把枯燥乏味的数学知识，如微分、积分，包括定积分和不定积分等，讲得津津有味，活灵活现，至今在我脑海里还留有深刻的印象；还有语文老师孔祥同、语言基础知识老师杨凤的、政治老师郭社京等，都是非常棒的老师。尤其是音乐老师马德昌老师，对学生要求十分严格，学不会识谱、学不会弹琴的，考试一律不准过关。而我对音乐比较有天赋，从小就热爱唱歌，吹拉弹唱样样都会，再加上有一副好嗓子，所以马老师非常喜欢我，总是给我讲些乐理知识，并教我如何练习发声。

记得在1981年，由马老师伴奏、我独唱的一首《美丽的草原我的家》荣获全国青年歌手大赛一等奖，当我上台领奖时兴奋无比，举起获奖证书高声喊道："我获奖了！我获奖了！""你喊什么？"开车的王孟军同学说："吓得我差点儿把车开到路沟里！"我睁开眼，噢！原来我刚才在车上做了个梦。

终于到学校了。我一进校门，就看到"欢迎回家"的标语，备感亲切。走进教室，看到黄培勇和李众已驱车从北京赶到，李学良从上海赶来，吴文锋从石家庄赶来，杨面焕从涉县赶来，孟顺芹和杨计霞从武安赶来，其他同学正陆续从四面八方赶来……

尤其看到我们年近八旬的班主任冀老师身体健康、精神饱满、面带微笑地站在门口迎接我们时，我的眼睛湿润了……我无法用语言来表达此时的师生情、同学谊。

接下来，我们参观了七师纪念馆，瞻仰了谢台臣先生雕像，了解了谢校长是如何在艰苦的条件下创办七师的。他"以作为学"的办学理念，至今仍有现实意义。还有冯品毅、晁哲甫、王振华等老一辈教育工作者如何配合谢校长开展革命工作，与敌人斗智斗勇、发展地下党员的；在学潮后反动军警包围学校的情况下，如何保护学生、保护革命火种，以及如何开展"驱张挽谢"斗争的。七师是一个具有悠久历史的直南革命策源地。

然后我们进入报告厅，听了大名县县长、大名师范校长、教师代表和老校友代表的精彩发言，下午又参观了大名县石刻博物馆、大名县香油坊、大名县博物馆，尤其是看到北湖旁边的五百亩新校区选址时，心里受到极大的震撼，感叹大名县委、县政府一班人目光远大、高瞻远瞩，为大名师范的进一步发展绘制出宏伟蓝图。

参观结束后，黄培勇同学又组织师生到大名县党校教室开了一个简短的茶话会，同学欢聚一堂，畅所欲言，根据自己的切身体会，讲述40年来翻天覆地的变化。接下来，张永顺和黄培勇同学为冀老师赠送了纪念品，纪念品是由王霞同学精心挑选的。一个是工艺品大红苹果，象征着生活平平安安、红红火火！另一个是一套茶具，象征着健康长寿、快乐幸福！我们希望冀老师天天两杯茶，活到九十八；天天两杯酒，活到九十九！至此，本次回访活动得到了第二次升华！我们每个人的心里都充满了快乐、喜悦、满足和感激之情！感谢大名县委、县政府提供资金，感谢学校为我们提供了这次难得的机会，使我们40年后重新相聚！真的，我发自内心地表示感谢，衷心地感谢！

最后，让我以20世纪80年代的一首老歌来结束本次活动："再过二十年我们重相会，伟大的祖国该有多么美。天也新，地也新，春光更明媚，城市乡村处处增光辉。啊，亲爱的朋友们，创造这奇迹要靠谁，要靠我，要靠你，要靠我们八十年代的新一辈！"

光荣也属于21世纪的新学友！你们是祖国的未来、民族的希望！中华民族的伟大复兴靠你们来完成！

空谷幽兰

——记大名师范毕业生靳秋荣

1980 级 67 班　赵竹春

她是将军之女、省级园丁、全国优秀教师，曾受到李鹏总理亲自接见，却始终站在三尺讲台上无私奉献！她就是大名师范 20 世纪 60 年代毕业生——靳秋荣。

一支粉笔，一块黑板，流露出她对教学的付出与坚守；一颗初心，一份执着，展现出她对教育的敬畏与热忱。她虽然出生于高干家庭，却不恋家庭条件的优裕，不求唾手可得的美好前程，她置身于深山旮旯，把自己降格于普通与平凡，甘心做一名山村女教师为山区的孩子们服务。从青葱岁月一直到临近花甲，既是传奇，又是美谈，她是一株空谷幽兰。

初心：一片赤诚，置身于武安馆陶川。1962 年，靳秋荣毕业于有着光辉历史的河北大名师范学校。

一个美丽文雅的姑娘，带着简单行李，坐一辆牛车，来到武安县西部山区馆陶川磨盘交小学。所谓的学校是一座破旧的小庙。

我与她师出一门，人出一村，1982 年毕业分配与她在一所学校工作。她和我说，当时村小、人少且偏僻，烧煤在当时是很奢侈的事。村民拾柴捞禾，用的是灶火，吃的是水窖里积存的雨水。一个人在学校，孤寂不用说，深夜阵阵狼嚎声带来的是极端恐惧，自己只能请村里人把门窗加固好。

她的到来，给小村带来了生机。二十多个年龄不等的孩子，终于可以上学，她开始了五级复式教学。破庙里传出朗朗的读书声、优美的歌声，打破

红色师范　百年名校
——河北大名师范学校百年华诞文萃

了往昔的沉寂。纯朴的山里人看到自己的儿女学会了干净卫生，学会了穿戴讲究，从心眼里感到高兴。一小捆一小捆的柴火堆放在学校门前的墙角，一把豆荚、一个南瓜，悄悄地躺在厨房的窗台前，傍晚把村上仅有的一只大狼狗拴在门前……

秋荣含着眼泪对我说："在这里得到尊重与爱护，看到自己存在的价值，孩子们能有学上，是一种奢望。我乐意做一名山村女教师，永久地为他们服务。"

时间： 她黑天、白天不分与孩子们在一起。多级复式本来让人分身乏术，但在那个年代，稍大一点的孩子，还是小劳力。平时张三李四去放羊牧牛了，王五马六去打坷垃或间苗了，人都来不齐。我问："咋整？"她笑了笑说："灵活机动的战略战术，听毛主席话呗！"她规定，可以帮助干农活儿，但晚上必须补课。于是黄昏的油灯下出现了老师辅导学生的夜中一景。一年下来，白白净净的她愣是蜕变成山里人了。她说："如果我走在大街，人家看不出我是老师了。上了年纪的大爷大娘直接唤我闺女，我成了他们生活中的亲人了。"

遗憾： 痛失爱女，终生的心理伤痛。秋荣有两个儿子，山里人不叫名字，分别叫大毛、二毛，据说这样叫，孩子好长大成人，消灾避难。老大、老二间隔七八岁。我在毫不知情的情况下对她说："你要是有个小棉袄，就完美了。"她两眼发红，泪像断了线的珠子，声音哽咽地说："当时有闺女，我去公社开会，谁知晌午回来，邻居十几个大姐、婶子哭作一团，纷纷投来埋怨的目光。""秋荣啊，你给俺说一声，谁还不能照看一下孩子呢！也不至于耽搁事啊！你一心为了俺家孩子，对自己孩儿咋就不操心来！"女儿得的是急病。虽些邻居大娘大婶灌水、拍捂、揉捏，也无济于事。当时的村里连个赤脚医生都没有，两个青年小伙轮流抱着孩子往医院跑，孩子最后未能喊声妈妈……进医院门，气得两个人自责地打自己耳光："咋不叫俺长双翅膀，飞到医院……"

荣誉： 实至名归，但从不张扬。

她是父母的爱女，更是党的好女儿。近30年的教坛拼搏，证书、奖状都积压在小木箱子里。村民都看在眼里，同事也看在眼里，领导更看在眼里，因为她用无私奉献的行动和高尚品格诠释了自己的工作和生活。她是河北省园丁奖获得者，她是全国优秀教师。我亲眼看到她与当时的国家教委主任李鹏总理的合影，她也到各个大中专院校进行演讲。但回到学校后，她从来没有炫耀过，仍保持一颗平常心，第二天就站在讲台上，对学生抱歉地说："老师出去有点儿事，耽误了你们课，真对不住同学们。"

我有缘与她的父亲靳祥云相处了几日，他是某军区政治部主任，1955年被评为大校军衔，退休后才有暇来到爱女工作的地方。他在参军前从彰德府安阳师范传习所毕业，在我们村里教学，他还记得我父亲是他的学生。因为战争，他投笔从戎，参加过抗日战争、解放战争、抗美援朝，屡建战功。他家的老院门前悬挂有"民族英雄"金字牌匾，是我们村的光荣。当我和几个同事让他谈谈他的战斗故事，他很歉意地说："我只做了自己能做的事，我不忍回顾战友们的壮烈，但我永远把他们铭记在心。"当我问他该怎样看待女儿时，他说："也算是女承父业吧！要不是战争，我也是名教师。"

老英雄的女儿就这样默默地在深山区不忘初心、牢记使命，像一支红蜡烛燃烧自己，把自己的一切献给了深山区的教育事业。这就是大名师范的毕业生，她永远是我心目中的榜样！

带着最崇敬的心情，向靳秋荣老师（她已经80岁了）道一声："欢度晚年，老当益壮，一生平安！"

弘扬大名七师精神　传承红色文化基因
——献给河北大名师范学校建校一百周年

1980级68班　杨俊岭

直隶省立第七师范学校是大名师范的前身，在中国共产党成立初期，被誉为地下党校、直南革命策源地，是最早在直南一带进行教育革命、推动新文化运动的革命摇篮，也是我党在冀鲁豫一带早期革命活动的历史见证地，在中国革命历史上具有重要历史地位。

一、几代七师人孕育了伟大的大名七师精神

1923年直隶省立第七师范学校创办于大名，1926年建立直南地区中国共产党早期组织，1937年学校停办。在这10多年的峥嵘岁月里，学校招收的16个教学班的915名学生中有240多人加入中国共产党和共产主义青年团，其中40多人为中国革命事业献出了宝贵生命；有41人走上省部级领导岗位，100多人成为厅局级领导，5人成为人民解放军高级将领，20多人成为著名专家、学者，为国家建设和教育事业作出了重要贡献。

在这里，革命教育家谢台臣带领师生高举"五四运动"科学、民主的旗帜，倡导"以作为学"的办学宗旨，将学生党员输送到直南、豫北、鲁西30余县，为革命事业培养和输送了大批人才。1927年，谢台臣加入中国共产党，每月主动从薪水中拿出二三十银币缴纳党费，逐渐将大名七师变成了共产党领导的学校。即使遭到"左"倾路线的错误批判、被开除党籍，并

被迫辞职，谢台臣校长仍然坚持为党工作，他对党忠诚、矢志不渝，用毕生实践践行着一名共产党人的初心本色。在这里，七师党组织领导和团结广大师生不怕困难、英勇斗争，开展"驱张挽谢"运动，经受复杂革命斗争的锻炼。1930年，省教育厅派张达夫接替谢台臣担任七师校长。学生通过向上级反映、张贴标语等途径驱逐张达夫，并排除万难开展罢课、罢工暴动，揭发张达夫罪行，终于取得"驱张挽谢"斗争的胜利。在这里，中共豫陕区委委员冯品毅在校任教期间成立了直南地区共产党早期组织，他是豫北直南地区学生运动的卓越领导人，豫北直南地区播火者。1922年，在李大钊发起组织的马克思学说研究会影响下，冯品毅通过求索人生归宿和救国真理坚定了自己的共产主义信仰，加入中国共产党。1926年8月，冯品毅担任七师英语教员。他善于思考、勤于做事，一边从事教学活动，编写新英语教材，一边从事革命活动，给学生做政治形势报告，发展了赵纪彬、刘大风、李大山等多名党员，并帮助学校成立党团两个特别支部。在不到9个月的时间里，两个特别支部像一个个火种一样发挥了燎原作用，先后发展党员达31名。在这里，全校师生员工坚定地信仰着共产主义，开展了轰轰烈烈的革命爱国运动。1929年，省委巡视员张含辉来到大名，七师学生在"双十节"走向街头散发传单，宣传革命。王从吾在宣传革命被发现后，国民党军当即对全校实行大搜捕，孙耀宗也因宣传革命被捕，教员原政亭担心连累全校师生，挺身投案，河北省高等法院大名分院判处孙耀宗有期徒刑半年、原政亭有期徒刑两年。他们为保护革命力量不畏强敌、勇于担当，虽然学校遭到摧残，但敌人将共产党人一网打尽的梦想终究还是破灭了。

七师共产党早期组织的建党实践是伟大建党精神的生动体现，对党忠诚、不怕困难、勤于做事、勇于担当是七师师生用生命与信仰书写的伟大精神，是七师百年来砥砺奋进、勇立潮头的伟大引领，激励着一代又一代学子成长成才、薪火相传。现在看来，大名七师在新民主主义革命、社会主义革命和社会主义建设及改革开放每个历史阶段都按照党的要求走在前头，作出了重要贡献，其所彰显的七师精神在百年后的今天依然熠熠生辉。

二、大名七师精神激励着我不断奋斗、一路向前

回望历史、观照当下，大名七师走过了一段极不平凡的历程，在这段历程中，无不镌刻着大名七师共产党人对党忠诚、不怕困难、勤于做事、勇于担当的奉献精神。正是七师这种奉献精神的引导，在校读书期间，除了课堂教育，我还读了不少书，有革命文艺，有思想教育，有社会科学，还有一些期刊，这培养了我的个人奋斗精神和爱国思想，我立志做一名报效国家的有用人才，努力为国家多做一些事情、多做一些贡献。

1982年9月从母校毕业后，我在小学和党校当过老师，在邯郸市委办公厅由科员一步步做起，从办公厅（室）到县区任领导职务，先后历经党政机关多岗位工作40余年，之后于2019年7月调任晋冀鲁豫烈士陵园工作至今。来到烈士陵园四年来，我带领全体干部职工，始终牢记习近平总书记"把红色资源利用好、把红色传统发扬好、把红色基因传承好"的殷切嘱托，积极开拓思路，在扎实做好基础设施和纪念设施建设保护及扮靓园区环境的基础上，不断创新弘扬英烈精神的宣教形式与载体，紧紧围绕擦亮"新中国首座大型革命烈士纪念地"这张红色文化名片，用心打造了"初心剧社"和"纪念碑下的思政课"两大文化品牌，将弘扬烈士精神、传承红色基因贯穿全园各项工作，充分发挥馆藏文物和红色资源的丰富优势，深入挖掘英烈事迹，开展英烈文化研究，组织了一系列形式多样、内涵丰富的宣教活动，制作了一系列烈士事迹展览，拍摄了一系列红色教育资料片，编纂了一系列红色书籍。特别是2020年创办"初心剧社"以来，我们以园葬烈士事迹为题材，精心创作了《牺牲与理想》《太行山娘》《红色金融战士高捷成》《左权将军》等一批红色情景剧，聚力打造舞台上英烈精神的"初心"品牌，让革命英烈感人的事迹生动再现，让烈士事迹"活"起来，切实发挥了"褒扬烈士、教育群众"的职能作用，提高了烈士陵园在全市乃至全国同行业的影响力和美誉度。四年来，每当遇到困难和矛盾的时候，我都会以七师精神激励自己去面对困难、克服困难、化解矛盾。实践证明，晋冀鲁豫烈士陵园从深入开展形式多样的新时代爱国主义教育到加大投入、完善制度，建管水平得

到进一步提升；从注重特色到丰富形式，教育功能得到进一步拓展；从多元宣传到打造品牌，社会影响得到进一步扩大；从创设载体到开放互动，共建合力得到进一步加强，为加快建设现代化烈士褒扬纪念工作新篇章提供了强大精神动力。可以说，我们的很多工作是开创性的，解决的问题很多是深层次的，许多长期想解决而没有解决的难题得到解决，许多过去想办而没有办成的大事办成了。四年来，红色文化已深深扎根在我的心里。七师精神始终激励着我、感动着我、鞭策着我，使我在党的阳光下迈着稳健的步伐，大步地向前进。

三、大名七师与晋冀鲁豫烈士陵园的历史渊源

晋冀鲁豫烈士陵园坐落于晋冀鲁豫边区"首府"邯郸。遵循党的七大会议精神并根据晋冀鲁豫边区参议会第一届二次会议决议，晋冀鲁豫烈士陵园于1946年3月破土奠基，1950年10月建设落成。作为新中国首座大型革命烈士纪念圣地，这里的每一寸红色土地都见证了革命先辈艰难曲折、不屈不挠的奋斗历程，记录着中国共产党人为中国人民谋幸福、为中华民族谋复兴而舍生忘死、赴汤蹈火的伟大牺牲和伟大贡献。晋冀鲁豫烈士陵园的第一任主任张芥士，是从大名七师走出来的。1930年考入七师的张芥士，于1946年夏至1950年底在邯郸主持修建晋冀鲁豫烈士陵园，为陵园的建设与落成付出了大量心血和汗水，为陵园日后的发展奠定了坚实的基础。时光荏苒，跨越70多年，如今红色接力棒传到我的手中，作为陵园第14任主要负责人，我从40余年行政工作向红色历史文化研究的跨界融合，使我对红色文化、英烈精神的认识和研究由浅及深，也让我更加深切体悟到母校——大名师范学校，不仅是一所百年名校，更是一所红色学校。

此外，据初步统计，安葬于晋冀鲁豫烈士陵园的203位烈士中的张衡宇、解蕴山、司景周、李尊荣、李大山、王荣贵等6位革命烈士，都是从大名七师走出来的，他们走在革命的最前列，始终践行着教育和革命救国的光荣使命。其中，张衡宇，1931年从北师大毕业后投身于革命事业，曾到大名师范以教书为由从事革命工作。1942年5月，日寇在太行山进行"铁壁合

围"大扫荡时,张衡宇壮烈牺牲,时年34岁。解蕴山,1905年出生于大名县谢儿寨村一个地主家庭,1923年以优异成绩考入七师2班,他学习积极、思想进步,很快就成长为反帝、反封建的坚强战士。1943年日伪军在冀南一带进行扫荡时,解蕴山光荣牺牲。司景周,1926年考入大名七师,编入6班。在学校的教育和熏陶下,司景周产生了反帝、反封建的强烈愿望,树立了民族民主的革命思想。1939年,司景周赴抗日军政大学深造,坚定抗战必胜的信心与决心,1940年在山西辽县十字岭反扫荡战斗中牺牲。李尊荣,曲周县人,1926年考入直隶省立第七师范学校,他阅读大量革命书刊,深受革命思想熏陶,积极参加党领导的革命活动,不久便加入中国共产党。1933年,为执行一项党的紧急任务,躲避敌人盘查,他毅然舍身跳车,不幸被轧断一条腿,流血过多,献出了年轻的生命,年仅24岁。李大山,1924年考入直隶省立第七师范学校3班,1926年,经英语教员冯品毅介绍加入了中国共产党。他是直南一带党的创始人之一,在疾病缠身的情况下仍坚持工作,终至病情加重,不幸早逝,年仅29岁。王荣贵,河北肥乡人,曾就读于大名七师。1940年由于叛徒告密,王荣贵在肥乡县侯寅堡村与日军激战时壮烈牺牲,年仅21岁。

这6位革命烈士,学于七师,成长于七师,为中国新民主主义革命奉献了宝贵的生命。如今,他们长眠于晋冀鲁豫烈士陵园,让我们后人致敬、学习、传承,对他们的伟大牺牲和奉献,我们有责任和义务持续做好保护、弘扬、传承和尊崇。

四、传承大名七师精神从历史到未来

牢记历史是为了更好地开创未来。晋冀鲁豫烈士陵园与母校大名七师有着深厚的历史渊源、热忱的红色之心和共同的信念追求,对于传承红色基因、以史育人、弘扬民族精神具有重要意义。借此机会,我谈几点想法,希望能与母校在今后传承红色革命基因和大名七师精神的路上创新合作形式,拓宽合作边界,将红色文化育人工作做深做实、入脑入心。

（一）联合开展英烈精神学术研究

进一步加强英烈事迹挖掘和精神研究，深入挖掘英烈精神的丰富内涵和时代价值。共同搭建课题讨论组，通过邀请相关师生、专家学者共同推进英烈事迹史料挖掘和研讨，丰富红色文化资源，加强研究阐释，挖掘思想内涵，突出价值引领，强化教育功能，增强广大群众和师生对党、民族、国家的自信和认同。

（二）打造经典原创红色剧目

共同立足自身资源优势，精心发掘经典红色题材，围绕重大纪念日和活动时间节点，合作打造以大名七师革命英烈和历史事件为主线的原创作品，用红色剧目讲好红色故事，传承红色基因。比如，烈士陵园与大名师范学校可共同合作创排张衡宇、冯品毅、解蕴山等英烈主题话剧，既可以邀请"初心剧社"走进校园，也可由校友进行排演巡演。

（三）共上思政课

烈士陵园与大名师范学校作为培育青年一代的重要阵地，承担着为党育人、为国育才的共同使命。希望以此为契机，开展深入的交流合作，努力探索融合发展新途径，积极开展形式多样、内容丰富的研学共建活动，为青年学生的党性锻炼和爱国主义教育搭建更加广阔的实践平台；也可以将烈士陵园所办的专题展在校内进行巡展，举办话剧展演，邀请讲解员到学校开展"开学第一课""纪念碑下的思政课"等宣讲交流。

穿越历史烟云，回眸峥嵘岁月，大名七师这座具有光荣革命传统的"红色学校"见证了中华民族的伟大觉醒，七师精神永放光芒。怀着对七师老一辈革命者无比崇敬与钦佩之情，我们将不负时代重托，奋力做好红色传承事业，让红色基因代代相传、永久延续！

杨俊岭，中共晋冀鲁豫烈士陵园党委书记，河北省晋冀鲁豫边区革命历史研究会会长。

大名师范，一生的眷恋

1980 级 69 班　孙立彬

什么是母校？准确地说，是指你毕业的学校。我想，母校是成长的摇篮，是心灵的港湾，是永远的精神家园，也是我一生的眷恋！

报　到

"通知书来了，你真的考上学了！"当发小满头大汗、一路狂奔把入学通知书送到我手中时，我激动地和他抱在了一起。这消息像长了翅膀一样飞遍了 400 人的偏僻村庄。1980 年高考，邱县大中专共录取 42 人。仅大名师范就录取 13 人，我是其中之一。邱城公社两人，另外一位是 60 班的贾凤伟同学。邱县到大名没有直达车，我们需要绕道邯郸。我和凤伟商量一起骑自行车去学校报到。

10 月 25 日一早，我们约定在邱城集合。我带着母亲新做的被褥和姥姥送给我的小木箱，穿着的确良绿军装上衣，带着对母校的向往和对未来美好生活的憧憬出发了。一路上都是乡村土路，坎坷不平，非常难走，再加上不认路，我俩边走边打听，到中午 12 点，才走到馆陶县房寨。我俩每人喝了一碗鸡蛋汤，吃了一个烧饼。饭后，我俩都抢着付账，结果还是被凤伟抢先付了。我感觉挺不好意思。他说："以后我们都是同学了，谁付都一样。"歇了一会儿，我们继续赶路⋯⋯当路过大名县万堤村时，南北穿越村子，走了好一阵子，感觉村子真大。过了万堤，我们就上了柏油路，也快到学校了。

我俩似乎忘记了路途的颠簸与劳累，相互加油鼓励，向着终点冲刺。傍晚时分，我们终于到达了朝思夜盼的母校。

填表登记、购买生活用品，一连串的报到程序走完后，我们来到宿舍。宿舍里放了9张上下床，把空间填满了。每个床位都有同学。我的床位呢？我连忙去问班主任王学森老师。老师说："宿舍安排19位同学，有一个人没有床位。你来得最晚，只能加铺板了。"没办法，在两张床之间又临时加了一块铺板，总算安顿好了。因为当年是全市招生，仅我们这一届就14个班，学校应该还没做好准备。

晚上领到饭票和菜金，才知道学校早晚餐没有菜，只有窝头和玉米粥。学生自己买咸菜。于是，我到小卖铺买了两块咸菜，一块自己吃，另外一块送给凤伟。他们住大礼堂。大礼堂里挤满了人，最起码有上百人。后来，随着学校办学条件的不断改善，在大礼堂居住的学生都搬进了宿舍，我也和同学换成了上铺。

学 书

到母校后，班主任王老师安排我做班级学习委员和团支部宣传委员。对于班里的黑板报，我集采、编、写为一身。在学习上，我也是丝毫没有松懈。第一个学年末考试，全班大排名，我的各科成绩名列前茅。有一天晚上，王学森老师把我叫到他的宿舍，语重心长地和我谈心，鼓励我加倍努力，还说如果有保送名额，会推荐我到上一级学校深造。得到王老师的鼓励后，我学习的劲头更足了。

1981年初，学校成立了第一届书法研究小组。我有幸被选中。我们班同时被选上的还有石永书、姬继海两位同学。进入学习小组后，我才知道什么是书法，了解了书法和写字的区别；进入学习小组后，我才有幸认识书法大师王乐同老师；进入学习小组后，我才理解南宫碑体外方内圆的博大精深；进入学习小组后，我才真正和书法撞了个满怀，有了不解之缘。曾记得，为了写好南宫碑体，我不知练了多少遍。一天晚上，我去拜访王老师。他告诉我笔法规则，就是顿、挫、折，然后他就手把手地指导我书写。毕业前夕，王乐同老师因患眼疾，很长一段时间不写小字。但是，他仍坚持书写了诸葛亮《诫子书》竖式条屏和"文坛多异彩，艺苑显长春"对联作为毕业礼物赠送给我。我收到后，非常感动和激动，以至于爱不释手，珍藏至今。

一年多的学习经历，王乐同老师宽广的胸襟，对书法艺术精益求精的治学精神，平易近人、和蔼可亲的大师风范潜移默化影响着我们，感化着我们，成为我们一生难以忘却的纪念。

实 习

1982年4月，母校安排我们到农村小学实习。我带领一个小组被分到李茂堤六七牌村小学。这所学校在大名县城东部，距离县城20多里。去时，学校安排大卡车送我们。到村后，支部书记安排我们住在大队部。我们组共6名同学，4名男生，分别是陈竞领、张月明、李清旺和我，两名女生为李美云和田利民。随后我们就开启了一段难忘的岁月。忘不了我们白天上课，晚上在一起备课、批改作业的情景；忘不了我们四位男生拉着排子车去黄金堤买煤时的一路欢笑、一路歌；忘不了周末第一次包饺子时"不是一家人、胜似一家人"的欢声笑语。忘不了一次蒸馒头时，被风吹得半边熟，半边生；忘不了自己周末帮学校的李校长在河滩地种花生、晚上就着花生米喝酒的场景。这是我第一次喝酒，也是我一生中最简单的酒局。然而，我和李校长相谈甚欢，他传授给我很多为师、为人和处世之道。不会忘记，实习快要结束时，我用隶书和南宫碑两种字体分别为大队和学校书写了两张大红感谢信。更不会忘记，要返校时，我们用剩余的油和面烙了30多张大油饼，装了满满一水桶，欲做午餐用，而当村里派毛驴车送我们回到学校时，大油饼被同学们哄抢一空，大家啧啧称赞！我呢，忙活了一大晌，一口也没吃上。

实习让我们真正从学生变成了准老师，实习让我们初步理解了教师的责任，实习让我们品尝了生活的艰辛和甜蜜，实习让我们增进了同学间的情谊。

联　欢

我真正接触音乐，就是从进入母校后才开始的。记得第一次上音乐课，李老师教我们学唱的第一首歌是《美丽的草原我的家》，老师是浑厚的男中音，他一边教唱，一边用脚踏风琴伴奏，真是帅呆了。我听得入了迷，也爱上了音乐。后来，我慢慢学会了识谱，学会了吹口琴、拉二胡等。两年时间里，晚自习第二节课是我们最快乐的时光，同学们充分释放自我、展示自我。有的练字，有的写作，有的阅读，更多的是吹拉弹唱。毕业考试时，我和三位同学合唱了一首《中国，中国，鲜红的太阳永不落》，评委老师给我打了98分！

毕业联欢是根据学校统一安排，每个班自己组织，学校领导轮流观赏。在我们班，我是组织者，也是主持人，同时也准备了节目。班主任刘老师全程观看了联欢会。联欢会上，"八仙过海，各显神通"，有的唱歌，有的朗诵，有的说相声，有的演双簧，还有的弹奏乐器。节目形式多样，异彩纷呈。大家把师生情、同学谊都融进节目里，展现在联欢中，以欢声笑语冲淡离别的惆怅。

我准备的节目是情景故事《贾二卖杏》，主要讲的是，贾二卖杏时，面对老爷爷、老奶奶、青年大哥、大嫂等消费群体，没有及时调整销售策略，结果一个杏也没卖出去的故事。表演时，我需要模拟几个人的声音，并运用肢体语言。那次联欢，我真的入戏了，达到了一种忘我的境界。会后，听同学说，反响挺好，刘老师为我鼓掌最响亮。

母校是一座富矿，她给了我们取之不尽、用之不竭的资源。母校是一座百花园，五彩缤纷、争奇斗艳，我只是撷取了几朵小花。

毕业后，母校成了我魂牵梦绕的思念，只要母校有召唤，学子会无条件响应！

我先后回学校参加了往届学生书法展、80周年校庆、百年华诞校友回访等活动。印象深刻的是，毕业6年后，我回母校参加书法展开幕式，恰好见到了刘品一老师。刘老师毕业前夕，给我写的毕业评语"品学兼优"四个字，让我受宠若惊，终生难忘。

每次出差到大名，我都要到母校看看，有时还约同学一起专程看望母校。看看当年的教室，拜拜谢先生，听听老师的教诲，走走当年的林荫路，串串当年不知走过多少遍的大名城。每次回到母校，我都会热血沸腾，仿佛穿越到学生时代，风华正茂，书生意气，挥斥方遒。回到家后，我也久久难以平静……

这就是母校，朝思暮念、魂牵梦萦。这就是母校，永远的精神家园，这就是母校——大名师范，一生的眷恋！

母校百年校庆随感

1981 级 74 班　庞雪平

毕业 40 年，弹指一挥间。值母校河北大名师范百年校庆，又得同窗牵袖，把酒言欢，振奋胜过九天流火，激情如同万里长河！

忆当初，浮想联翩。大名师范的青瓦房、红砖楼、梧桐翠柳，情韵幽悠。大名师范的每一位老师，都父严母慈、学高德正，让我们肃然起敬。大名师范的每一位同学，都纯朴无邪、情真意浓，让我们如沐春风。我们攀书山、游学海，挥斥方遒！我们勤努力、苦拼搏，力争上游！我们书生意气，顾盼自雄，粪土当年万户侯！

想今天，感慨万千。40 年，大家为事业上下求索，为生活南北奔波；为工作、为家庭、为子女，鞠躬尽瘁，舍身忘我。岁月，圆了女生的腰身；流年，秃了男生的前额；风霜，在我们的脸上刻满了皱褶。或许，我们没有了当年的懵懂和青涩；或许，我们没有了当初的棱角和性格。但永远不会忘记，冬天，男同学光着屁股睡一个被窝的温暖！永远不会忘记，夏天，女同学一件衬衫换着穿的美丽！永远不会忘记，男女同学见面躲着走，说话就脸红，但内心笃定，你就是我亲妹、我就是你亲哥的情谊！永远不会忘记，社林每次回鸡泽带回的油炸辣椒籽！永远不会忘记，谢全英从永年带回的酱香兔子头！永远不会忘记，李国峰老师课堂上的幽默风趣、张静老师卷发如云的飘逸！永远不会忘记，王晓梅老师整齐如刻的板书、郭力耕老师健步如飞的活力！张修良老师的那曲《外婆的澎湖湾》，至今还回荡在我们的记忆中。李广老师拉小提琴的潇洒倜傥、赵良才老师投掷标枪的矫健身姿，让我们

红色师范　百年名校
　　——河北大名师范学校百年华诞文萃

佩服得五体投地！魏新春老师指挥的《长征组歌》，把改革初期的时代精神、浩然正气、蓬勃生机体现得淋漓尽致！还有朱校长的军人气魄、张校长的儒雅气质、司主任的严谨扎实等，大名师范的那些人、那些事都会时不时出现在我们的梦里！

　　在我们白发如霜、含饴弄孙之际，喜迎母校百年校庆，领导、老师、同学又一次相聚，弥足难得，备感珍惜。我们会永远记住母校的培育，永远记住老师的教诲，永远记住同学的友情！让母校的精神、老师的嘱托、同学的友谊，延向我们的有生之年，甚至通过我们的后代延向更遥远的未来！

　　祝我们的母校大名师范人才辈出、永续华章！祝我们的老师万事顺心、遐龄寿享！祝所有的同学生活美满、幸福安康！祝学弟学妹们青出于蓝而胜于蓝，一代更比一代强！祝母校恩、师生情、同窗谊，直到永远，地久天长！

大名师范学生时代掠影

1981 级 76 班　李爱国

　　1981 年 9 月，带着对大名师范学校的好奇和憧憬，带着对邯郸地区卫校当年暂不招生的遗憾和不甘，我迈进了大名师范的校门。在新生报到时，给我印象最深的是第一任班主任张学军老师，他一见面就叫出了我的名字，使我备感亲切，立马拉近了彼此的距离。后来发现，张老师几乎能叫出我们班每一个新生的名字，可见张老师是一个有心人，提前做足了功课。

　　在我的印象中，教我们班课的老师教学水平都很高，从他们身上我不仅学到了知识和技能，而且也学到了良好的品德和做人之道，他们的一言一行照亮了我过去现在和未来的人生之路。王晓梅老师教我们几何，她学术功底深厚，教学因材施教、循循善诱，她为人正直善良、认真负责，平等对待每一名学生，她是我最敬佩的老师。张修良老师教我们物理，他是我们班第二任班主任，当时的他年轻帅气、性格沉稳、对人和善，他给我最深的印象是真诚，真诚教书、真诚做事、真诚对待每一名学生，与同学们打成一片，毕业后几十年一直与我们班同学保持红白事来往，是一位令人尊敬的老师和兄长。邢朝芳老师教我们语文，他一口标准的普通话，文质彬彬、温文尔雅，讲课声情并茂、形象生动，他鼓励学生进行文学创作，记得我有一篇用课文改编的小说得到了邢老师的公开夸奖，使我得意了好长时间，这也许是日后我从事公文写作的信心之源。张学军老师教我们语文基础知识，他讲课很接地气，在教学过程中经常穿插一些自创的顺口溜，帮助学生理解和记忆，这一技巧后来我也运用到日后的教学过程中，收到了很好的教学效果。王乐同

红色师范　百年名校
——河北大名师范学校百年华诞文萃

老师和高秉旭老师分别担任我们的书法和绘画，他们在各自的领域都是大师级的人物。王乐同老师出身书香门第，性格和蔼、心广体胖，书写颜体、南宫碑体达到了炉火纯青的地步；高秉旭老师性格急躁、严肃干瘦，他的大写意山水笔墨老到、酣畅淋漓、意象生动。两位老先生居则相邻，行则相伴，一胖一瘦，一缓一急，成为当时校园一道十分有趣的风景。可惜由于我生性腼腆，虽为书画组成员，却没有向两位老先生讨得片纸，实为遗憾。李广老师教过我们一段时间历史，他个子不高，身形微胖，但才情过人，讲课激情澎湃、旁征博引，历史事件、历史人物信手拈来，李广老师还是个多面手，乒乓球和小提琴也都拿得起，达到了很高水准。此外，教过我们班课的还有李爱梅老师、赵良才老师、魏新春老师、李国锋老师等，他们都是教学水平很高的老师。

当时，我们是大名师范招收初中毕业生的第一届，社会上对我们有一个通俗的叫法为"小中专"。这些考上"小中专"的学生都是各县初中毕业生的佼佼者，因此那一时期学生的整体素质都很高。我们76班学生在张学军和张修良老师的带领下是一个非常团结向上的班集体，同学们大多来自农村，淳朴、老实、单纯、认真，大家和睦相处。后来我们班建微信群的时候，班级起名为"纯真年代"，我感觉这个群名起得很好，很有时代特征和班级特征，为我们在面对日益纷繁复杂的社会之外开拓了一方小小净土，让我们能放松身心，滋养心灵，感悟人间真诚、淳朴、健康的美好。当时我们一旦考上大名师范，户口就由农村户口转为城镇户口，吃上了商品粮，现在小孩听到就会感到理解不了，但在当时是了不得的大事，再加上国家分配工作，尤其对于农村的孩子来说可谓一步跳出农门，成为"公家人"，这消息会成为坊间长时间的新闻谈资，传出十里八乡。为此，家里曾许下猪头大供，当年春节会祭天、祭地、祭祖宗，比现在考上研究生还要隆重，随后三里五乡提亲的也纷至沓来。

三年求学期间是改革开放初期，大多数家庭刚解决温饱问题。我们吃饭是定量供应，每天一斤的标准，40%细粮、60%粗粮，最盼望的是午饭，两个白面卷子、一份有肉或豆腐的大锅菜，最难以下咽的是早饭和晚饭的"黄地丘"，剌得嗓子疼。当时下饭效果最好的是大名的臭豆腐，臭豆腐是真臭，还长着绿醭,连汤汁都是黑色的,但是吃到嘴里真香啊!记得有一天李国锋老师的夫人给我们上课,当时她正在孕期,妊娠反应比较厉害,一进我们班教室就被臭豆腐味熏到了,哇哇吐个不停,这个笑话在我们班传了很久。当时,我们的寝室是教学楼后边的几排瓦房,先是大通铺,后改为上下床。在大通铺时期,在我和邻铺同学之间曾发生过一件趣事。记得当时是秋天,我晚上睡觉时有个习惯,就是会用被角盖着肚子,晚上睡着冷了会自动拉被子盖上。有天晚上,我的被子压在身下,忘了盖住肚子,晚上冷了把邻铺同学的被子拉过来裹得严严实实,害得邻铺的同学半夜三更找被子,把大家都吵醒了,一时成为班级笑料。每天放学后是大家最惬意的时光,在寝室中大家谈天说地、洗衣刷牙、演奏乐器、看书读报。笛子尤其便宜,是当时大家锻炼才艺的首选乐器,每当晚饭后或熄灯前,到处是笛声一片,或高亢或低咽,或纯熟或生涩,成为大名师范一大特色。

三年求学中最幸运的是适逢大名七师60年校庆,当时省市县高度重视,把大名七师作为冀南革命的最重要策源地,拨出专项经费,举办直隶七师60年校庆,学校高标准准备,举办的活动丰富多彩。当时,七师校友遍布全国各地,许多省部级以上校友都参加了校庆活动,一时盛况空前。三年求学中印象最深的是晚上巡逻护校,当时受港台文化影响,大名县城也出现了一帮留长头发、戴蛤蟆镜、穿喇叭裤、扛录音机、骑自行车,整天游手好闲、惹是生非的"流氓阿飞"。他们经常在校外骚扰七师外出的女生,更有甚者,在学校围墙外用气枪打伤一名在操场锻炼的女生,还有的晚上翻墙进院惹是生非,学校的安全受到威胁。为此,学校保卫科牵头,晚上组织各班男生轮流巡逻护校。记得那是一个初冬的夜晚,下晚自习后,在班长的带领下我们十几个男生在保卫科集合,带班老师陈希宝给我们讲解巡逻注意事项,明确了当晚的口令和每个人的代号,要求发现情况相互联络时只准用代号,不准喊名字,以免被流氓报复,每人发放一杆"文化大革命"时期演样板戏用的木头枪,随后就分组巡逻。这是我记事以来第一次参加的疑似军事行动,心中感到既光荣又有点紧张,脑海里时不时闪过一些电影中英雄人物与敌人搏斗的镜头。当晚,一弯清冷的月牙挂在天上,远处不时传来几声狗的叫声。在巡逻的过程中,大家神情严肃,紧紧握住手中的木枪,响亮地应答口令,随时准备挥枪出击。由于学校持续不断组织巡逻护校，一帮"流氓阿飞"早已领教了护校队的厉害，当晚巡逻行动的战果是仅发现一只野狗和若干野猫，一夜平安无事。巡逻结束后，食堂大师傅为我们准备了夜宵，当晚的大包子真香。

大名师范三年求学经历，是我人生的一笔重要财富。我从一个懵懂的农村少年成长为一个有一定知识和技能的青年。她教会了我正直和善良，她激励我奋发和进取，她鼓励我创新和创造，她督促我面对困难永不言弃！大名师范——我的母校，我永远爱您！

岁月沧桑　难忘母校
——写在河北大名师范学校一百周年校庆之际

1981 级 76 班　赵明武

"沿着校园熟悉的小路，清晨来到树下读书。初升的太阳照在脸上，也照着身旁这棵小树……"每当耳边响起这首流行于 20 世纪 80 年代的校园歌曲，我就不禁想起魂牵梦萦的母校——河北大名师范学校。

河北大名师范学校创建于 1923 年 7 月，始称直隶省立第七师范学校。早在 1926 年学校就建立了党组织，传播马克思主义和进步思想，吸引了周边很多进步人士、热血青年。校长谢台臣以此为根据地，培养了大批革命干部。学校除了培养 5 位开国少将，还培养了一批省部级领导，所以省立第七师范也被誉为革命摇篮。

在学校创立之初，谢校长就提出"以作为学"的办学主张和"师生打成一片"的民主口号。

1981 年 9 月，我有幸考入河北大名师范学校，开始了三年的师范学习生涯。

9 月 1 日是报到的日子，踏进学校大门，一切都显得那么新奇和美好：宽敞明亮的教室、标准化的运动场、高大的白杨、美丽的榕树、洋溢着纯真笑容的同学、抱着讲义来往于校园间的老师……置身其中，我仿佛进入一个崭新的世界。

我们的第一任班主任是张学军老师，他面带微笑，态度温和，说话风趣幽默，讲一口标准的普通话。张老师对工作高度负责，经常深入学生中了解他们的生活、学习和思想状况。记得刚入学不久，学校要组织卫生大检查，张老师提前来到我们宿舍，指着我的被子说："这是哪位同学的被子？叠得有棱有角，不错！"不经意间得到张老师的认同和表扬，我为此沾沾自喜了好长一段时间。在张老师的带领下，我们76班多次荣获优秀班集体荣誉称号。后来因为工作情况，张老师不再担任我们的班主任。教我们数学的是王晓梅老师，40多岁，留着一头标准的女式剪发，显得朴素大方而又充满活力。王老师的板书工整而有条理，她对我们说，这得益于上学时练就的基本功，那时早晨起来第一件事就是听新闻广播，边听边写，写得胳膊酸痛、手指发麻。"宝剑锋从磨砺出，梅花香自苦寒来"，也确实难得。毕业赠言中，王老师深情地写道："……我们就要分别了，盼你在今后漫长的人生道路上努力进取、早日成材，做一名受人欢迎的人民教师。"邢朝芳老师教我们语文，他高高的个子，衣着整洁、说话和蔼、端庄大方，一副儒者风范。他深入浅出、鞭辟入里的语文教学，让你很难想到他当年考学时由于视力问题由学理科改成了文科。有一次，我写的作文《父亲》被邢老师当作范文在全班作文课上当众讲评。我心里像吃了蜜一样甜，更重要的是老师的表扬和肯定潜滋暗长了我的学习信心，增强了我的学习动力。王乐同老师教我们书法，他慈眉善目、心广体胖、步履稳健，给人第一印象是一位善良的长者。他的字深厚古朴、苍劲饱满、雍容大方、筋骨内蕴。他常对我们说：用笔在心，心正则笔正。课堂上，他手把手地教我们学习握笔的姿势，怎样起笔、行笔、顿笔，不厌其烦地指导我们学写汉字的基本笔画，谋划每一个字的间架结构，循序渐进培养同学们对书法的兴趣和爱好。张修良老师教我们物理，也是我们的第二任班主任，一直到我们毕业。张老师是廊坊师专毕业的高才生，比我们大几岁。他既是我们的老师，更是我们的朋友、兄长。他用自己的切身体会和人生经历谆谆告诫我们，只有珍惜时间、好好学习，掌握真才实学，将来才能在社会上安身立命，引导我们培养正确的兴趣爱好，愉悦心情，陶冶情操。如果没记错的话，张老师的口琴吹得挺好的。魏新春老师教我们音乐，他循循善诱教我们唱歌，学习乐理知识，教我们弹脚踏风琴，利用晚上时间用刻笔、蜡纸刻写歌谱，然后用油印机油印、装订成册，分发给我们。虽然我五音不全、唱歌跑调，但那些凝聚着魏老师心血的已经泛黄的歌谱，我至今仍收藏在案头。他组织排演的大型声乐套曲《长征组歌》在庆祝建校60周年大会上成功上演，赢得了各级领导和社会各界的一致好评。

教过我们的还有李广、张静、李国锋、巩如朝、高秉旭、赵恩典、赵良才和一些叫不上名字的老师。他们崇高的敬业精神和严谨的治学作风让我终身受益。

1983年，中国"当代保尔"张海迪的事迹风靡全国。学校组织人员到山东张海迪的家乡实地采访。回来后，学校团支部韩崇斌书记为全体师生做专题采访报告，播放实地采访的录音，号召同学们学习张海迪身残志坚、无私奉献的精神，做一个对社会、对国家有用的人，引导我们树立正确的世界观、价值观、人生观。

值得一提的是，我们班运动健将郭路臻、段庆堂等同学代表邯郸市参加河北省中等师范生田径运动会，顽强拼搏、过关斩将，为邯郸市赢得了荣誉，为母校争了光；82班馆陶县张瑞晨同学为保护学校安全，危急时刻，挺身而出、勇斗歹徒而光荣负伤，被学校授予"护校模范"……他们都是我们学习的榜样。

三年的求学经历，我们丰富了知识、锤炼了品质、强健了体魄；她教会了我在挫折和挑战面前要勇敢面对、永不言弃；在荣誉和成绩面前要谦虚谨慎、戒骄戒躁……

曾经的懵懂少年归来已是花甲之年，我们经历了生活的洗礼、积淀，多了些许成熟；虽然我们青春已逝、芳华不再，但我们对母校深深的热爱和眷恋之心永远都不会改变。

愿百年母校在中华民族伟大复兴的新征程上扬帆起航、再谱华章。

红色师范　百年名校
——河北大名师范学校百年华诞文萃

回忆我的班主任张相义老师
——写在母校百年华诞之际

1981级81班　杨捍平

母校百年华诞，我感触良多。往事忍不住浮上心头——恍如隔世，分明又在眼前。

我的班主任是张相义老师。在我的印象里，他中等个头，标准的板寸，略显沧桑的脸上少了几分书卷气，却有一双明亮的眼睛，穿越红尘，直抵人心。在他的物理课上，手指在水面上轻轻一划，就把干涉波和衍射的道理讲得清清楚楚。老师是一个大道至简的人，不喜欢"圈养"自己的学生，三年里，我们一直处于"放养"状态。他躲在幕后，手里轻轻地拿着小皮鞭，偶尔吆喝几句，那些离群的羊儿就迅速归队，抱团前行。得益于老师的"教无定法"，我们81班的每一个人始终在自律、自尊、自警、自信的氛围中学习和生活，是不折不扣的模范生，波澜不惊却逢考必胜、参赛必赢。

1981年9月10日，中秋节，我刚入学没几天，有点儿想家，一个人在校园里踽踽独行。我刚走到办公楼前，老师骑着自行车来上班，在我面前停了下来。

"想家了吧！"不知道他从哪儿看出来的，"咱班里，数你离家远！"我点点头，不知说什么好。

"你们这些孩子啊，初中毕业，还小。"老师从公文包里掏出两个月饼，"拿着，就当回家了！"浅浅的褶子里满是笑意，他像父亲似的，不由得你不听。这一幕，多少年过去了，无论做多深的梦，都能挤进去，永不断片。

我们是第一届"小中专"（初中毕业后读中等师范学校的学生），"小中专"的孩子是"国家的孩子"，毕业后国家分配工作。普通的农家子弟都会选择这一捷径。我也不例外。进入大名师范，大家每天都在自嘲，自己是"24级老干部"；纠结、落寞的心态，人人都有。老师看在眼里，疼在心里。他曾经找我这个涉县中考状元谈过一次话。

"后悔吗？"我点点头。他大手一挥道："不要作茧自缚。条条道路通北京。"他随手拿出一张纸，点了一高一低两个点，"你看着啊，这两个点，可以连成一条直线、一条摆线、一条抛物线、一条弧线。假如有一个小球，从高点运动到终点，你说最后到达的，会是哪个呢？"我下意识地指了指直线。

老师高兴地拍了拍我的肩膀道："人一辈子，走点儿弯路反而是好事，懂吗？"我懂了，从此无怨无悔，一辈子心无旁骛地活着，走出了自己的道儿，踩出了自己的辙儿，也挺好。

毕业后我和老师也见过两次。一次是他派驻县里工作组，顺道来看我。那天，我正在挥汗如雨地种白菜，一阵车铃声响起，老师站在我的面前——天啊，他这是从哪儿冒出来的！简直神了。

落座，我像孩子一样承欢膝下。他摸着我的头说："看一眼，我就放心了！"指了指简陋的办公室，老师有些难过，"我们国家目前还穷，办学条件改善需要一个过程，但一定会好起来的……哦，我饿了，给我煮碗挂面吧！"

那一天，我看见老师吃得特别香。那一天，我心里流了一天的泪。

第二次见面，就是我带着学生回母校考试。还是在那间礼堂里，我找到了他。匆忙寒暄后，他协助我办理好各种手续。我们终于在北关的一家饭店里坐了下来。

老师的头发有些凌乱，眼睛里的光芒像跳动的火苗，痴情而执着。我送他一条烟，他幽默地说："你愿意让我冒点儿烟，大夫却让我戒烟。这烟啊，像大人的手，抚摸着孩子的五脏六腑。这份亲情，真割舍不了呢！"我第一次看见老师的神情如此落寞，隐隐一丝不安涌上心头……

师爱如山。老师，如今母校百年华诞，你可泉下有知？故园依旧，我们一齐驻足，如何？——祈愿魂兮归来，归去来兮！

母校百年华诞有感

1981级82班　朱梅荣

2023年8月23日，这是一个特殊的日子，是1981级学子有幸回到母校共庆大名师范百年华诞的好日子。这一天，我们将永远铭记心中。

一大早，同学们就怀着激动的心情赶往大名，我跟76班付祥红和84班殷常芳从邯郸出发一路同行。"我昨晚激动得睡不着，只睡了三个多小时。""我好几天前就睡不着了。"一别39年，我们如何不激动？我们一路谈论着、期待着、回忆着。

39年前，我们还是不谙世事的少男少女，如今已是满面皱纹、头发花白的爷爷奶奶。我想象着彼此的模样，想象着相逢时的场景，好在有聊天群可以隔空对话，可以千里相望。约早上8点，我们终于来到大名，路过车站时忽然想起当年送别的场景，拥抱、握手、泪水都深深地铭刻在记忆的深处。那时的交通、通信多有不便，贫穷让我们觉得送别就是永别。

来到学校，张希勇、朱振勇等几位大名同学早以东道主的身份在教室里等候，赵民江、郭建国，还有护校英雄张瑞晨等几位男生也早早到了，同学们握手、问候、拍照。班主任苏老师进来了，同学们都激动得起身问好。看到苏老师身体康健、精神矍铄，我们都备感欣慰。走在校园里，记忆的长卷被一点点掀开，这里是我们的教室，那里是我们的宿舍，谢台臣老校长的碑亭原来在那一边儿，校门在……我们的思绪跟着小丽和班长的介绍不停地在"百宝箱"里搜寻着。眼前又浮现出一群青春靓丽的少男少女在尘土飞扬的操场上奔跑，在砖瓦房前嬉闹，当我定睛时，原来是年近花甲的同学迈着蹒跚的步履游走在校园，我们仿佛遗失了什么，在寻找着什么。我轻轻地拂去那一抹尘埃，将斑斓的记忆珍藏在心底。

母校大名师范有着深厚的文化底蕴，有着红色的根脉，处处散发着谢台臣老先生的爱国情怀，"以作为学"的教育理念在大名师范一代代传承。大名师范毕业的我们行得正、站得直，我们虽没有索桂芳那样傲人的成绩，但在各自的岗位上散着热、发着光。今天，看着母校蓬勃的发展，我们备感欣喜，大名师范，您是我们心中的明灯，永远的大名师范！

这次聚会最感人的是83班宋喜平同学，他是坐着轮椅让人搀扶着护送来的，他是我初中同学，曾经的体育委员。如今，他瘫痪10多年了，他握着我的手口齿不清地说："我是个废人了，不能上班，就想见同学一面。"看着他饱含深情的目光，我的眼睛有些湿润。是难过？是欣慰？是感动？我说不上来，只觉得柔软的心被狠狠地撞击了一下。

岁月流转，年华易逝，健康的我们且行且珍惜。这次相聚最动听的声音是笑声，同学见面太开心，欢笑声此起彼伏；最辛苦的是嘴巴，总有说不完的话（估计嘴巴是租来的）；最多的动作是握手，亲切地握了再握；最感人的是姜彩荣和谢占国，一个外甥女出嫁，孩子一上轿就坐车赶来，一个一大早奔来和老师同学见面后又匆匆回去。总之，这次相聚，让我们的心走得更近了，情更浓了，笑更甜了，话更亲了。经过39年的人生洗礼，这份浓到化不开的同学情已经深深地植入岁月的年轮里。衷心祝愿我们的老师、同学身体健康，一切安好！

大师，我永远的思念

1981级84班　邵建军

　　转瞬间，我们这些人就从不足弱冠之年来到了花甲之年，想想刚到母校报到时的青涩和幼稚，看看当下我们的雍容和老成，岂是一句感慨万分所能表达得了的？但大家共同有的是，大名师范现在是什么样？母校如今还好吗？

　　这时候讲起来，已经是20世纪的事了。20世纪80年代初，我们从各县来到了虽偏僻但名气很大、历史辉煌的母校。从此，河北大名师范几乎成了我人生的另一个标签，然后慢慢演变成了一生的思念。无论走到哪里，无论干什么工作，无论遇到什么难题，这种情怀和牵挂，陪伴着我踏上讲台，走进单位，步入这个纷繁复杂的社会。同时她也给了我自信，给了我智慧，给了我积极向上和敢于斗争的勇气。

　　清晰地记得，洁净的校园里，一排排参天的白杨和娇艳的花朵，为我们营造了那么美的学习、娱乐和生活的环境，让我们心旷神怡、精神抖擞，领略到了大家庭的温暖与幸福；清晰地记得，那些辛勤的园丁，无论春夏秋冬，不辞劳苦地为我们传业解惑，让我们在知识的海洋里尽情地畅游，贪婪地汲取；清晰地记得，校领导为我们讲述学校的光荣历史，从七师到大师，从谢台臣到晁哲甫，再到冯品毅等，这些革命的传播者及许许多多的先烈，靠着理想信念，不顾个人安危，点燃了冀南大革命的烈火！母校的方方面面、点点滴滴，我们都从不曾忘记，都清晰地记得。

　　好多人都有自己的第二故乡，我的第二故乡在哪里？从青少年到中年，到临退休，这个困扰我多年的问题直到天命之年后，我才得以厘清。尽管换过好多工作，也去过好多地方，但思来想去，能真正让我留恋、让我不能忘怀的，却是当时虽不富裕却让我魂牵梦萦的大名。

上学期间，和几个同学骑车去参观了五礼记碑和狄仁杰祠堂碑，当时就被碑的大气雄伟和碑刻字体所震撼。那时年幼，我们对碑的历史渊源并不十分了解，后来才渐渐懂得了那些历史知识。现在县里又专门修建了气势宏大的碑刻博物馆，系统完整地展现了大名的书法及碑刻文化。原来破损的北城门、东城门等，现在已经成了绿水环绕、碧波荡漾的古城旅游网红打卡地。城内的教堂、尖顶窄窗、异域风情，令人遐想无穷。街市上热气腾腾的包子、诱人的二毛烧鸡及各种各样的美食，也成了我永远抹不去的甜蜜记忆。现在放眼望去，城外宽敞洁净的街道、威武的城标大鼎、红绿相间的花墙，共同构成了一道亮丽的风景线。我的第二故乡已破茧成蝶，成了我心目中最美、最亮丽的理想圣地。

大师继承和发扬七师的光荣传统，弘扬七师缔造者谢老倡导的"以作为学"的教育主张。当年，谢台臣先生力排众议，辞去省参议员的职务，自筹资金，只身来到大名。怀一腔热血，靠一己之力，创办了直隶省立第七师范学校。在教学过程中，他用心摸索出的这个教育主张，逐渐演化为新的教育理念：科学的头脑、劳动的身手、艺术的情趣、改造的魄力。这种理念在师范教育领域更加全面地体现了从教者的责任和担当，体现了师范教育的目标和任务，在当时理应成为师范教育改革的先行者和榜样。

当年，中共"七大"在延安召开时，毛主席在杨家岭窑洞专门召见了"七大"代表——时任七师教务长的晁哲甫，对以他为代表的地下党领导的冀南抗日革命运动予以赞扬。后来七师被誉为直南革命的策源地。自1923年学校成立后的14年里招收的915名学生中，有240人在校学习时就加入了中国共产党，有40多人为中华民族的解放事业献出了生命，有41人走上了省部级领导岗位。他们为新中国的解放和建设事业作出了卓越贡献。

现在，我们大师毕业的多数学生还在一线辛勤地为祖国的教育事业默默地奉献，并且许多人取得了优异的成绩。桃李满天下是对我们最好的评价。战争年代，先贤们满怀救国救民的理想，用生命为我们创造了这么好的条件；和平年代，我们更应赓续革命传统，立足中小学教育，为祖国的教育事业鞠躬尽瘁。这不正是母校对我们的期望，不正是我们的初心吗？

  母校，我们又回来了，回来看您了。我们犹如一个游子，在外漂泊了大半生，今天又回到了母亲的身旁。校园依然整洁、美丽，只是那些老旧的校舍变成了更加雄伟壮观的楼房。走进校园听到那抑扬顿挫、此起彼伏的读书声，我们仿佛看到了自己年少时的情景；学生们精神焕发、积极向上，那不就是我们当初的模样吗？我们没有辜负您的教诲和希望，我们为所钟爱的教育事业贡献了自己的青春和力量。我们怀揣着热情和感恩，眼中盈满激动的泪水，嘴里的千言万语不知如何表达，只是把这一生的思念凝结成了四个字——母校，您好！

再回大名

1982 级 91 班　齐瑞良

初秋时节，我又一次回到了大名，又一次走进了大师校园。40 年前的少年第一次出远门就是到了这个地方，在这里生活学习了三年，一城一校、一楼一室、一草一木都留下了深深的记忆。

再回大名，曾经的少年同学，白了鬓发；曾经的古城校园，换了容颜。

40 年过去，弹指一挥间。记忆中的城墙，破落荒芜，残缺难行。那时的城墙只是留下个轮廓，土垄绵延伸向远方，砌墙的砖所剩无几，好像只是四个城门还较完整地保存着原貌，虽然破，但是砖砌，不见黄土。现在的城墙修葺一新，雄伟壮观、整洁亮丽，威严地屹立在漳卫河畔。墙外新开的护城河紧紧围绕着城墙，联手并行，形影不离。河水清澈，草木青青，一簇簇的莲叶、一丛丛的芦苇、一条条的鱼展示着生机，透着自然美。护城河外整修了地面，完善了设施，有凳，有健身器材，成了周围居民休憩的好地方。

我从西门登城，沿着青砖台阶健步而上，顺着宽大的通道慢跑，呼吸着古城文化气息，回想求学时游逛大街小巷的情景。看看城外，观观城内，我不禁思绪万千，感慨不已。城外处处高楼、条条大道，哪还有当年的模样？上学时走在几米高的土城墙上，城内外都是平屋瓦房，我们有点儿居高临下的感觉。现在城内由于建房限高，房子虽是新的，但高度变化不大。城区的几个难忘的标志，或已消失，或已旧貌换新颜。北门外的书店已成护城河水的一片"莲叶"，那可是后师学生的网红打卡地，每个周末三三两两的都要去转转，翻翻书、看看帖，却苦于囊中羞涩，看的多、买的少。

红色师范　百年名校
——河北大名师范学校百年华诞文萃

有一件趣事，不知涉县的同学还曾记着，我和他都爱书法和绘画，在这个小书店相中了一套字帖，上下册，每个字都有楷、行、隶、草、魏碑体，两个人都爱不释手，摸摸口袋犯了愁，于是商量一人买上册一人买下册，回去交换练习。后来我们不时交流切磋，研习探讨，为书法和绘画打下了基础。来到东街那座有历史年代的大教堂，据大名同人说这是全国第二大哥特式建筑，足见清末民初的大名地位显赫，开放新潮。曾经沧桑的教堂虽然旧但整洁，环境清新，优雅幽静，有神甫，有修女，还收养孤儿，还原了教堂的功能。20世纪80年代，这里铁锁把门，人去楼空，死气沉沉，昏暗陈旧。

爱好书法的我对五礼记碑印象深刻，感情深厚，于是和几个同学又去看了新建的大名碑林，我大舒了一口气。现在五礼记碑高高立在中间，周围有不少古碑，享受着崇高。大名历史悠久、文化厚重，碑石列列，蔚为壮观。想起40年前，五礼记碑孤苦地躺在荒野，经风沐雨，身分几段，惨不忍睹，观之心碎。五礼记碑原位于大街乡双台村，是唐文宗为表彰魏博节度使何进滔而立，唐代著名书法家柳公权书丹。宋徽宗时北京大名府尹响应皇帝五礼新仪，磨唐碑重刻。这牌也称唐宋碑，高近12米，重达140吨，是我国最高、最大的石碑，文物价值极高。可当时有几人识得、懂得？

在大名同学的陪同下，我走进了又清晰又模糊的校园。来校的路上心绪不宁，思潮翻腾。我的大师成了什么样子？还有没有少年学习生活时的东西？教室、宿舍、礼堂、饭厅，甚至挨着东墙一列的厕所，还有吗？抬头远看近瞧，寻觅抚摸，却是翻天覆地，面目全新。楼不是当年的楼，路不是当年的路，连谢台臣雕像怕也不是当年校庆的原物。踱步到后操场，只有这里依稀有点儿当年的影子，其他的好像都已随风而去。操场的地面还是用土铺的，当年青草的后代还在坚守，跑道应该还是那个跑道，还是那个长度，还是那个弧度。一些情景浮现在眼前，同"万事通"讨论时局，同"长跑人"一圈又一圈地坚持量着跑道，同"习武者"笨拙地比试，同"诗人"畅谈着未来，还有……三年的日日夜夜、三年的风风雨雨，都飘逝在遥远的记忆里。

大名的变化是惊人的，古城、新城、后师、红旗、车站、宾馆，一切一切，一日千里，日新月异。想想其他地方，也是这样。放眼大江南北、长城内外，整个中国，沧海桑田，旧貌变新颜。中国几十年的变化超过了世界几百年的变迁，生活在这个时代的人们是幸福的。

红色师范　百年名校
——河北大名师范学校百年华诞文萃

时光不老，我们不散
——写于大名师范百年校庆之际

1982级92班　杜怀英

欣闻母校百年庆，
历历往事心头涌。
提笔不知从何起，
千言万语话友情。

往事历历在目，蓦然回首，已走过38个春秋。从天真、活泼到年近花甲，总有一份情意如春雨般沁人心脾，总有一份爱，永远不会因为时间、地点的变迁而被遗忘，那是我们的青春，那是我们在大名师范的读书声、歌声，那是我们的早操声，那是曾经的你我——恰同学少年。

1982年9月，怀揣着大名师范学校的录取通知书，怀揣着对未来的憧憬，我们来到同一个地方，坐在同一个教室，划动着同一个船桨，扬起了奋进的风帆。在大名师范，我们一起学习知识，一起挥洒青春，一起编织梦想。在这里，我们留下了青春靓丽的身影；在这里，我们结下了同学的深厚友谊；在这里，理想的风帆从此启航。

38年弹指一挥间。同学刻苦学习、攻坚克难的场景还历历在目；老师的谆谆教诲，刻骨铭心；班级活动的歌声还回荡耳边，运动场上同学矫健的身影仿佛就在昨天。那时的我们是多么活泼，多么阳光，多么的朝气蓬勃！大名师范的教室，让我们魂牵梦萦；大名师范的一草一木，让我们感到情韵悠长；大名师范的老师，让我们肃然起敬！

班主任赵哲民老师，凭借一支粉笔，便把辩证统一的哲学思想讲解得淋漓尽致；语文基础知识张学军老师，让我这个来自方言比较浓重地区的学生知道了"z、c、s"和"zh、ch、sh"的区别。教我们文选与写作的张护玺老师把我们带进了文学的殿堂，拓宽了我们的文化视野。教我们数学的李向丽、周光耀老师教给了我们数学思维和推理能力。音乐老师郭秀珍、体育老师杜爱峰、美术老师高秉旭，夯实了我们毕业后从事小学教育的基础。老师的背影和汗水，永远定格在教育事业的丰碑上。

短短三年的学习生活，我们从天真走向沉稳，从稚气走向自信，从一个个懵懂的少年成长为风华正茂的青年。三年的同窗，三年的跋涉，三年的探索，在老师们的教育引领下，大家成长为一批社会精英，成长为一批校长，成长为一批名师，学校成就了一个个你和我。

转眼间，我们毕业已38年。38年沧海桑田，世事变迁；38年人在旅途，风雨兼程；38年日月匆匆，花开花落。38年我们每个人所走的路不尽相同，或春风得意，或平平淡淡，或艰辛坎坷……无论贫富贵贱，也无论世事如何变迁，我们都没有忘记我们的母校，没有忘记同学间的真挚友情。

让我们把对母校的思念和同学友情编织成美丽的中国结，挂在人生的胸膛，栉风沐雨，永远前行！

想起当年上大名师范

1982 级 95 班　裴志广

夏日缠绵的细雨淅淅沥沥，一扫往日的闷热和烦躁，天气变得凉爽起来。静坐窗前，思绪像长了翅膀飞到了当年师范学习和生活的地方。

那是1982年深秋的一天，我正在大名一中读书，班主任来到教室对我说："裴志广同学，收拾好你的东西，这是你的通知书，到大名师范学校报到去吧！"我先是惊讶，后是兴奋。教室里一阵"嘘"声。我带着美好的心愿和对未来的希望，父亲亲自送我到大名师范学校。办公室领导找来了我的班主任陈希宝老师，他带着我来到教室里，向同学们介绍了我。同学们给了我欢迎的掌声，我的心里又温暖又激动。在这个大家庭里，我开始了新的生活。

我坐在教室最后一排的一个空位上。那张黑色的课桌也许就是等待着我的到来。一位身材瘦削、大眼睛的同学告诉我："你的学号是45号。"这个学号我终生不会忘记，因为我是这个班最后一个报到的。我领取了学习的课本，发现和高中的不一样。师范学校有音乐课本，我喜欢唱歌，这也是我喜欢上师范的一个原因。

因为师范学校录取的是初中尖子生，这些来自不同县的学生，个个智商超强，聪明绝顶。也许他们的学习功底都比我深厚，学习中，除了文科感觉轻松，我的理科成绩总是赶不上他们。但是我有自己的想法：努力学习音乐、文学，发挥自己的长处，将来做一名文艺工作者，我开始编织歌唱家的梦。

每一位青年学子年轻的时候都有过梦想：或当一名将军，驰骋疆场，报效国防；或当一名医生，祛除疾病，救死扶伤；或当一名工程师，铺路架桥，建造楼房；或当一名教师，授业解惑，桃李芬芳……青年是国家民族的希望，要为实现自己的理想去奋斗，我的理想就是努力学习，做一名德才兼备的文艺工作者，为人民歌唱，为祖国歌唱，去实现人生的辉煌。

在共同的学习和生活中，我渐渐知道了每个同学及老师的姓名。通过每周的全校师生大会，我知道了这所师范学校具有光荣的革命历史和办学传统。第一任校长谢台臣先生提出了"以作为学"的办学理念，把实践和学习相结合，坚持反帝反封建的爱国教育，在白色恐怖的岁月，发展青年学生加入党组织，为我党培养了大量的革命和建设人才，学校成为冀南革命的摇篮。在抗日战争和解放战争中，涌现出了一大批英雄豪杰，如王从吾、裴志耕、平杰三、李大磊……我们的校长朱玉重是军转干部，精神矍铄、平易近人，教育我们努力学习、掌握本领、服从安排，到祖国需要的地方去，为建设社会主义现代化国家贡献力量。

大名师范学校让我最难忘的是教音乐的马德昌老师。马老师于20世纪从东北大学毕业，响应毛主席到祖国最需要的地方去的号召，来大名任教。他有东北人的豪爽，脸庞黝黑，嗓音洪亮，有磁性的穿透力。每次音乐课，我都兴趣盎然，不仅学习了音乐知识，还唱得十分尽兴。我曾到他的家里，他听我唱歌，给我鼓励，说我有潜力，让我不断努力，想办法让我去音乐学院深造，这是我人生的一个动力。可惜不久他就调走了，不知道去了哪里。

我清楚地记得入学3个月我就学会了识谱，后来又学会了笛子演奏。每天下午放学后，我就和有相同爱好的同学演奏起来，有《牧民新歌》《扬鞭催马运粮忙》《喜洋洋》等。欢快、悠扬、歌唱般的笛声在教室里余音回荡，我们一曲奏罢又一曲，美得心里像蜜糖。

我最喜欢的两首歌是《草原之夜》《乌苏里船歌》。《草原之夜》有"中国小夜曲"的美名，旋律深情优美细腻，扣人心弦。唱起它，心中就油然而生期待和渴望之情。而《乌苏里船歌》则是喜庆和抒怀，表达了对幸福生活的热爱和感谢之情，具有浓郁的东北民歌特征，百听不厌、千唱不烦。每年的联欢晚会上，我都会唱它，外班邀请我表演节目时我也是唱它。最幸运的是我参加了学校的合唱队，排练的《长征组歌》对我的内心产生了积极的影

红色师范　百年名校
——河北大名师范学校百年华诞文萃

响。它气势恢宏，旋律激昂悲壮又乐观向上，至今都是我宝贵的精神财富，给我勇气，给我力量。

那个时候还是一个艰苦的年代，同学们大都是农家子弟，朴素又节俭，不像现在的青年学生穿着考究，光艳时尚。他们大多是一两件衣裳，洗了又穿，穿了又洗。西部山里的同学，有的三年就盖一条被子。记得第一年的学校生活艰苦一些，早上一个玉米饼子，一两玉米粥，中午是两个白馒馒、一份菜，晚饭和早饭一样。我是大名人，回到家里说吃不饱、饿得慌，奶奶就蒸了一大笼白馒馒，让我带回学校，并对我说："要给同学分着吃。"我分给他们，有的不好意思，在我的坚持下才接受，我心里就很高兴。后来生活水平提高了，有了饭票，女同学就会给我们男同学一些饭票，还给我们拆洗棉被。大家像兄弟姐妹一样结下了深厚的情谊。

当时我还有一个让人羡慕的东西———一件崭新的绿色军人上衣。我平时舍不得穿，上了师范才穿上它。每次穿上，我都系好扣子，挺起胸膛，有军人的自豪。有一天，柴国平同学和我商量，想和我换衣服穿几天，我就答应了。后来李长军同学也和我商量，是否能借给他哥哥穿几天，因为他的哥哥正在找媳妇，我马上就同意了。

和我同桌的有5位同学，女同学是张运兰、薛洪岭、杜海慧，男同学是李长军、姜上芳。

我们班的女生像仙女一样美丽，我们班的男生像明星一样帅气，我们是一个团结友爱的班集体。奖状满墙壁。三年光阴似箭，大家依依惜别泪满衣。

母校啊，虽然您只是一所普通的中等师范学校，但您承载过我的青春和梦想，洒下过我的汗水和泪水。春季里，您因学子们的朝气而蓬勃；夏日里，您因姑娘们的装扮而美丽；秋天里，您因新生们的到来而欢笑；冬季里，我们因您亲人般的关怀而温暖。我们在这里学习和成长，教室里，我们高声朗诵"在月到中天的时候，在西去列车的窗口……"我们的心中激情难抑；操场上，我们像小鸟在飞翔，跑道啊，也为我们呐喊致意。我依恋您——您有宽广的胸怀，您有朴素的容颜，您播撒知识的种子，您传递光辉的真理；我想念您——您有月光下斑驳的树影，您有小道上窃窃的私语；您有晚会上青春的歌声,您有兄弟姐妹般的情谊。虽然现在我离开了您,但是您是我永恒的思念,您是我梦里的回忆。不管我走到哪里,不论我身在何地,您都在我的心里。祝愿您前程似锦!

红色师范　百年名校
——河北大名师范学校百年华诞文萃

大名师范——一个南宫碑体书法传播中心

1983级97班　冯克军

　　2023年是母校河北大名师范学校百年华诞，我想写点儿东西，以表祝贺之意。

　　纵观母校的百年历史，可谓亮点纷呈，精彩不断。在众多亮点之中最为耀眼的时期有两个：一是从建校至"七七事变"，在谢台臣校长的进步思想指导下，七师学校办成了红色党校，不仅为我党培养了大批的优秀革命人才，还使革命之火燎原了整个直南大地，创建了以大名为中心的周边20余县的党组织，被誉为直南一个革命策源地；二是改革开放后的中师时期，学校培养了众多的优秀人才，音、体、美、书法等特色教学成果显著。这些都是值得大书特书的亮点。我这里重点说一下书法特色教育，有一种书体被称为书坛奇葩，这种书体就是南宫碑体，它是我们大名县乃至邯郸市、河北省的一大文化名片，而我的母校则被誉为南宫碑体书法的一个传承中心。

　　我出生在一个书香门第的家庭，祖上曾出过多位太学生、秀才，世代都是读书人，至今我还珍藏着祖上传下来的清代砚台和毛笔。我自从记事起，就对笔墨纸砚表现出了极大的兴趣，于是便在父亲和舅舅的指导下开始练习毛笔字，在上小学之前，我已能书写大门上的春联。我记得小时候，外祖父家的堂屋挂着一幅配对联中堂画，中堂画画的是荷花和水禽，我每次到外祖父家都看这幅中堂画，特别是那副对联上的字，感觉很好看。我舅舅见我对书画感兴趣，就给我讲，这画是他的好朋友高秉旭画的，这字是他的朋友王乐同写的，并说这种字体叫南宫碑体，等我长大了就带我去见王乐同老师，让我拜他为师。随着年龄的增长，我写毛笔字的兴趣越来越大。在上小学和初中时，主要是临摹颜真卿和柳公权的字帖，因为我的大祖父是写颜体的，我四祖父是写柳体的。1983 年，我以优异的成绩考入河北大名师范学校，终于见到了南宫碑体书法大家王乐同老师。

改革开放后，我的母校和全国其他学校一样迎来了教育的春天。一大批优秀的老师来到母校任教。1981 年，以朱玉重为校长的校领导班子，为搞好书法教学、提高学生"三笔字"（毛笔字、粉笔字、钢笔字）水平，特聘大名县著名书法家王乐同先生到校任教。王乐同老师是南宫碑体书法第四代著名传人，他自幼练习书法，有深厚的书法造诣。王老师刚到学校时，没有书法教材，在学校领导的支持下自编教材。在 1981 年前，母校学制两年，书法课只在一年级时开设，着重讲解楷书基础。从 1982 年起，学校利用业余时间开办了一个书法班，把一年级那些基础较好、真正喜欢书法的学生组织起来，每周两次义务授课，主要讲解作品的创作、欣赏和南宫碑体书法技法。学校在教学用房十分紧张的情况下，专门腾出一个大教室作为书法专用教室，并配备了必要的教学设施。为了展示书法教学成果，学校在办公楼又专门设了一个书法大展厅。从 1981 级开始，学校学制改为三年，但仍然是只在一年级开设书法课，二年级时个别辅导，三年级举办课外书法班。

我是 1983 级的学生，由于我对书法的兴趣较大，又有一定的基础，入学不久就受到了王乐同老师的重视，王老师经常夸我悟性高、手笔好，并指定我为书法课代表。由于王乐同老师的字深受社会各界的喜欢，求字的人很多，王老师人特好，无论是领导、同事、学生，还是社会各界求字，都是有求必应，从不收取任何费用，所以他的创作任务十分繁重。学校特批我可以不上晚自习，在晚自习时间给王老师做书童。这个书童，我一干就是三年，我也彻底融入王老师的家庭之中，我们就像父子一样。王老师参加县里的一些书法活动时，总是喜欢带上我去做服务工作，也因此，我在学生时代就结识了大名当地的一些书法家。1984 年 11 月，邯郸地区书法家协会成立大会在大名县招待所召开，王老师带我去做服务工作，笔会时我给新当选的书协主席姚小尧老师服务，由于我服务周到，姚主席夸赞说："大名师范的学生素质就是高！"我不仅为学校争了光，还求得了姚主席和李太平老师的墨

红色师范　百年名校
—— 河北大名师范学校百年华诞文萃

宝。在三年级成立书法班时，我被推选为书法班长。20 世纪 80 年代，全国掀起了书法热，喜欢书法的人很多。我们 1983 级 6 个班共 300 名学生，三年级成立书法班时，报名人数达 100 多人。由于教室场地所限，最多只能放 67 张桌子，桌子连过道都占满了，所以我们那一届书法班是 67 名同学。在学校领导的大力支持下，在王乐同老师的精心指导下，母校的书法特色教育成绩显著，很快形成了办学特色，在邯郸地区乃至河北省都很有名气，在大名当地也承担了一些社会工作任务，如负责大名电影院的影评。20 世纪 80 年代电视还没有普及，看电影成为时尚。大名电影院大门口的西墙设置了一个影评园地，一般情况下每周都有新影片上映，我们学校便承担起了影评任务，我们 97 班的班主任呼玉山老师是影评组长，呼老师把影评员写好的文章交给我，由我组织书法班写得较好的几名同学设计版面，用毛笔把这些影评文章写在白报纸上。当时参与最多的同学有王文太、常新林、张振锋等，常新林有很高的美术天赋，每次都由他设计版面；写好之后再染上花边，张贴在影评栏上，成为大名电影院一道亮丽的风景线，招来很多人围观，也赢得了社会各界的赞誉，夸奖影评文章写得好、字写得好、版面设计得好。

为展示书法教学成果，学校每年在"五一"国际劳动节、"十一"国庆节举办师生书法展，并且常年展出。1990 年 3 月，学校还专门举办了一次桃李书法展，在来稿 200 余人的作品中，择优选入了 80 人的 110 件作品，学校邀请邯郸市教育局主管领导及邯郸市和大名县部分知名书法家来校参加开幕式，随后在邯郸市工人文化宫展出，后又赴永年、成安、魏县、曲周等区县巡展，取得了良好的效果。这些书法展吸引了上级领导、兄弟学校前来参观学习，大大提升了母校的知名度。母校的招生范围是整个邯郸地区，从 1983 级学生开始变为邯郸东部六县，随着这些书法爱好者的毕业，学生将书法特别是南宫碑体书法传播到了邯郸各地，推动了南宫碑体书法在邯郸各区县的普及和发展，使南宫碑体书法在邯郸大地，特别是在以大名县为代表的邯郸东部县达到妇孺皆知的地步。还有一部分同学毕业后到北京、石家庄和其他省份工作，也将南宫碑体书法传到当地。1984 级学生李银山，1996 年应邀去日本举办个人书法展，后来又定居日本，专职从事书法教学、创作工作，在日本传播南宫碑体书法。据不完全统计，在母校毕业生中，国家、省、市、县级书法协会会员达 100 多人，其中有不少人在从事书法教学工作。

自 1988 年至今，河北人发起并主办了九届全国南宫碑体书法作品展。每一届，我校师生都有多人入展、获奖，占很大的比例。2015 年，由河北省文化厅、河北省文联、河北省书法协会等主办的第六届全国南宫碑体书法展在邢台南宫市举办，此次展览共评出五个一等奖，我校毕业生占了两个（我和王磊），在这五个一等奖中我名列第一，在二、三等奖中我校毕业生也有多人获奖。

我毕业后先后在机关、学校多个岗位工作，无论在什么岗位，从事什么工作，我始终牢记母校"以作为学"的校训，兢兢业业、踏踏实实、任劳任怨，在干中学、在学中干，28 岁时被提拔为县委办公室的一名副局级干部，30 岁时主编出版了我的第一本书《大名抗日烽火》（40 余万字）。无论工作有多忙，我始终坚持每天练习书法，特别是南宫碑体书法。到学校工作后，我开始了书法教学活动，为南宫碑体书法的交流、传承尽自己的绵薄之力。2004 年 8 月随着我国加入联合国教科文组织的《保护非物质文化遗产公约》，非遗保护迅速在全国升温，我即时捕捉到这一文化气息，便开始了南宫碑体书法申遗工作。2005 年底，张海当选中国书法协会主席后，便启动了中国书法申报世界级非物质文化遗产工作。由于我常年订阅《中国书法》《书法报》等报刊，及时得到了这一消息，这给我申报非遗工作带来了很大的底气和帮助。在县文旅局领导的大力支持下，在县文化馆申国玉馆长和李根同志的大力帮助下，南宫碑体书法于 2007 年被评为大名县第一批非物质文化遗产，2010 年被评为邯郸市第二批非物质文化遗产，2012 年被评为河北省第四批非物质文化遗产。这是河北省唯一的一项书法类非遗项目，也是全国 30 多个省份唯一一项书法类省级非遗项目。2015 年 1 月，我本人被命名为这个项目的省级代表性传承人。

在以习近平同志为核心的党中央英明领导下，我们已进入中国特色社会主义新时代，民族自信、文化自信、弘扬国学文化成为时代的主旋律。新时代新征程，祝母校的南宫碑体书法教学工作越办越好！祝母校继往开来，承接百年荣耀，传承红色基因，再创第二个百年辉煌！

红色师范　百年名校
　　——河北大名师范学校百年华诞文萃

贺母校大名师范百年校庆（外一首）

1983 级 99 班　郭贵领

写在前面的话：

　　近一个月来，几乎每天晚上我都能收到司中瑞老师转发的学长学弟们纪念母校的文章，读后深感振奋，不仅勾起了我藏在心底几十年的美好回忆，也激发了作为学子的我要为母校百年华诞写点儿东西的冲动。由于多年来忙于公务，除了偶尔写领导讲话或工作报告，我很少再写文学性的文章，脑子僵化、文笔滞涩，故久久未能动笔。

　　昨晚临睡前我和妻子聊及此事，她提醒我说，你不是在学校时就爱写诗吗，何不试着用诗体语言写一写呢？一语惊醒梦中人！顿时，我脑中灵光闪现，学校生活的一幕一幕都浮现在眼前，遂奋笔疾书，一夜未眠，顺口溜之，一气呵成，修改完善后天已放亮。妻子起床后帮我校对了一遍，说了两个字："还行。"

　　今天正好是 9 月 1 日开学的日子，我忙将此稿发给司老师。恳请母校诸位师长、校友批评指正！

（一）

建党伊始便驰名，直南大地播火种。
教育救国大纛举，普及新学育精英。
师生同立革命志，心怀家国反帝封。
历尽沧桑初心在，红色基因永传承。

（二）

栉风沐雨已百年，天雄之地聚英贤。
数易其名宏旨开，以作为学一脉传。
红色种子播天下，桃李芬芳满冀南。
丰功伟绩载史册，再启新程谱新篇。

（三）

为育桃李一树栽，谢公一呼群贤来。
百年沧桑铸辉煌，燕赵大地多英才。
一路风雨一路歌，气象新开何壮哉。
今日大典当恭贺，师生共登庆祝台。

（四）

母校百年仍年轻，重整行装再启程。
老骥犹有千年志，壮心激发万丈情。
归来依然是少年，专为幼苗育园丁。
初心未改担使命，再建功勋告谢公。

郭贵领，现任河北日报报业集团党委委员、副社长、机关党委书记。研究生学历，正高级职称，省政府特殊津贴专家。

回忆校园快乐时光　祝愿母校再铸辉煌

1983级99班　郭贵领

六十庆典刚报到，百年华诞我渐老。
毕业将近四十年，心中常忆是母校。

入校还是未成年，毕业十八刚刚满。
大师求学三年整，受益人生几十年。

那时我们正年轻，十有八九是文青。
常有习作登校刊，恰似雏凤声正清。

学习书法蔚成风，师从大家王乐同。
弟子三千遍天下，冀南处处见南宫。

老师业务水平高，博学业精成名校。
无论教授文与理，个顶个的讲得好。

青年教师均帅气，风流倜傥多才艺。
运动场上是健将，能歌善舞会乐器。

难忘礼堂联欢会，精彩纷呈令人醉。

学生自编又自演，教工伴奏当乐队。

长征组歌气势宏，观众热血直沸腾。
谁知指挥和演员，均是年轻师与生。

犹记学校大操场，一天到晚哨声响。
男男女女爱体育，同学个个身体棒。

运动场上赛正酣，彩旗飘飘人呐喊。
广播稿件很鼓劲，青春激情被点燃。

常忆伙房去帮厨，站在旁边看杀猪。
天天中午吃肉菜，学校生活真幸福。

课余没事学划枚，没钱买酒喝白水。
记得毕业那场酒，全班男生都喝醉。

当年学生均勤奋，起早贪黑背诗文。
天未破晓书声朗，校园全是读书人。

那时学习氛围浓，学生都像小蜜蜂。
如饥似渴学知识，夜以继日不歇停。

三年课程学得深，古今汉语微积分。
教育教法生化理，还有心理美体音。

中师学生皆全能，担任啥课都能行。
不少同学一毕业，直接登台教高中。

红色师范　百年名校
——河北大名师范学校百年华诞文萃

豆蔻年华情窦开，青葱也学谈恋爱。
我班成了好几对，如今过得都不赖。

曾经暗恋女同桌，见面低头话不说。
写了纸条不敢送，只缘胆小脸皮薄。

也曾有过师生恋，不看长相不谈钱。
唯慕老师有才华，哪管父母有意见。

时光如梭过得快，转眼青丝已斑白。
所幸事业算有成，没有辜负新时代。

百年老校今嬗变，既是天意也是缘。
倘若时光能倒流，再回母校做少年。

回忆我的母校

1983 级 99 班　梁兰庆

惊　喜

1983年,我幸运地考入大名师范。尽管学校是中专,但在那个时候,在我们这一带的农村,我已经被认为是考上大学了,大家都很羡慕。也许是父亲的偏爱吧。当时,我们临漳的考生可以报考的还有另外两所师范学校。而我的父亲——一位多年的人民公社中心学校校长,却偏让我报考大名师范,说我一毕业就是国家干部,这一辈子就有"铁饭碗"了。

走近校园,一座高大气派的校门映入眼帘,两侧的鲜红大字"团结紧张、严肃活泼"让人肃然起敬,印象深刻,至今记忆犹新。步入校园,校园一下子就把我迷住了:宽阔笔直的柏油路、高耸挺拔的法桐树、宽广平坦的篮球场、歌声悠扬的琴房、高大的教学楼,我这个一直在农村上学的学生,哪见过这些,更别提自己就要天天在这里学习了!最让我惊喜的是,我们上课时竟然是一人一张课桌!这样以后再也不会有和同桌争地方的烦恼了!当时我的心里啊,真是说不出的高兴!

塑　形

"以作为学",红色校史。一专多能,为人师表。老师们的谆谆教导,让我在心里逐步树起了教师的形象。那就是老师形象要好，知识要丰富，还要多才多艺，这样将来登上讲台的时候，对孩子们提出的各种问题，自己都能给出让他们满意的解答。

那时，我们正年轻，自尊心强，争强好胜，学习大都很用功。而如果考试不及格，自己的名字被写到补考名单里，张贴在学校的院子里，老师和同学们都会看到，多丢人！

学习普通话是一大难关。我们临漳学生最大的困难就是舌前音、舌后音不分，声调也读不准。祖祖辈辈传下来的乡音，一直这样说，要改变谈何容易！可不改又不行。当然，其他县也各有方言。张学军老师给我们推荐了《汉语拼音报》和《汉语拼音小报》，上面有不少发音技巧，特别是有很多生动有趣的带注音的短文，很吸引人，让我们轻松愉快地纠正发音。这两份报纸我都订了。我们通过大量反复阅读，多种形式的练习，记发音、记声调，努力矫正发音。

把字写好也涉及形象，当然也很难。王乐同老师教我们书法。那时候，王老师就已经是南宫碑书法名家了，可谓绝技在身。当时就听说，他的一幅书法作品在日本就卖到了400元。王老师非常和蔼慈祥，极为平易近人。在教我们这些懵懂学生时，无论握笔姿势、运笔方法，他都是不厌其烦，丝毫没有名家的傲慢。当时，学校就有书法班，学书法早已蔚然成风。可惜，我悟性差，在毛笔书法上始终未能学到真谛。尽管如此，从那时起，我家的春联也一直由我来写了。上班后，一些同事也让我写。我也很以为豪。毕业几十年了，只要提到南宫碑，我总是想到我的母校，想到王乐同老师，感到很亲切。

我的钢笔字也有了不小的长进。张学军老师让我们找来小学语文课本，因为课后的生字表都是标准的正楷字体。张老师给我们布置作业，让我们比着一个字一个字地练，每天练写一张作业本大小的纸。

放　飞

因为要多才多艺，在课外，同学们就尽情地放飞自我了。于是，排球、足球、乒乓球，风琴、口琴、小提琴，诗歌、小说、散文，紧紧地吸引着我们。不少同学还买了自己喜爱的乐器和文学书刊。它们就像一道道美味佳肴，让同学们欲罢不能。课后时间，操场上、球场上常常活跃着同学们矫健的身影，琴房里、教室里、宿舍里常常飘荡出美妙的音乐。

校刊《雏凤声清》自然是同学们公认的文学圣地了。喜爱写作的同学都以在此发表文章为荣。我也因此开始练笔写日记，还经常买来一些文学刊物阅读。特别是入学不到一个月时间，我就买了一本《现代汉语词典》，经常查阅。到现在快40年了，词典仍然保存完好，给我留下了难忘的回忆。虽然我的文章始终未能登上《雏凤声清》，但从那时起，我养成了爱查词典的习惯。毕业后，我一直教语文，可以说一生受益。

其实，最先引起震撼的是学校的合唱团。1983年10月是母校60周年校庆。我们9月入学时，合唱团正在加紧排练节目。那时，谁见过合唱团呢？排练场美妙的节奏、悦耳的歌声，时时飘过来，常常让我在上晚自习时魂不守舍。后来我才知道排练的是《长征组歌》。那段时间，我几乎天天听，后来竟然非常喜欢了。曾经有段时间，我对音乐非常迷恋。自己还买了口琴，买了横笛。走在街上，我把车牌号都当成了简谱。也许正因为此，后来我竟然幸运地成了合唱团的一名成员。

那时，几乎每个月各班都要举行一次晚会，同学们会把平时练的绝活儿尽情地展示出来。一把瓜子、一把糖，大家团团围坐课桌旁，吹拉弹唱讲故事，有的短有的长，有的大方有的怯，掌声伴着笑声扬。大家既展示了各自的才艺，促进了相互了解，更锻炼了表演能力。

情　谊

也许是冥冥之中的缘分吧。我们和班主任竟然是同时进入大名师范的！那一年，任宏印老师刚大学毕业分配到这里，担任我们的班主任，而且他比我们大不了几岁，我们几乎是同龄人！我们都刚到这所学校，都是处在有追求的年龄，他想教出成绩，我们想学到知识。任老师的品行又那么好！天下之事有时就这么巧合！就这样，我们和任老师亦师亦友度过了三年的美好时光。毕业后，任老师和同学们曾有过无数次相聚。每次相聚，我们总免不了回忆在母校生活的点点滴滴，总是感慨母校给予我们的无穷力量。

事实的确如此！参加工作以后，无论我们一直坚守三尺讲台，还是走向其他岗位，凡是遇到一些有难度的工作，周围的人总是会说，他上过大名师范，吹拉弹唱、琴棋书画啥都会。这些话虽不免夸张，但我们可以明显感受到大名师范毕业生在社会上的形象，那就是在任何时候都值得期待、值得信赖。这都是母校给予我们的啊！

再忆张学军老师

1983 级 101 班　赵岗善

2023 年 10 月 23 日，是红色师范——河北大名师范学校百年华诞。学校决定在该日隆重举办建校百年的庆典活动。作为曾经的学生，我应邀参加了百年校庆的前期准备工作，其间有幸遇见阔别 40 年的授业恩师张学军老师。张学军老师个子不高，衣着素雅，举止得体、大方。他虽然已经是年逾古稀的老人了，但还像当年那样精神抖擞、和蔼可亲。百年校庆筹备期间，张老师参与迎接和陪伴应邀从各地赶来的历届校友，不辞劳苦地为学校奔忙。

我在大名师范读书时，张老师教我们班的语文基础知识课程。记得在第一节课上，他就明确指出：今年学校招生范围为大名县、魏县、成安县、广平县、临漳县和馆陶县这六个县，其中魏县是个重点，即魏县学生在吐字发音上有个地域性缺陷，就是没有舌前音，把所有舌前音都发成了舌后音。对于魏县学生来说，这一点要重视起来，行动起来，克服困难，纠正错误，争取将来做一名发音准确的人民教师。

我是个地地道道的魏县人，经过张老师的提点，我如梦方醒，细想老家那边的人说话确实就是这个样子。原来从出生到现在，我在魏县生活了十几年，从来都没有发出过舌前音。作为一名未来的人民教师，我认为我有责任、有义务首先自己纠正错误的发音，并在不久的将来引领自己的学生正确发音，弥补这种地域缺陷。于是，我迅速行动起来，联络本县同学，想尽办法，查字典、做便笺、处处留心等，遇到问题再请教张老师及外县同学，多少天如一日攻坚克难。

红色师范　百年名校
——河北大名师范学校百年华诞文萃

就在我终于感觉大见成效时,张老师让我把一个对我们魏县人来说难度极大的绕口令《石狮寺》当堂背诵一遍。我迟疑地站起来,心里非常紧张,在众目睽睽之下张口结舌。这个内容是上一课的练习题,我练习过无数遍,差不多已经掌握了。但一紧张,我竟然全都想不起来了。张老师缓缓走到我座位旁,微笑着安慰、鼓励我。在张老师的耐心帮助下,我终于稳住心神,鼓足勇气,断断续续但一字不差地把这个绕口令背了下来:"石狮寺前有四十四只石狮子,柿子树上有四十四个涩柿子。四个十四岁的小孩骑着狮子数柿子:四是四,十是十,十四是十四,四十是四十。谁能数准四十四,就请过来试一试。""好!"张老师带头喝彩鼓掌,接着全班同学也都鼓起了掌。

从那以后,我彻底摆脱了乡音的束缚,逐渐说出一口标准的普通话。这使我在后来几十年的从教生涯中屡屡出彩,终身受益。这应当归功于我的母校,归功于我的恩师张学军老师。借母校百年庆典之际,祝母校前程辉煌!祝张老师身体健康!

记忆中的母校——大名师范

1983 级 101 班　刘章成

1983 年，我被河北大名师范学校录取，很激动！我刚入学就参加了大名师范 60 周年校庆。在校庆典礼上，我了解到大名师范的前身是河北省立第七师范学校。1923 年，谢台臣到大名创办七师，并担任校长。他对当时旧教育制度提出了大胆的挑战，提出"以作为学"的教育主张，强调理论与实践相结合，组织学生并身体力行参加社会实践，立志要培养"科学的头脑、劳动的身手、艺术的情趣、改造的魄力"的人才。谢校长在呵护学生成长的同时，提倡民主办学，"师生打成一片"，无感情上的隔阂；师生成为一家人，在和谐的氛围中从事教学活动。从社会动荡的战争年代到新中国成立后的和平时期，母校培养了一批批优秀学子，为祖国的解放和建设事业作出了重要贡献。直到这时，我才知道学校的光荣历史，她是冀南红色革命的策源地。

2023 年 10 月 23 日。大名县委、县政府、邯郸幼儿师范高等专科学校在大名校区举办了河北大名师范学校百年校庆。其间，1983 级、1984 级、1985 级 700 多名师生参加了校庆活动。在许多既熟悉又陌生的面孔中，我还是一眼就认出了几位教过我们的老师：总是给我们带来快乐、教我们班历史的李广老师夫妇，时常面带笑容的 98 班班主任王承俊老师，举止严谨的 99 班班主任任宏印老师，还有谈吐儒雅、我们 101 班班主任王振平老师。我们班学生和老师欢聚一堂，谈笑风生，回忆求学时的大好时光。班主任王振平老师、班长郭超、学生代表华兵群、赵宏文同学等进行了热情洋溢的即兴演讲。

红色师范　百年名校
—— 河北大名师范学校百年华诞文萃

这时，一位花白头发、精神矍铄的老者走了进来。啊！这不是张学军老师吗？只见他微笑着走到前面，挥手和大家致意："同学们好！欢迎同学们回家来看看！"一句"回家"说得我们心里热乎乎的。他依然是那样幽默风趣，像个老顽童。岁月吹白了他的头发，但永远吹不老张老师一颗童真无邪的心。午餐席间相谈时，我们才知道张老师已经70岁了。无情的岁月磨去了我们的棱角，但淡化不了我们的师生情。谈着谈着，我的思绪又回到了30多年前的大师生活……

刚入校时，张学军老师教我们语文基础知识课程。课堂上，张老师声情并茂、耐心风趣地授课，指出魏县方言、临漳方言和普通话不同的地方。他让我们把3500常用字中含有z、c、s和zh、ch、sh的字都查找出来，一个字一个字地纠正发音。为了使我们的舌头更加灵活，还用"石狮寺前有四十四只石狮子……四是四，十是十……"等绕口令来加强训练。现在想来，张老师就是把谢校长"以作为学"的教育理念运用到教学中，指导我们以练为学、学练结合，提高语言修养，以此为培养合格的人民教师奠定基础。

经过一个学期的语言训练，我们班魏县、临漳的同学都克服了方言z、c、s和zh、ch、sh分不清的弊病，我们的普通话水平有了突飞猛进的提升。为了巩固我们的学习成果，每当上课，张老师都要点名，让同学背诵绕口令。为此，魏县、临漳的同学在课间就默默背诵，担心被老师叫到时因背不准字音而丢丑。忘不了那段时间晚自习时，张老师总是带着我到1983级的其他5个班去演讲王愿坚的《七根火柴》《草地夜行》；忘不了临近毕业时我的普通话考核免试；更忘不了张老师曾深情地对我说："你的音色不太好，不然的话，我就推荐你到大名电视台去工作了。"张老师的鼓励使我备感荣耀。在他的鼓励下，我们增加了自信；在表扬下，我们养成了自尊。他的字正腔圆、他的慧眼独具、他的博学多才、他的敬业乐群都给我们留下了深刻的印象。

张老师不但在讲台上活力四射，业余生活也十分活跃且富有情趣。记得在课余时间，他在乒乓球台前和同学们一块儿打球，他的巧妙走位和灵活身法常常引来同学们的阵阵喝彩。清晨，清亮的起床号响起之后，我们迅速起床奔向操场，晨光中总能看见张老师的身影。他和同学们或前后，或并排，互相鼓励，坚持晨练。我们在说说笑笑中增进了师生的情谊。难忘的是每次师母回娘家时，晚上张老师总是叫上我给他做伴。每晚我们就普通话与邯郸市各县的方言比对谈到深夜，使我受益匪浅。如今回忆起来，张老师这不正是"师生打成一片"的写照吗？我们和张老师平等相处，无话不谈，如同朋友，非常和谐。他没有老师的架子，我们都愿意上他的课。

回忆母校的美好时光，感恩老师的优良品德。点点滴滴的回忆正是大名师范老师们辛勤耕耘的群像缩影。纪念母校百岁生日，就是要发扬光荣传统，赓续红色血脉，弘扬奉献精神，再创育人佳绩！

在欢庆母校百年华诞的大喜日子里，衷心祝愿我们的老师心情愉快、身体健康！祝愿母校在新的征程上弦歌不辍、再续辉煌！

种子，乃至灯塔
——写在大名师范百年华诞之际

1984级102班　李晓玲

人的一生究竟要走怎样的路？这条路是否就是你想要走的？

在我懵懂而又好奇的年纪，我未曾想过这样的问题。16岁的秋天，父亲把我送到一所叫大名师范的学校，我坐在102班第一排的位置，拥有了一生的学号5，此时我依旧不知道这条路的走向和未来对我的影响有多大。而今，毕业36年了，在母校百年华诞之际，重新审视我与它的关联，不觉间感动，更多的是敬意——因为我在它身上看到纯洁、自信、坚定的品质，也因为它是种子，是灯塔，为我的人生谱出了千重韵，点亮了心中灯。

历史虽去百年，功德万古长青。

公元1923年7月18日，在乌云笼罩下，直隶省立第七师范学校创建了！

何为七师？记得我们入校时有一个校史教育活动，历史老师李广讲到，当时的直隶省下辖18个州府、150多个县。京畿重地，天子脚下，这是当时的任何一个省道州府都不可比肩的。所以当新学兴起，直隶省的教育发展很快，几乎为全国之首。仅就省立师范而言，当天津、保定、滦州、邢台、宣化、冀县六所师范出现以后，直隶省教育厅鉴于直南地区教师"寥若晨星，不敷使用"的情况，遂又在大名县设立了省立第七师范学校。它和以后陆续出现的正定、泊镇、通州师范学校及同时期并行设立的直隶省立十所女子师范学校一起，大体上构成了当时直隶省师范教育的基本框架。

谢台臣先生正是第七师范学校的首任校长、直隶七师的创建者。

学校经过几十年风雨洗礼，我们入校时，学校已改名为河北大名师范学校。

在校三年时间，成为我人生最重要的阶段，奠定了我一生的职业基础。尤为重要的是，经由百年光阴，大名师范成为一种精神、一种气息，时刻能够激活个体的潜能，并有力量检视习惯，自觉重建、自我更新，造就个人品格。

这样的精神与气息百年铸就，蕴含历史的信仰、人格的魅力。

其实，这种认识并非当年在校所感，而是在毕业多年的拼搏与奋斗中七师文化曾经对学子思想的渗透、浸润和启发。

记得学校东南角有谢台臣先生纪念亭。那是我经常背课文的地方。没有想到的是，毕业多年后，我还有机会去濮阳市鹿斗村亲自参观谢台臣先生故居，拜谒谢台臣先生墓。当时正值大名师范建校90周年之际，市电视台要录制一期节目，特邀我一同前往。

记得车子在抵达谢台臣故居时，鹿斗村于我，竟不陌生，因为人们说话的腔调与大名方言接近，轻轻的舌音绕着圈上去，再回旋下来，特色鲜明，甚是好听。

谢台臣先生雕像肃穆矗立在故居院内，雕像是用汉白玉雕刻而成。他目光炯炯有神，仿佛洞穿黑暗的世界，为后世寻找着光明道路。

我们向谢台臣先生雕像敬献了花篮，并鞠躬致敬。

谢台臣先生的孙女谢培苏女士也来了，这位来自南京某大学的党委副书记，高级知识分子，知性而优雅，谈吐有先辈的风骨。在她的讲解下，我们对谢台臣先生的另一面有了更深的了解。

谢台臣先生从这片故土走出，在血雨腥风中扛起一面鲜艳的旗帜，这面旗帜飘扬着他"以作为学"的教育理念，同时也是他"为天地立心，为生民立命，为往圣继绝学，为万世开太平"的中国知识分子的铮铮骨气。当时的教育界有"南陶北谢"之说，谢台臣和陶行知先生是并肩闪烁在中国教育史上的两颗明珠。

大名师范，是何等令我们骄傲啊。谢台臣先生如果地下有知，他一定欣

红色师范　百年名校
—— 河北大名师范学校百年华诞文萃

慰当年的付出与牺牲。

当革命的火炬照耀七师，他不仅把七师变成了培养人才的摇篮，更把七师推上了历史的新高度，七师成为直南革命的策源地。大名七师与保定二师南北呼应，成为中国共产党在华北地区对敌斗争的两面旗帜。谢台臣先生由激进的民主主义教育家转变为马克思主义指导下的革命教育家。从这座革命熔炉走出来的师生们纷纷投身革命，有的壮烈牺牲，有的为新中国的解放事业作出了突出贡献。

前几年我在对邯郸红色文化的挖掘中发现了一位曾在大名师范执教的师长，他叫王显周，河北省束鹿县南智邱人，生于1897年9月2日，1923年毕业于北京高等师范学校理化部。从1924年开始，王先生先后在河北省立泊镇师范学校和富有革命传统的大名师范学校执教，任理化教员兼事务主任。他有一段不寻常的故事，"七七事变"后，民族危机日益严重，这时在河南郾城北舞渡筹备河北省高中师范的王显周年已40，有家室老小，但他毅然于1938年1月带领一批学生奔赴山西太行山根据地参加抗日。中共晋冀豫区党委机关报《中国人报》在山西屯留寺底村创刊后，王显周9月调到《中国人报》报社任总务处长，从此与根据地的新闻出版事业结下了不解之缘。中共六届六中全会决定，在华北出版《新华日报》（华北版），王显周又被调来，在山西沁县后沟村参加报社的筹办工作，并被任命为印刷部长。1939年7月，日军占领长治后实行"囚笼政策"，妄图从经济上瓦解、搞垮抗日根据地。根据地纸张、油墨和印刷器材日渐短缺，无以为继。王显周亲自设计、勘测并深入现场指导建造了敌后第一座水力造纸厂，有新式水磨、水力引动的打解机和分解芦苇的选筛机。1940年夏季，他领导创建的后庄纸厂生产的纸占到报纸用量的一半，成本比外来纸低一半。造纸厂用料很广，有芦苇、废纸、木屑、破鞋、山草等，在王显周的积极推动之下，因战争衰颓下的民间造纸业重新振作起来，能生产出多种规格的纸，为根据地的印刷业解决了很多难题。王显周爱动脑筋，他把缴获的侵略者汽车上的齿轮装配成畜力油墨机，又用松烟代替油烟，用麻油代替桐油，配上从山上找来的山豆子和从铅灰中炼出的密陀僧，制造出了有名的"新华"油墨。其制造方法传遍华北敌后，太岳、冀南、晋察冀等根据地也广泛采用。在他50寿辰之日，边区文化出版界破例集会为他祝寿，中共晋冀鲁豫中央局宣传部副部长张磐石亲自写了贺词。新中国成立前夕，王显周调任中国人民银行印刷局副局长；新中国成立后又任中国人民银行总发行处副处长、中国金融工会主任、全国农林水利气象工会副主任兼党组副书记、山东大学党委常委兼总务长等职。1975 年 9 月 26 日，王显周病逝于山东济南市，终年 78 岁，骨灰安放在北京八宝山。

后来，我专程到母校调研，在发黄的档案里找到了谢台臣和王显周的名字，名字用行书写成，十分潇洒。不管是不是他们亲笔填写，在看到这些名字的时候，我似乎感受到了当年那荡气回肠的家国情怀和书生报国的意气风发！

百年盛会动吟襟。历史必须铭记他们。

冯品毅是李大钊于 1920 年 3 月在北京组织的马克思学说研究会的发起人之一，牺牲时 30 岁。冯品毅参加过"五四运动"，参加过火烧赵家楼、痛打章宗祥的壮举；"五卅"惨案发生后，他参与领导了开封 10 万多人举行的罢工、罢课、罢市的声援活动，任副总指挥；在开封一师、大名七师任教之际，先后发展多名学子加入党组织……

解蕴山，大名师范开门弟子，1943 年在魏县反扫荡战役中牺牲，终年38 岁。抗日战争之初，他在大名县建立了四区抗日游击大队，此后又吸收了三区和五区的游击队伍，组建成了冀南军区第二支队，这也是新九旅 26 团的前身，解蕴山任政委……

还有李大山、吴益普、陈镜三、刘同方、司景周等 40 余名烈士……

风来记忆思如潮，梦回七师两昭昭。即便你在天涯海角，也能辨识出七师这特有的气息，这气息像一条涌动的山脉，带着坚定的气象，赓续至今，亘古永存。

今朝风日好。回到母校，来庆贺她百年华诞，我的内心淌出了月光如华，浸出了岁月丰盈，这些都是母校给的，没有母校的培养，就没有今天的我。

曾记得我与 102 班的遇见。在那两层楼的教室里，我坐在 5 号位置上，和我的同学们共同完成了三年的学业，走出这个校门，看到了天和天之外的世界。我始终认为 5 是我的幸运数字。

红色师范　百年名校
——河北大名师范学校百年华诞文萃

　　曾记得我与班主任李国锋老师的遇见,那是一场师徒俩的奇遇。青春飞扬的我,心里有一个作家梦。入校的每一天,我对文科课程的学习倍加用心,也深有悟性。而对于理科课程,如化学、物理、数学,我却怎么也提不起兴趣,考试总是不及格。因为怕丢人,我还利用星期天去找老师"吃小灶"。但即便如此,我也总是一窍不通。无奈之下,在一次次的失败中,我向李国锋老师吐露了自己的烦恼。"李老师,这怎么办?"李老师"轻描淡写"地说:"考试不及格,那就不学了呗。"啊,哪有这样的老师!当时我大吃一惊,但随即像卸下了千斤重担!在此后的学习时光里,我在写作方面十分用心,学会了观察与思考,并开始了诗歌与散文的创作。每写完几篇,我就去找李老师修改。李老师是大学中文系毕业,文学造诣很深,古文功底了得。对于我这个善于思考、热爱写作的学生,他也十分器重,常常鼓励我说,写作没有捷径可言,只有多看书、多观察、多练习,才能水到渠成。我比较听话,常常观察春夏秋冬的变化,然后用文字抒发自己的情感。李老师对我递交上去的作文,每次都提出修改意见,令我受益匪浅。多年后,同学们相聚在一起,他们开玩笑地说,李老师就偏爱你。我也开玩笑地回应说,我把你们约会的时间都用来写作了。

　　有一次,河北省举办中师生语文大赛,他直接就把名额给了我和班里另外一位女同学张玉红。他带着我们俩去廊坊参赛,之后又去了北京天安门广场,并留下了我在首都天安门的第一张珍贵照片。没想到,我第一次去首都是在这样的背景下,更没有想到,参赛的那些天给我带来了更多的梦想,真是师恩难忘。能遇见一位好老师,真是一生的福气!

　　多年后我们见面谈起考试不及格的事,李老师说,看你压力那么大,想让你轻松一点儿,在写作上有所突破。事实也是这样,文字是我的宿命,我绕不过它。毕业后,我当作家的梦想依旧没有改变,在学校任教一年后,便去了县文化馆搞专业创作。没过多长时间,我被县委宣传部借调,依旧做文字工作。此后,我又到了市委宣传部,后来去了《邯郸晚报》,最终成为一名编辑、记者。从教师转型到新闻行业,需要理论的支撑,更需要躬身践行。从2005年进入报社的第一天起,我从未懈怠过,一边学习新闻,尤其是新闻之外的经济、文化、社会等不同门类知识,一边下基层采访,写出了几百万字的新闻报道，多次获得国家、省、市级新闻奖；开办了十多年的地方文化专栏，在社会各界引起良好反响；出版了《古邯郸再发现之旅》《邯郸历史文化名人》《风举残荷》等书籍。李晓玲工作室成为晚报文化品牌。这是《邯郸晚报》首次以个人名字命名的工作室，也是至今唯一一个。

　　回首往事，历历在目。如果不是恩师的那句话，我可能放不下。如果不是恩师的鼓励和悉心指导，我走不到今天。

　　毕业后，李老师去了省会工作，但我们一直保持着联系。30年前的信件散发着岁月的幽香。每当打开，我总是想到他站在讲台上高大的身影、和善的面容、风趣的谈吐。而斯年如水，岁月远去，恩师已从一位睿智的青年教师变成了一位豁达的旅行常客了。

　　半个世纪乃至一个世纪以来，从大名师范走出的万千学子，在各自的岗位上独领风骚，有的成了优秀干部、单位骨干、教科研顶梁柱，有的通过进一步学习考上了全国一流的学校，成了国家栋梁。与校友们偶有谋面，只要听到"大名师范毕业"这六个字，我们的情感即刻就亲近了几分。

　　一朝挥毫斥方遒，百年老墙语堪夸。谁让我们都是从七师那扇门走出来的呢？襟怀清风，我们行走在学府草堂、市井私塾，只为那一句"以作为学"，便从四面八方赶来，走向了同一条道路，看到了桃李不言、下自成蹊。

　　曾经，它是种子，今日，你我也成了种子；

　　那时，它是灯塔，今日，你我也应是灯塔。

　　　　李晓玲，《邯郸晚报》新闻周刊原主任，河北省作家协会会员，邯郸市地方文化研究会会员，曾获中国晚报最高奖赵超构新闻奖，出版《古邯郸再发现之旅》等多部著作。

百年校庆　追忆芳华

1984 级 102 班　朱振东

我的母校——河北大名师范学校，今年迎来她的百年华诞。谨作文以记之。

百年风云变幻，百年厚重沉淀，母校在我心中不仅是一座化育莘莘学子的神圣殿堂，更是一部厚重的史书。恰逢百年校庆，胸藏万语千言，随笔撷取记忆深处的几个片断，来表达我对母校的无限崇敬和深深眷恋。

20 世纪 80 年代初，我们这群刚刚初中毕业就考上中专学校的十五六岁的青春少年，已成为人们羡慕的"大学生"。在那个通信还很不便利的年代，百里之外的大名古城自然也成了我人生的首次远行。入校报到的第一天晚上，我们几个来自临漳一中的同班同学，聚在谢台臣老校长的纪念碑亭下，一起回忆着刚刚告别的初中生活。初来乍到，面对新环境、新同学，我们偶尔也会莫名地勾起几缕乡愁，但更多的是憧憬着未来的学习时光。第二天清晨一阵嘹亮的起床号把同学们从睡梦中唤醒，对于我们这些习惯在铃声中寻求时间默契的新生们来说，一时还有些不适应，但内心也陡然增添了几分庄严与神圣，同时深深地认识到人生新的舞台大幕已在这嘹亮的号声中徐徐展开。

开学第一课在学校综合办公大楼前面进行，同学们搬着凳子整齐划一地坐在广场上。那天，天气特别晴朗，一缕缕阳光透过枝叶的缝隙在广场上洒下一片片色彩斑斓的树影。教务主任郭力耕用他那低沉、浑厚且带有磁性的嗓音，向同学们一一介绍坐在主席台的学校领导。市教育局的一位领导讲道："你们都是这次中考的优胜者，向你们表示祝贺！"这句话穿越40年的时空，我至今记忆犹新。接下来，年轻帅气、温文尔雅而又自带几分豪气的李广老师用近3个小时的时间，激情澎湃地讲解了大名师范60年的发展史。那天，同学们全都静静地聆听着李老师声情并茂的即兴演说，思绪也被带入那战火纷飞的年代……直隶省立第七师范学校以谢台臣老校长为代表的老前辈，积极推行"以作为学"的新式教育理念，传播马克思主义，开展反帝反封建的革命斗争，特别是整个校区在惨遭日本帝国主义狂轰滥炸后，在流亡中仍然坚持异地办学……同学们既为李老师的精彩宣讲所折服，更被母校厚重的历史人文所震撼。狂飙为我从天落，伟大的母校一定孕育伟大的人物，一大批优秀学子奔向祖国各地，义无反顾地投入大革命的洪流中，他们有的为中国革命献出了自己年轻宝贵的生命，有的成长为教育家、开国将军和各级党政部门的重要领导，成为开创和建设新中国的中流砥柱。当天晚上学校组织我们参观了校史展览馆，师姐、师兄们充满激情的解说，一张张具有强烈视觉冲击力的图片，一次又一次地激荡着同学们的心灵。大家既被前辈的英雄壮举所感动，也为母校这所直南红色革命重要策源地的光辉历史而深感自豪。

  中师学校是培养小学教师的，要求每个学生既要掌握必要的文化和专业知识，又要练就琴棋书画、吹拉弹唱基本功，同时还要具有耐心细致、正人先正己、立德树人的情操。"东风习习，春日融融，栋梁孕育校园中，七师革命的摇篮，马列主义引航向，为革命培养人才，为祖国建立奇功，四化征途齐奋力，桃李芬芳遍地红……"这首到现在我还能耳熟能详的校歌，既是学校教学主张的高度凝练，也是全体师生凝神聚力的精神图腾。有着厚重人文历史和强大师资力量的河北大名师范学校，在办学方向与教学特色上以培养、提高学生综合素质能力为抓手，始终秉持学作结合、寓教于乐的教育理念，广泛培养和激发学生的各种兴趣爱好，使同学们在潜移默化中不断提高从事小学教育的技能。教文选与写作的李国锋老师是我们102班的班主任，他是恢复高考后第一届河北师范大学中文系高才生，有着深厚的国学功底和文学修养，他深入浅出、不拘形式、润物细无声的讲学风格，深受大家喜爱。针对具有文学潜质和爱好的学生，他善于因材施教，最大限度地挖掘

红色师范　百年名校
―― 河北大名师范学校百年华诞文萃

他们的文学潜能，使我们班一批写作能手脱颖而出，他们成了校刊《雏凤声清》的创作明星和《影评园地》里的常客，这对他们的人生道路均产生了深远影响。赵哲民是学校教务处副主任，也是我们的哲学老师，他个头高挑、脸庞消瘦、棱角分明、走路生风，虽然戴着一副眼镜，但也未能掩盖住他的鲜明个性。他引经据典并配合各种表情动作，把枯燥乏味的哲学课程讲得生动活泼，精彩纷呈。李广老师吹拉弹唱样样精通，习惯一支粉笔走讲台，从来不用任何授课资料，历史课上他能在几分钟内单靠记忆徒手准确地把复杂的美国地图画在黑板上。他非常善于捕捉同学们的求知心理，常常以跌宕起伏、潇洒自如的传授风格，很有代入感地把一幅幅历史画卷展现在同学们面前。还有娓娓道来、语气柔美、具有明星气质的物理老师张修良，讲话干净利索、口语标准的语文基础知识老师张洁兰，板书潇潇洒洒、行云流水的心理学老师张汉三，讲课诙谐幽默、妙语连珠的教材教法老师江怀宇，百米跨栏身轻如燕、健步如飞的体育老师赵良才……都给我们留下深刻的印象。

　　走进大名师范，一股浓郁的书香气息扑面而来。全国知名书法教育家、高级讲师王乐同先生一生"翰墨铸情"。他汲取众家之长，持续探索，不断创新，使南宫碑书体更具古朴厚重、雍容苍劲和筋骨内蕴的书风，成为享誉书法界的南宫碑书派一代大家。王乐同老师在教学过程中时常教导我们："饭要一口一口吃，字要一笔一笔练，唯有基本功扎实，方能写出好作品。"他一生培养优秀书法人才数千人，他学为人师、行为世范，谆谆教导、诲人不倦，加上富含人生哲理的教学理念，使南宫碑书体在邯郸乃至全国发扬光大。音乐老师魏新春，自带音乐细胞，天生一副好嗓子。至今我还记着他手持指挥棒，指挥我们交响乐团演奏的飒爽英姿。我们学校军乐团，长号、短号、小号、圆号、中音号、长笛、黑管、大小提琴、大小洋鼓、钹、镲等各种管、弦、打击乐器一应俱全，这样的阵势在那个物质比较奇缺的年代是很有震撼力的。我在乐队主吹短号，还记着我们在寒冷的冬季对着西北风练习吹奏气力的那些场景。功夫不负有心人，在半年的时间里，我们的演奏团队就能拉得出去，学校文艺会演或当地每有重要活动，我们是不可缺少的。我们在一次次演奏中靠音乐的无限魅力，陶冶着情操，开阔着视野，增添着自信与默契。每到课余时间，练琴房激荡飞溅的音符，书法教室四溢飘散的墨香，校院里随处飞扬的笛声，影评专栏前驻足览阅的人群，篮球场上挥汗对决的运动健儿……这一幅幅富有诗情画意的场景交织在一起，母校独具风骚的特色底蕴尽显其中。

春风化雨，点滴入土。校园里挺立在人行道两旁的一棵棵法国桐，节节根须早已深扎在这片沃土之中，茂密的叶子绿了又黄，旧年的陈皮还没有完全脱落，嫩嫩的白皮就已隐隐长出，无不在凸显着其昂首向上、不可阻遏的生长势头。芳华岁月在不知不觉中流淌着，同学们的个头一个个都拔高了，由刚入学时的青涩懵懂变得更加豁达和成熟。过去在师兄、师姐面前那种仰望、怯懦的心态，在学弟、学妹面前已更显自信与从容。各位老师也都成了我们谈天说地、畅通交流的知心朋友。以前球场边上的看客，成了上场拼搏对决的主角。1986年学校画展上我的一幅《登高望远》的山水写意画被同学收藏。还有一些小师弟常常寻着悠扬的笛声前来与我切磋笛子演奏技巧，每逢此刻自己也会油然生出一丝成就感和自豪感。在最后一个学年的学校文艺会演上，我们班推出的《三句半》和刘万超同学深情、饱满的《驼铃》，迎来同学们最热烈的掌声。我的同桌好友王海军同学晚上在被窝里手持手电筒偷偷地搞他的小说创作。杨立敬同学能对着镜子把自己肖像画得惟妙惟肖。李晓玲同学的文艺作品已在多家媒体和杂志刊物上发表。马希平、李银山同学的书法作品已在书展中获奖。我的初中同桌，大名师范103班的王爱民同学凭着过硬的实力，在全省师范组800米中长跑角逐中力压群雄……有过惊艳的绽放，每一粒成熟的种子都会蕴藏和寄托着满满的太阳能量与深切的大地期望。转眼到了毕业季，大家都怀着恋恋不舍的心情，相互在留言本上写下了对彼此最美好的祝愿，各自奔向了自己的前程。

岁月匆匆，刹那芳华，红颜弹指已老。时间可以改变人的容颜，但人的思想与追求经过岁月长河的洗礼，必将历久弥新。百年沧桑岁月，河北大名师范学校的万千学子没有忘记母校"以作为学、学以致用，精诚团结、踔厉奋进"的谆谆教诲。他们中的大部分都成长为教育一线的中坚力量，有很多同学被冠以优秀校长、模范教师、特级教师、高级教师，以及著名记者、书画大家、著名律师、高级法官、优秀企业家等各种光荣称号；有的当选为各级人大代表、政协委员；还有的成为公、检、法乃至县、市、省及中央部属等各行各业的重要领导。我坚信无论时代怎么变迁，社会怎么变革，母校"以作为学"的办学理念和革命传统精神永远不会改变，也必将被她的广大学子们在未来，直至更遥远的历史长河中得以薪火相传和发扬光大。

朱振东，邯郸银行人民西路支行行长，中级经济师，邯郸市十六届人大代表，财经委员，邯郸市第三届诚信之星。

百年校庆诗并序

1984 级 102 班　张玉红

我的母校河北大名师范学校，原名直隶省立第七师范学校，由革命教育家谢台臣先生于中华民国十二年（1923 年）7 月创办并担任首任校长。学生生源来自冀南、豫北、鲁西三省交界 30 多个县，是国内唯一一所由国民党投资建立而传播红色思想的革命学校。她在传播新文化和发展党组织方面都发挥了积极作用，为革命和党的教育事业作出了卓越贡献，被刘伯承、邓小平、薄一波等党政军领导人誉为"直南一个革命策源地"。

母校文化底蕴深厚，办学理念先进。陆游诗曰"纸上得来终觉浅，绝知此事要躬行"，强调知行合一的重要性。新时代中国学生核心素养的内涵融文化基础（人文底蕴和科学精神）、自主发展（学会学习和健康生活）、社会参与（责任担当和实践创新）为一体；而被誉为"南陶北谢"之一的谢台臣先生目光如炬、弃旧扬新，提出了"以作为学"和"师生打成一片"的教育主张，引导学生确立"科学的头脑、劳动的身手、艺术的情趣、改造的魄力"的培养目标。先进的教育理念前承先贤、后启来者，与党的教育方针一脉相承。

母校荟萃英杰，人才辈出，为中华民族的独立和富强不懈求索，历经磨难，初心不改。在风雨如磐的岁月，七师师生反帝反封，勇毅前行；在日寇猖獗、民族危亡的关头，七师学子投笔从戎，血洒疆场；在和平建设时期，七师学子无论身居高位还是身在基层，都克己奉公、兢兢业业，为国为民贡献力量。走进直隶七师纪念馆，谢台臣、晁哲甫、王振华、冯品毅、解蕴山、赵纪彬……一个个闪光的名字在历史的星空中熠熠生辉。从 1923 年到

1937年的10多年的峥嵘岁月里，母校招收的16个班915名学生中，有240多人成为中国共产党员和共青团员，40多人为中国革命事业献出了宝贵的生命；5人成为人民解放军高级将领，41人走上省部级领导岗位，100多人成为厅局级领导，30多人成为著名的专家学者教授。学识在左，责任在右，母校以立德树人为己任，一路荆棘一路鲜花，苦乐参半，甘之如饴。一代代老师愿做火种点燃学生的理想，甘为人梯托起祖国的未来。

母校与时俱进，薪火相传，弦歌不辍。芝兰玉树聚于庭下，风雨激荡见证于斯。牢记党的嘱托，播撒星火，教书育人，母校不仅是直南革命策源地，而且是冀南教师摇篮，是区域教育的主力。新中国成立之后，母校培养了数以万计的中小学教师，支撑起中小学区域教育的一方天空。母校以培养合格教师为己任，师资力量雄厚。老师们德才兼备，教书育人，为人师表，循循善诱，和蔼可亲，对学生关怀备至。师生之间亦师亦友，校园和谐温馨，真正践行了爱的教育。在母校这里，学子们不仅可以学到知识，更可以陶冶性情，提升境界。母校立足基础教育，注重素质培养，课程开设齐全，特色教育更独树一帜：音乐、体育、美术、书法等课程开展得精彩纷呈，五育并举在这里早已落地生根、枝繁叶茂。母校的学子个个都是优中选优的少年才俊，他们意气风发、勤学苦练、一专多能、多才多艺。毕业后无论是担任领导干部，还是担任普通教师，在天南地北大展身手，作出了骄人的业绩。随着时代的发展，母校先和邯郸学院联合办学，后又升格为邯郸幼儿师范高等专科学校大名校区，完成了从中师到高校的历史性跨越。

自1923年建校至今，母校历经百年风雨谱写了一幅为国为党培育英才波澜壮阔的历史画卷。百年沧桑，岁月轮回，红色师范，革命基因，家国情怀从未改变，育人使命永远承担。

时值母校百岁华诞，感佩母校光辉业绩，高山仰止，谨以一首诗并序祝贺母校百岁华诞，聊表寸心。

河北大名师范学校百岁华诞歌

七师丰功彪青史，谢公伟业万古扬。

谨教大名开庠序，躬耕杏坛觅良方。
黉门广开纳才俊，燕赵鲁豫遍芬芳。
南陶北谢双峰立，以作为学思清扬。
目光如炬书通史，革故鼎新拟教纲。
师生同心求民主，马列指路斗志昂。
不以己悲坠壮志，丹心向党谱华章。
冯公品毅立潮头，搏风击浪勇担当。
千门闾阖开圣地，万户燎原耀星光。
岂容日寇犯华夏，舍生忘死赴国殇。
神州雷激风云荡，烈士英风久低昂。
将军威重江山固，部长智高国运昌。
科研学部执牛耳，著书立说论煌煌。
物换星移圣火传，大师赓续又领航。
全面发展夯根基，泱泱俊才聚八方。
学高德厚温如玉，含英咀华教文章。
瞻之在前忽焉后，春风化雨恩泽长。
欲上青天揽明月，一专多能神飞扬。
各行各业领风骚，百舸竞渡溢彩光。
青丝染霜仍耕耘，老骥伏枥慨而慷。
母校恩德昭日月，岁月如诗弦歌长。
百年画卷波涛壮，勇毅前行铸辉煌。
岁月流丹金风爽，万千学子颂荣光。
雄关漫道从头越，高挂云帆再起航！

张玉红，大名县实验中学教师，中小学正高级教师，河北省优秀教师，邯郸市特级教师等。

感恩母校，我睁眼看世界的地方

1984级107班　童春玺

出走半生，今日归来，整整36年，陌上少年鬓上霜。

从1984年入学至2023年共39年，39是个吉祥数字，在《易经》里是云开见月之象，对人而言是富贵长寿、权威贵重之格，对物而言则是欣欣向荣、光明发达之意。在此，我就用数字39祝福我们每一位同学出走半生归来依然保有少年心，永远如当年一样意气风发，不负当年模样，祝福我们的恩师幸福美满、健康长寿，祝福我们的母校百年传承、百年凝聚、海纳百川，莘莘学子誉神州。

1984年，我是一个懵懂的农村少年，家里没有电视，世界于我就是田间地头，最繁华的世界就是镇上市场。一个农村孩子考上师范，消息轰动三里五乡，乡亲们说我跳出了农门，端上了国家的铁饭碗。这不仅是自己未来命运的改变，更是我睁眼看世界、形成正确"三观"、开启"不安分"人生的地方。

那一天，走进河北大名师范学校，高高的教学楼、宽敞的图书馆、整齐的行道树、标准的运动场、校园古朴优雅，这是我少年时期见到的最美校园。

那一天，仰望谢台臣先生的雕像，"以作为学"的教学理念从此融入心里。

那一天，我开始了河北大名师范学校的正式学习。坐在窗明几净的教室，聆听恩师的讲学，我知道教师是如此美好而光荣的职业，传道授业犹如一束束光照进了懵懂少年的心房。

那一天，我人生第一次听了班主任王秀德老师的美术鉴赏课程，翻开铜版纸大大课本，展开的是一个从没有触摸过的视觉大餐，故宫、兵马俑、金字塔，目力所及也是心之所往。

那一天，进入琴房，魏新春老师手把手按键盘，我人生第一次弹出了音符，生涩断续的乐曲在我荒芜的心田里如天籁。

那一天，书法课上，王乐同老师写的毛笔字，工整、外方内圆，上密下疏、外张内紧，中国方块字的美如电如雷，从此南宫碑字体伴我终生。

那一天，体育课上，赵良才老师身姿矫健、闪转腾挪，飒爽的武术展示如行云流水，让少年们瞠目结舌、跃跃欲试。

那一天，李广老师在乒乓球台前大展威风，忽而稳削防守，忽儿大板扣杀，忽而弧旋球变线，球在眼前忽高忽低、忽左忽右，令围观少年惊羡。

那一天，董同学排队打饭，饭盆在空中传递被打翻了，热粥浇了他一头。

那一天，祝同学穿的高跟鞋掉了鞋跟，走路高低不平，索性在操场上光脚跑了起来。

那一天，毕业分离，崔同学唱起了自己编写的歌曲，48位同学相看泪眼。

…………

太多的精彩，太多的故事，贯穿起了我的三年师范时光，我相信许多在座的同学也会感同身受。徜徉在知识的海洋，我们如饥似渴，成为学伴；奔跑在运动场上，加油鼓劲，我们成为战友；食堂前排队打饭和蹲在地上吃饭，我们成为饭友；少年时光的相伴相知，纯洁无瑕，成为我们一生的财富。

感恩母校，感恩恩师，感恩同学，我们在最美的年华相遇，立德、立言、立行、立心、立人。

三年师范，我们各奔东西。同学胸怀天下，躬耕教耘，教书育人，推动着教育强国，桃李满天下。还有同学在其他岗位创新发展，浓墨重彩。我们没有辜负母校的期望，我们骄傲，我们永远是"河北大师"人！

今日相聚，母校情，老师恩，同学谊，再次丰满了我们的人生。

今日别后，愿我们各自珍重，畅意书写新精彩。

红色师范　百年名校
——河北大名师范学校百年华诞文萃

相邀返校的那一天

1984级107班　董继山

获悉我们这一届毕业生于2023年9月23日返校。消息传来这些天，心绪颇不平静。

想当初，母校虽是一座中师学校，却是我们心仪的高等学府。在那里，我们有幸相识，成了同窗，共同度过了三年意气风发、激扬文字的美好时光。1987年毕业时，我们泪眼蒙眬、恋恋不舍，一步一回头挪出了校园。

36年来，我们在各自的岗位上勤勤恳恳、兢兢业业、认认真真地工作，或成为远近闻名的佼佼者、领跑者，或成为尽职尽责、干事创业的普通劳动者，或高尚或普通，或高贵或平凡。高贵也好，平凡也罢，我们都在母校成就的社会岗位上，以各自的方式为社会贡献所学，这也正是母校所期望的。坦诚地讲，我们没有辜负母校的哺育和培养。

36年来，没有一刻不思念母校和授业恩师。记不清多少次只要来到大名，我们总要围着母校的围墙转上一圈，有时还踮起脚向里眺望，有两次还被门岗警惕地审视着问道："干什么？"我诚惶诚恐地赶忙回答："对不起！我是这个学校毕业的学生，想看看母校现在的模样。"门岗同志破例让我们进入校园，我们才得以对学校的一草一木、一砖一瓦进行端详，才得以在谢台臣先生的纪念亭和"以作为学"的纪念碑前久久瞻仰，并沉思默想，进而豁然开朗，悟出这位近代教育家办学思想的开明与睿智。

36年过去了，我们现在已年过半百，两鬓染霜。在母校百岁华诞之际，我们应该为她庆生，为她祝寿。同学们要克服各种困难，回母校，去圣地。

我们徜徉在校园里，再闻闻学校中花的芳香，再看看传出悦耳琴声的琴房。我们相聚在当年的教室里，安静地坐在自己求学时的座位处细想各位老师的言谈举止，讲课特点，如李广老师的学识渊博、笛声悠扬，王晓梅老师的治学严谨、一丝不苟，王秀德老师的柔声细语、循循善诱，郭力耕主任春风化雨式的教导模式，司中瑞老师雷厉风行、酷似包公的工作作风，王乐同老师于点、竖处显才能，横、折处见真情……他们教给我们的不仅是知识，更重要的是教给了我们求知、履职、为人、处世的规范言行。细想起来，我们确实受益终生。我们与同学们叙叙旧、拉拉家常，回忆一下当年紧张活泼的快乐时光，再畅谈一下梦想，探讨一下做好人生的后半篇文章。

同学们，百年华诞，师生同庆。母校已张开欢迎的臂膀，我们不必再绕墙远望抒发思念之情，不要犹豫、不要彷徨，大大方方回学校看看，相识是缘，相聚更是缘，珍惜吧！共祝母校明天更美好！

母校百年　百年辉煌

1985级109班　刘银珠

今年是母校建校一百周年。我们是幸运的，有幸能够参加母校的百年庆典，在几十年中能够见证母校的变革和发展。我们如同一个个离开母亲多年的孩子，听到了母亲的召唤，从不同地方怀着激动的心情投入母亲的怀抱。母校为我们每个人都定制了"河北大师"的校徽，预备了标有我们班级名称的教室，放大了我们班集体的毕业照。教室里还是我们学生时代的桌椅，我们在教室里再次聆听了杨老师的谆谆教导。恍然间，我们又好像回到了学生时代，心情是温暖的、幸福的、激动的……

1985年，15岁的我考入大名师范。那时我还是一个懵懂的农家少年，只知道母校于1923年建校，有着光荣的历史和传统，不了解母校都经历过什么，不知道她有过怎样铭心刻骨的过往和惊心动魄的时刻。

在校史馆，我才真正了解了母校的历史，百年母校和百年中国的命运紧紧相连。不管在革命战争时期还是社会主义建设时期，在祖国需要的时候，在每一个关键的时刻，我们的母校都会挺身而出，显出自己的责任和担当。

20世纪20年代的中国，军阀混战，风雨如磐，人民处于水深火热之中。那时"五四运动"爆发不久，新文化运动方兴未艾，这股激流也震撼和冲击着河北教育界。旧式教育已远不能满足当时当地的实际需要，直南地区教师"寥若晨星，不敷使用"。1923年7月，直隶省教育厅在大名创办省立第七师范学校，并委派谢台臣为校长。

早年接受过旧式教育的谢台臣，是中国近现代历史上一个有良知的知识分子。经过"五四运动"的洗礼后,谢校长积极致力于教育革命,传播革命理论,追求民主思想,广揽人才,博采众长,培养学生树立革命的人生观和为人民服务的思想,提出"以作为学"和"师生打成一片"的教育主张。

他反对学生关起门来读书,读死书,所以七师的学生课外活动总是多种多样,配合各科的教育教学,提高学生的动手能力:手工课上老师教学生木工、缝织技术;图画课上老师教学生制图,培养他们对用具、房屋的测绘能力;生理学与医药学结合。学校还试办一些小型工厂,如制革厂、织布厂、织袜厂,种植花卉树木、农作物和菜蔬,饲养鸡、鸭、鹅、猪,开设照相部……

谢校长竭力为学子们营造了一所花园式的学校,一处看似乌托邦的安身之所,可连年的军阀混战,匪祸蜂起,社会秩序混乱,民不聊生。一场革命的暴风雨在祖国城乡的上空酝酿,在我们的母校七师也有一股愤怒的情绪在涌动。

1924年10月,冯玉祥发动北京政变;1925年6月,上海爆发"五卅"惨案。大名七师联合大名十一中、大名五女师组成联合会,到各街商号宣传日本帝国主义侵略中国的暴行,支持上海工人罢工,组织学生纠察队抵制日货。1925年7月,学校在授课中开始讲授辩证唯物主义和历史唯物主义,学生开始阅读马列书刊,传唱《国际歌》。1926年7月,国共合作北伐开始,七师师生备受鼓舞,渴望参加革命。1926年8月,冯品毅的到来,加速了七师党组织的建立,他也曾是谢台臣的学生。借着一盏昏暗的油灯,他送走了一个又一个的长夜,编写着宣传马列和共产党的新教材。不久,七师成立了读书会,读书会成为七师学生集中学习革命理论的场所。这颗革命的火种就这样被埋在了七师,或者说冀南的大地上。

星星之火,可以燎原。正是在谢校长的旗帜下,这所学校成为中国共产党的摇篮,造就了100多名共产党员和共青团员。他们在直南30余县建立了党的组织,发展了党员,扩大了党的影响,创建了直南、豫北革命根据地。他们深入发动群众,组织革命武装,成立抗日民主政权,减租减息、拥军纳粮,捍卫红色政权。毋庸置疑,七师学子的革命斗争是太行山革命斗争的重要组成部分,红色七师成为直南革命策源地,大批青年从七师踏上革命

红色师范　百年名校
——河北大名师范学校百年华诞文萃

征途。从这所幽静的校园里走出了200多名职业革命者，40多名省军级以上干部，100多名厅局级干部和著名专家、学者，40余人为解放事业牺牲。他们用血与火的历史书写了直隶省立第七师范学校不朽的诗篇，为中国革命的胜利作出了历史性的贡献。作为师生的统帅，谢校长和陶行知在中国教育史上有着同样的光荣。刘伯承、邓小平说他是一个革命教育家。

遗憾的是，直隶省立第七师范学校在新中国成立前仅仅存在了14年（1923年7月18日—1937年11月12日），其在1928年还惨遭战火破坏，学校被军阀占领，停止办学一年有余。日军的入侵，让这所学校的学子漂流四方，到处流浪。而整个校园也变成了日本帝国主义屠杀共产党人和仁人志士的刑场。啊！我多灾多难的祖国，我多灾多难的母校！

1956年，我国开始进入社会主义全面建设阶段，同年恢复建立的河北大名师范学校，无论在思想上和办学上都经历了一个曲折的发展阶段。

20世纪80年代、90年代是河北大名师范学校历史上的又一个火热年代。不可否认，"文化大革命"的十年，在中国教育史上形成了一个巨大的"断裂带"，令人苦不堪言。尤其是在冀南一带的农村，师资的匮乏已经达到了极点。农村迫切需要有知识、有学问、能够担当得起中小学教育的老师。

谁来为这个社会担当？是柱石才能立于中流，历史又一次在蹉跎岁月中选择了大名师范学校。为社会担当，大名师范从来不缺乏奋斗的勇气。1972年学校开始招收工农兵学员，1977年恢复高考制度，招收恢复高考后的1977级至1980级的高中毕业生入校学习，培养初中教师。从1981年起，学校开始招收初中毕业生，进行系统的师范教育学习，转为培养小学教师。我们冀南地区的农家少年，怀揣着青春的梦想，背负家乡教育沉甸甸的使命来到大名师范学校寒窗苦读，求学求知。我们深知这求学机会来之不易。至今我清楚地记得，每晚下晚自习教室熄灯后，我们仍点起油灯学习到深夜……

那是一个激情而美好的时代，校园里花红柳绿、书声琅琅。校园里聚集了来自冀南地区各县最优秀的学子，他们成绩优异、多才多艺。清晨，广播体操激扬的旋律飘在校园上空；傍晚，处处都有悠扬的琴声和笛声，校园里的一草一木都见证了我们成长的足迹，每一个角落都有我们的欢声笑语……

世事变迁，校址不移。20世纪末，学校几度更改校名，几度浮沉。有欢欣也有痛苦，有坦途也有曲折，有山重水复，也有柳暗花明，但初心依旧，学校默默地站在师范教育第一线，像个老兵目送着她的孩子从这里踏上征途。我们继承着母校的优良传统，展示着学校的精神和风貌，传播着学校的声音和故事，在各自的工作岗位上，在每一个关键的时刻，彰显出和母校一样的责任和担当……

百年以后，我们可以告慰母校的是：先生的教育思想经历了时间的验证和考验，在祖国百年教育史上永放光芒。您为祖国培养了数以万计的优秀人才，从这所学校先后走出了4万多名优秀的毕业生，为邯郸教育事业的发展作出了历史性的贡献。他们当中，有在著名大学任职的教授学者，也有在各级机关任职的政府要员，更多的是在教育岗位上默默奉献的中小学教师，他们呕心沥血、含辛茹苦，为社会培养了人才，为母校带来了荣誉。如今的大名师范再次踏上了发展的快车道，由中职院校变为高职院校，实现了办学层次的转型和提升。学校将以崭新的面貌承担起她作为百年老校的责任和担当。

三载求学路　感恩母校情
——回忆母校"以作为学"思想指导下的一些人和事

1986级117班　张文仲

　　1986年9月1日，天气晴朗，树木葱茏。在河北大名师范学校门口，"热烈欢迎新同学"的红色标语赫然醒目。来自学校周边几个县的新生怀揣着亲人嘱托，携着极简行囊，陆陆续续跨进了心仪的学校。广播站广播着欢迎新生的贺词，好奇的新生在师哥师姐的协助下到新生报到处登记，寻找指定宿舍入住，到食堂领取饭票，到小卖铺买日用品……对学校的一切都感到新奇。

　　下午，新生按时进班。我坐在标有"117—14"的课桌前，等待着老师的到来。一会儿，一位中等身材的男老师走进教室。他脸色红润，头发乌黑发亮，眼睛大而有神，两手握在腹前，身体笔直地站在门口，目光注视着我们。只见他轻咳一下，步履轻盈地登上讲台，点头鞠礼，大声说道："同学们好！"我们立刻屏住呼吸，顿时安静下来。"我叫张学军，担任咱们117班的班主任！"惊愕的我们不约而同鼓起掌来。"河北大名师范学校有着光荣的革命历史；她的前身是1923年创建的直南第七师范学校；创建人谢台臣先生是大名七师的第一任校长。"张老师拿起粉笔，在黑板上写下了"谢台臣"三个字，他收回右手转身接着说道，"谢校长提出'以作为学'的教育方针，倡导理论与实践相结合。他希望同学们要有科学的头脑、劳动的身手、艺术的情趣、改造的魄力。"大家倾听着老师的讲话，我迅速地在笔记本上写下"以作为学"，思考着其内涵。我回过神，听到老师又讲道："同学们，尊重知识、尊重人才，时代呼唤人才。你们接受祖国的挑选，志愿当一名小学教师；当合格的教师就要全面发展，就要做一个一专多能的人。俗话说：学习无止境，艺多不压身。"讲着讲着，张老师眼睛发光，提高了嗓音："同学们，让我们携起手来，共同奋斗，人人都要做最优秀的自己；我相信，117班是最棒的！我将带领大家度过大名师范的美好时光！"老师滔滔不绝、流利亲切的话语，让懵懂的我们豁然了许多，雷鸣般的掌声再次响起。这堂课上，"以作为学""一专多能""艺多不压身"，这些新鲜的短语在我脑海中留下了深刻的烙印。

接下来是劳动课，张老师安排学生从门外拎来小铲斗、水桶、抹布等劳动工具。他似乎对我们的基本情况是了解的，明确了劳动任务后，临时指定刘浩然同学担任班长，由他安排整理教室。

我们的教室是大名七师留下的老平房。开学前，学校粉刷了室内外墙面，玻璃上、窗台上、地面上都留有灰迹。我的任务是擦玻璃和窗台。也许我与班主任有缘，张老师走过来帮我同擦同一个窗户。他问我话，我有点儿拘谨。"你是临漳的吧？""是！""你兄弟姊妹几个？""三个，还有一个姐姐，一个妹妹。""听得出来，你方言很重的！"老师的提问，我备感亲切。他语重心长的话语，至今还让我记忆犹新："今后和别人交谈，一定要形成习惯，说普通话啊！""说不好普通话不要紧，慢慢来，敢说就行！""你们的语文基础知识课，我来教你们，一定要认真学啊！"

9月天，天有点儿热，同学们争先恐后地劳动，热得汗流浃背。张老师抬头面向大家："同学们，劳动结束，歇会儿吧！"我们稍作休息后，他做了总结，表扬了劳动突出的同学，并以我为例强调说好普通话的重要性。入学的第一天，我的名字，大家都知道了！

时间过得飞快，1986学年至1987学年一晃而过。这一年，我担任117班的学习委员，听从老师的教导，督促同学们坚持每天练习硬笔楷书，安排每天晚上5—10分钟的诗词背诵，同学们的钢笔楷书和朗诵演讲水平都有了不同程度的提高。我以良好的表现得到了班主任和同学们的认可，放暑假时被评为"优秀学生干部"。

这一年，张老师凭着多年的实地考察和积累，着手编写《普通话与邯郸

红色师范　百年名校
——河北大名师范学校百年华诞文萃

方言辨正》一书。那时候计算机还没有普及,在大名师范,我们学的是 Basic 语言,用电脑打汉字简直是天方夜谭。我的楷书是比较过硬的,张老师很欣赏。1987年暑假,他让我协助他抄写手稿。在抄写过程中,我不仅了解了邯郸各县的方言与普通话语音的差别,而且被张老师严谨的治学态度感动,不敢有半点儿马虎、潦草和懈怠。这年的7月下旬,我曾回临漳县张村老家一趟,当我把老家种的玉米棒子送到张老师家时,老师和师母可高兴了。抄写手稿的任务一直持续到开学前夕。我学着写老师隽秀的行楷,感受着几多清雅,增添了几分特别,度过了一个充实愉快"以作为学"的假期。

1987年10月,党的十三大胜利召开。11月中旬,学校团委组织学习党的十三大报告系列活动。我和申爱民同学前后桌,我俩互相提问、相互背诵,参加了党的十三大报告知识竞赛,为117班夺得一等奖。张老师没有外宣,继续组织学习党的十三大报告演讲活动。他利用课余时间指导参加演讲的几位同学。11月23日是周一,那天下午第四节,张老师让我在班级前黑板上布置会标,内容是"学习党的十三大报告演讲会",我采用立体式黑体字书写,让会标显得既庄重又大方。那天晚上,班主任等评委老师坐在第一排,其中有教我们文选与写作的呼玉山老师。张佩芬、耿瑞香两位同学演讲得最精彩,她俩在11月30日学校召开的全校周会上再次做了演讲分享。117班的突出表现得到了学校领导的赞扬。后来,张老师在班会上总结了学习党的十三大报告系列活动,并激动地向我们示范朗诵了《囚歌》《把牢底坐穿》等红色诗歌。

1987学年至1988学年,我们在学习文化课的同时,积极参加学校组织的演讲、经典诵读、手抄报、拔河、篮球等各种比赛,校园生活多彩极了。写诗歌、诵诗词是我们青春时期的最爱。我的同桌杨彦民就写了好多自己的诗歌,对我感染很大;他最爱朗诵《风流歌》《再别康桥》《读中国》等诗歌,曾得到张老师的专业指导。一次拔河比赛前,张老师重点讲了"心往一处想,劲往一处使,拧成一股绳,拼尽一份力",在班委会上也多次强调这个道理。一次班会上,张老师给我们讲了孟子的名言:爱人者,人恒爱之;敬人者,人恒敬之。一年多的同班生活,同学们相互答疑,互看报纸,同看新闻,一起看《红高粱》等电影,互改影评稿等;我们一块去郊游,一同逛市场；有的自发去了烈士陵园，瞻仰郭隆真塑像，还有的去看了穆桂英的迷魂阵遗址；衣服破了，女生来缝，被子脏了洗了干了，女生很快就做好了；有位同学因家庭变故，生活十分困难，同学们拿出生活费捐助。在班主任的情感召唤下，117班是一个充满爱心、团结向上的班级，大家互帮互助、共同进步，"作中学、学中作"的氛围浓厚，生活十分和谐。

国家级刊物《中学语文教学》编辑部每年都要举行年会，在年会召开前组织全国手抄报比赛，张学军老师和呼玉山老师每年都会收到邀请。1986年12月，我的手抄报《中师生》在张老师和呼老师的指导下，曾荣获全国中师组比赛二等奖；1987年春季开学后，我的获奖荣誉证书和手抄报复印版，曾在综合办公楼的橱窗内展示了好长时间。1987年12月，我与120班的郭晓东、同班的朱俊峰合办了手抄报《浪花》；116班的张俊民、刘爱堂、薛红芹合办了手抄报《奔流》，这两期手抄报均荣获全国中师组比赛三等奖。1988年春季开学，学校在全体学生会上隆重奖励我们，每人颁发了一张奖状和一本厚厚的《现代汉语词典》。

每学期学校都会组织手抄报比赛，我们117班自由结组编排，自发地产生了"远航""莽原""春燕""丑小鸭"等十几个编辑小组，参赛数量是最多的，获奖荣誉也是最多的。手抄报的获奖奖励和大型展览极大地鼓舞了同学们参赛的信心，激发了同学们发现美、创造美、欣赏美的热情。1988年12月，我没有参赛，张学军老师安排我指导帮助同学们编排手抄报。当时，1986级、1987级的很多学生都行动起来了。我可以这样讲，谢台臣校长"以作为学"的思想，特别是"科学的头脑、劳动的身手、艺术的情趣、改造的魄力"等具体要求，在同学们编排手抄报的过程中得到了充分的体现。我清晰地记得，自己有模有样地学着老师说过的话：手抄报的排版是一门艺术，不仅要有组稿、书写的能力，更要有观察、设计等方面的能力。我找来《邯郸日报》和《初中生周报》做比较，与同学们探讨：报头如何设计？报纸的"天地左右"需要多大的页边距？点与面如何结合？中缝、页眉、页脚如何划线？一个个"豆腐块"在整个版面上如何摆布？标题需要多大的字体？采用隶书、魏碑、篆书、宋体、黑体、胖娃、舒同等字体做标题适合哪些文字内容？整个版面如何构图？在一个"豆腐块"什么位

红色师范　百年名校
——河北大名师范学校百年华诞文萃

置放插图合适？版面的黄金分割点在哪里？等等。在探讨过程中，我把自己编排手抄报的经验毫无保留地讲给了同学们，让同学们茅塞顿开，自己也提升了很多，教、学、做相长，受益匪浅。1988年底，张学军老师和呼玉山老师选出一批优秀的手抄报，参加《中学语文教学》编辑部第四届全国手抄报比赛，河北大名师范学校获得学校团体级别赛二等奖，这次参赛的手抄报有：杨俊英、赵淑丽、李国俊编排的《远航》；张喜梅、晋爱青、赵泽江编排的《春燕》；邰金泰、王丽娟、张俊英编排的《丑小鸭》；霍俊堂、冯军、贾绍先编排的《涓涓》；栗少杰、马如明、连锦花编排的《小浪花》；苗振兴、呼玉龙、许相明编排的《中师文采》；胡宝庆、范学臣、李宝芹编排的《心声》；王春梅、赵素英、马志刚编排的《中师生》；裴军站、叶学军、黄甫记华编排的《鸿雁》等。

"以作为学"，从作中学，从学中作，我在编排手抄报过程中练就出组稿、书法、设计等能力，对排版艺术产生了浓烈的情趣，形成了独特的爱好。1989年7月，我从大名师范毕业参加工作至今已经30多年了，曾十几年亲手用电脑软件编辑排版临漳县第二中学校报，让校报传遍了临漳县机关、事业单位和平常百姓家，曾几度被县委、县政府和教体局领导表扬和夸奖。我的工作单位之所以有如此好的宣传媒介，应该说在一定程度上得益于我当年在师范所学，更得益于"以作为学"的思想指导。

上大名师范的三年，我的收获不仅仅在书法和手抄报排版上，在音乐上也收获颇丰。提到音乐，赵光华老师教的乐理真是细致入微、循序渐进，慢慢地我学会了各类节拍的开谱。每天晚饭后，我走进幽静的小花园，在谢台臣纪念亭旁边，一会儿吹横笛，一会儿吹口琴，陶醉在美妙的音乐世界里。1987年冬天，我有幸被选入学校的合唱团。魏新春老师担任总指挥。经过一个多月的排练，我们的《长征组歌》大型合唱在邯郸市歌咏比赛中演出成功，荣获特别贡献奖。那时候我们学唱的很多歌曲，如《长征》《过雪山草地》《家乡的小河》等，至今我还会时不时地哼唱，沉浸在青葱岁月的幸福快乐中。1988年元旦联欢晚会上，张学军老师为我们演唱了《红梅赞》，我很快也学会了。

上大名师范的三年，各种文体活动和社会实践促进和锻炼着每一个中师生。每天晨铃响后，操场上你追我赶的自主跑步声、篮球场的呼喊声和运动员进行曲交织在一起。张学军老师不论阴雨寒暑，每天早晨照例奔跑在跑道上。尤其是他打羽毛球的优美身姿，令人叫好喝彩。他身体力行，重视体质锻炼，保持健康的生活习惯，成为同学们心中的榜样。117 班爱好打篮球的同学有好多，他们各有所长，生龙活虎。提及社会实践，那时的我们，真是青春年华不怕苦，异想天开敢作为。1988 年暑假，我响应学校号召，在临漳县黑龙庙中学进行教学实践的同时，还参与了临漳县的大名师范生社会实践宣传工作，我们在共青团临漳县团委领导的支持下与朱俊峰等同学联手编辑出版了 6 期手写油印版《铜雀台》，在临漳县广播站的支持下曾多次广播宣传法治教育。暑假开学后，我曾在全校学生会上做了社会实践专题汇报，被评为邯郸市社会实践先进个人。所以，现在想一想，文体活动和社会实践需要我们老师积极引领、倡导和动员，搞好了确实可以锻炼学生，内化学生的自身素质。

　　每年的秋季田径运动会，我们 117 班女子组和男子组的团体总分都能进入前 6 名，还连年获得"道德风尚奖"。无论是男子组拔河比赛，还是女子组拔河比赛，在张老师的精心指导下，都能夺得荣誉。1989 年是我们的毕业之年，那年春季，学校组织队列队形比赛，张老师亲自给我们辅导。我因在班级办黑板报迟到了，被张老师狠狠地批评了一顿，这是我平生最深刻的一次被批评。本次比赛 117 班夺得了第二名的好成绩。张学军老师曾说过：见荣誉就让，见困难就上。后来我还听说：见先进就学，见红旗就扛。张老师不服输的拼搏精神、不认命的干事态度、严谨细致的教学风格，深深影响着每一个学生。

　　1989 年 6 月，1986 级的同学们即将毕业。赵光华老师教我们唱了一首歌，其歌词是："像南来的燕子回到了旧巢，像阔别的儿女扑向慈母怀抱。啊，母校，亲爱的母校，我在梦中想念你，恋情滔滔。青春鲜花校园开，年年果香神州飘，辛勤园丁洒汗水，精心育幼苗。您使雏燕长出了翅膀，您使小树挺起了身腰，您使花蕾含苞欲放，待到盛开向您微笑。啊，母校，亲爱的母校，桃李满天下，颗颗星光耀，时代陪伴您，理想更崇高！像南来的燕子回到了旧巢，像阔别的儿女扑向慈母怀抱。啊，母校，亲爱的母校，我在

红色师范　百年名校
——河北大名师范学校百年华诞文萃

梦中祝愿您，前程更美好！前程更美好！"这首歌的歌名叫《母校恋》，是冯培生作词、赵光华老师谱写的。毕业前那几天，同学们互写留言，赠送纪念品，相机快门一闪拍下了班级毕业照、同宿舍合影、手抄报编辑部合影、书法班合影、班委会合影、老乡合影等珍贵的照片。

1989年7月3日上午，学校在综合办公楼前的梧桐树下召开毕业典礼大会，邢朝芳校长宣读了学校决定和毕业生名单，朱玉重书记（校长）向同学们表示祝贺，并勉励我们把"以作为学"的思想落实到以后的工作实践中，为家乡的教育事业贡献更多的智慧和力量。会议结束后，同学们依依不舍告别，有歌唱《母校恋》或《再会吧，校园》的，有相拥而泣的，有互换照片的，有奔跑着找同学在毕业纪念册上留言的，有给老师赠送纪念品的，还有在操场上奔跑的，或拿着相机在校园内拍照的，或在安静处交谈谋划未来的……这一天，我们117班班委会聚集在张学军老师家，久久不愿离开。

写到这里，我百感交集。尘封30多年的记忆，激荡于我的青春岁月，感恩之心油然而生。我们清晰地记得郭力耕主任的励志演讲、司中瑞老师的组织纪律教育、王晓梅老师的微积分教学和腰鼓《欢庆胜利》、王乐同老师的南宫碑笔法、陈凯老师的山水写意画，还有讲"白马非马"的哲学老师，讲"学生主动性和能动性"的教育学老师，讲"认知、情绪、人格"的心理学老师，讲"质点运动规律"的物理学老师，讲有机化学的化学老师，讲排球传球技巧的体育老师，还有生物、历史、地理、英语等老师。他们经年累月，躬耕教坛，坚守清贫；他们知识渊博，德才兼备，热爱学生；他们呕心沥血，诲人不倦，桃李满天下。大名师范百年沧桑，坚持"以作为学"培养人才，优秀学子遍布四方，无愧于伟大时代！翘首过往，我从懵懂到成熟，老师的精神品格一直在鼓舞和鞭策我不断成长。老师，亲爱的老师，我深深地感谢您！老师的精神与力量，成为我关心教育下一代的宝贵财富。衷心地祝愿大名师范所有的老师永葆年轻、健康长寿、家庭幸福、万事如意！

三载求学路，感恩母校情；回忆过往事，都付岁月中。母校，我亲爱的母校，您由大名七师改为大名师范；您由新民主主义革命时期进入社会主义改造和建设时期，进入改革开放和中国式现代化新时代。岁月在变化，时代在发展,如今您虽然没有了原来的模样,但您"以作为学"的治校方针和"为人师表"的楷模荣光永在。您将永远激励着每一位学生敢于担当、做好当下、面向未来,为伟大的祖国作出新的更大贡献!

为此赋诗一首,献给母校:

百年校庆逢盛世,峥嵘岁月谱新诗;
躬耕教坛育桃李,奋楫扬帆正当时。

大名师范学校——我的母校
——庆祝河北大名师范学校建校一百周年

1986级120班　贺　志

  我对大名师范学校早有美好认知。我三舅从这里毕业，我的中学老师多数也从这里走出，他们每谈起大名师范，总是充满感情。37年前，我有幸也考入大名师范学校，从此走出农门，步入这所有着光荣传统的学校。身临其境，一种全新的思想、学风、环境扑面而来。百年大计，教育为本。大名师范学校是培养人类灵魂工程师的"生产车间""锻造熔炉"，在众多各类学校中大放异彩，特点尤为突出。学校严格的要求、老师的解惑授业，深深影响学生思想、志向、品格、作风的形成。

  母校是我思想的启蒙者。1986年入校时我刚刚15岁，正处于智力方启、世界观未成之少年时。改革开放初期，社会上出现了各种思潮，纷乱复杂、争论激烈，正是母校的哲学、政治和思想教育给我提供了理论思考的土壤和营养，激发我学习相关知识，阅读大量经典著作和历史书籍，提高分辨是非善恶的能力，将我塑造成为一个唯物主义者，由此我开始树立正确的世界观、人生观、价值观，开启奋发进取、努力奋斗的征程。

  母校是我知识的奠基人。永远难忘各科老师丰富的学识造诣、活跃的学术氛围，每位老师都有让人无法忘怀的风格魅力，点点滴滴，历历在目。中师特有的广博的学科设置，使我涉猎各领域知识——政治思想、文学修养、思维锻炼、科学文化及音乐书法绘画艺术等，焕发强烈的求知欲，为之后继续学习深造打下坚实基础，构建了我的知识结构、思维方式，以及掌握触类旁通的处理问题方法，永久受益、终生享用。

母校是我品格的锤炼匠。学校以学高为师、德高为范为育人宗旨，加强知识培养，注重品德塑造。学校教育我们为人师表，品行端正，不搞歪门邪道；做人要实，脚踏实地、务实进取，不搞虚头巴脑；做人要善，多做好事、助人为乐，勿以善小而不为；做人要勤，勤学善思，不慵懒散漫；为人要和，团结友爱、和谐共处，不因私利而纷争等。在以后岁月里，我始终秉持这些理念，待人处世，踔厉前行，从不懈怠。

母校是我实践的指导师。彼时虽未踏入社会，但已接受社会实践教育。周日，老师常组织我们参加一些农村生产劳动，了解基本的经济制度和改革政策；每逢假期，学校会安排我们到当地或老家的学校实习，让我们体会教书育人的责任和乐趣，身体力行"以作为学"的思想，在生产间、劳动中培树爱祖国、爱事业、爱人民的人生目标。

大名师范学校的学生无不怀念在校时光，感恩母校的培养；对大名师范学校有所了解的人，无不对学校培养如此之多的人才而赞誉竖指。这100年，大名师范学校以其上乘的办学实践，谱写了一种独有精神。是什么精神？我想，就是为国家勇于奋斗、不怕牺牲的革命精神，就是为求真知"以作为学"的实践精神，就是为教育塑造师资、勤勉敬业的园丁精神。作为大名师范学校培养的学生，我们无不为这种精神所感染，为这种境界所折服，时刻继承和弘扬这种精神，始终贯彻和践行这种精神，特别是针对当前一些浮躁、"内卷"和"躺平"的现象，秉持这种精神则更弥足珍贵。

作为大师范学校毕业的莘莘学子，我们纪念大名师范学校建校百年，还要赓续和弘扬这种精神，永志不忘学校对我们的孜孜培养，永不辜负学校对我们的殷殷期望，在新时代建设社会主义现代化强国、实现中华民族伟大复兴的宏伟征途中再建新功、再谱华章。

祝愿我们的母校——大名师范学校，在新时代、新形势、新任务中历久弥新、蒸蒸日上！

红色师范　百年名校
——河北大名师范学校百年华诞文萃

大师碑亭，大师情

1986级120班　马如明

大名尊师重教氛围日益渐浓，恰逢母校河北大名师范学校百年华诞（这里简称"大师"），作为众多学子一分子，我不由心潮澎湃……

20世纪80年代后期，我在离家10多里地的乡村中学度过了三年艰苦的初中生活。记得是一个麦收后炎热的上午，我得知被师范学校预录取的消息后，连忙去邻居家借了自行车，来到刚离开了不多久的西店中学，班主任王跃萱亲切和蔼地接待了我。那一届，一百余名毕业生中四个人考上了中师生，我们成了那个时代的幸运儿。为迎接"加试"，不论在家里，还是在庄稼地里劳作间隙，我积极苦练音乐（唱歌）、体育（百米跑、立定跳远）、美术（素描）"小三门"。在一个闷热的暑假，我们随着班主任王老师来到师范学校进行面试，既好奇又激动。体育考的是百米跑，美术测的是一组几何图形的素描。在音乐考场上，一排桌子横在前面，考官坐在后面，这种非常正式的场合给不少同学带来了心理压力。我选唱的是当时的流行歌曲、调值不高的《小草》，"没有花香，没有树高，我是一棵无人知道的小草……"忐忑的心、流畅的表现，我自我满意。正式录取通知书到来了，宛如一束照亮我前程的光。

我对"大师碑亭"的印象非常深刻：一入校就看到右边的"花苑"正中六根红色粗大的柱子支撑着亭盖，亭下矗立着尖顶方柱型纪念碑，碑身四面均刻有"谢台臣先生纪念碑"八个金色醒目大字。碑座四面的文字，最前面写的是立碑人为谢台臣先生立碑的目的和意义；后面部分是谢台臣先生教育语录。四周遍开的月季花、菊花等鲜花似锦，非常壮观。一切都是那么新鲜，那么诱人。后来毕业时我和同学的合影就是在这里拍的。2022年我把照片投给《邯郸晚报》，以《莫忘少年凌云志》为名发表在5月的《年华周刊》上，同学在微信群一通报，立即引起了同学们的阵阵欢欣。

按照学校安排，我带着包袱、行李来到教室后边的一栋三层楼房，这是座新楼，还散发着淡淡的涂料味。宿舍是位于宿舍楼一层的120房间，分置着四角的四张高低双层床，容纳了来自魏县、大名的七位室友，组成了我们大师学习三年期间的"家"。由于宿舍是底楼（二楼、三楼是女同学住的），屋子里的采光不太好，楼道里的光线也不明亮。但这并不影响我们这些十六七岁的孩子在这儿尽情挥洒着火热青春的汗水，在这儿用"科学的头脑、劳动的身手、艺术的情趣、改造的魄力"积累着"以作为学"的力量。

学校的集体生活既紧张又活泼。每天的晨练、排队打饭、排队练琴、上课、练字、画画、打球……时间排得满满的，既充实又快乐；学校管理很严，教与学都很扎实。学习抓得很紧，我们早晚都要上自习，如果考试不合格则会留级或迟发毕业证，甚至被开除；学习的内容也很广泛，需要掌握的知识和技能特别多，既要上高中阶段的课程，还要学教育学、心理学、教材教法等课程，练习"三笔一画一话"等基本功。大家都很努力地学习。课余时间我参加了学校"影评员"社团，每次要编写300字的影评稿，有时候进入"花苑"里红亭下进行感悟、观摩、采写等，投送学校《影评园地》的稿件多次被采用，设计的班级黑板报荣获校奖……

幸运的是我们接受了南宫碑体书法艺术传承人王乐同先生的教育。他宽厚待人，诲人不倦。课堂上，先生讲完后，总给学生留有当堂练习的时间，给每个学生指点书写中的问题，给同学做示范。先生批改作业特别认真、特别细心，他会在书写得好的笔画上用红笔画个圈。写字功夫在字外，先生在教学时还教育同学们做人的道理。他郑重地讲解字的笔画越少越不容易写好，像这个"人"字，你非得把两只脚放平了才能走好路，这一撇一捺非得在一个平行线上才能平稳，平稳了才可以屹立不倒。"人正则笔正"，写字和做人一样，这个"人"字的教导，我至今铭记于心。我作为书法班班委学员，在课堂上和同学们一块儿学习、研修，课余时间主动去书法活动室参加实

红色师范　百年名校
——河北大名师范学校百年华诞文萃

践：装裱、铺纸、刷浆（老师自家面粉熬制成的）、裁边、装轴、布展……

难忘教语文基础知识课的张学军老师，他学识渊博，普通话非常标准，极富有感染力，教法灵活多样，因材施教，大家都愿意听他讲课。张老师会结合语文课学习对我们进行思想教育，我们既学习了文化知识，掌握了教材教法，也懂得了教育理念。毕业前的一个寒假，我有幸参加第四届全国手抄报评比活动，选手共由九个编辑部组成。我和栗少杰、连锦华同学组成了《小浪花》编辑部，我的分工是书写文字内容。大家按照老师的要求和手抄报绘制的标准一笔一画地绘制标题、插图、花边，工工整整地书写文字内容，美观、规范、鲜艳。我们编辑部的伙伴们有的搜集材料，有的写，有的画，忙得不亦乐乎。记得有一幅图我们老是画不好，聪明的栗少杰同学想起一个点子，借用投影仪，把原图放在投影仪光屏上，然后一笔一笔描下来，慢慢地一幅逼真的图样跃然纸上……天寒地冻、伙食不足，大家克服困难，几次返工，精益求精。老师对我们加强了美术、编辑、简笔画等多方面的指导，我们的组稿、书写、设计等方面的能力得以增强。一分汗水一分收获，学校团队荣获了全国手抄报比赛团体二等奖（获奖名单一共5名，一等奖1名，二等奖2名，三等奖2名）。佳音传来，大家都激动万分。

毕业后，我从事家乡村校教育教学工作，一直奋战在教学第一线。我由于表现积极，工作业绩突出，第一年就被吸收为中国共产党党员，第三年拿下了成教函授大专学历，所教学科教学成绩全片区排名第二，不久评上中学二级教师职称。

1992年9月，我在工作中邂逅了大师毕业分配来校工作的班老师，她才气出众，我们一见钟情。工作中我们常常互相听评课，互相座谈研讨，随着相互的了解和感情的日益加深，我们终成眷属。可以说我们是大师缘、师生缘，又增添了夫妻缘。

大师如今已成为红色教育的打卡地。我永远不会忘记她，是她教给我"学高"，教会我"德高"！每每仰望着谢校长的纪念碑，默读着先生语录，激昂满怀，"红亭"永在，信仰不息，红色基因代代传，热爱教育依然是我们的初心。顺祝母校蓬勃发展，大师红色精神永久流传！

中师梦

1987 级 128 班　范学臣

于我而言,大名师范是一个孕育梦想的地方。初中毕业时,我很想读高中、考大学。父亲说,咱家孩子多,家里穷,还是考一个早点儿拿工资的学校吧;如果想考学,将来再继续考,我就报考了大名师范。回忆起来,觉得父亲的决策是明智的。也许,不上大名师范,我就不是这样的人生轨迹,也就没有我的今天了。

中师三年,不仅自己被培养成为一个合格的老师,最重要的,我还在这里碰到一批积极进取、言传身教的好老师。对我影响最大的是班主任郭冠清老师。我们128 班是郭老师从邯郸师专毕业后带的第一个班,也是唯一一个班。我们在读二年级时,郭老师报考了清华大学研究生,后被调剂到四川师范大学,但他放弃了,立志要考清华。当时他痔疮很严重,我陪他去一个私人诊所做手术,手术后不但没好反而更严重了,只能卧床学习。我们几个同学轮流值班,做做饭,打扫一下卫生,做一些力所能及的事。毕业那年,郭老师如愿以偿考上了清华大学。当时,还有郭振海、常海清、郑建平、索桂芳等一批老师都考上了研究生,让我们看到了更长远的人生目标。郭老师去清华大学面试的时候,我们都已经毕业回家了。他骑车跑到我家,让我陪他去北京。我在北京待了 11 天,改变我一生的航向,立志要考研,走出家乡。郭老师入学前到我家告别,我送他走到双庙乡的十字路口。我说,老师,四年以后北京见。在韩小汪中学教书期间,我写过一首励志诗与郭老师共勉:"男儿身穷志不穷,潇潇壮志凌长虹。纵横驰骋八万里,振翅击天似鲲鹏。

红色师范　百年名校
——河北大名师范学校百年华诞文萃

绝顶一览众山小，俯首方瞰云雨行。学不成名誓不休，卧龙昂首北京城。"通过四年努力，自学、进修，1994年我终于从那个我称为深山老林修炼的韩小汪中学考到中国人民大学。这期间，他每周都要给我寄一封信，鼓励我、鞭策我。直到今天，每一封信我都完好保存珍藏在身边。对我要求严格、激励我进取的，还有教我们文选与写作的王晓明老师。记得当时学校要搞桃李书展，马希平老师经常请我去帮忙，影响了上课。王老师去找到马希平老师理论，说人家学臣将来要考学，你别给耽误了。之后我就再也不敢旷课了。李凤真老师教我们化学，经常晚自习后带一帮同学去实验室做实验。记得我们还做了汽水给大家饮用。毕业的时候，我送给了李老师一幅字，写的是李商隐的《无题》。多年后我去看望李老师，她还一直珍藏着。

　　师范与高中教育有天壤之别，是真正的、全面的素质教育。中师三年，除了学习好功课，我们每个人的业余爱好都得到了很好的发展。我记得每天早晨司中瑞老师、巩建山老师都监督大家跑步、早操，晚上查夜自习。大家都很敬畏。现在回忆起来，那个时候的晨练是多么重要。我们班朱合亭刚入学时，高高瘦瘦，体质很弱，但是每天坚持长跑。三年下来，他成了全校运动会一万米冠军。我们128班在当时是一个很优秀的集体。印象最深的是1990年全校运动会，我们班是4×100米和4×400米冠军。据说这个纪录保持了十几年。很可能是因为我们组宋清亮同学是邯郸市200米冠军。我当时临时替补跑第三棒，一个同学开玩笑说，我跑的时候头发都直立起来了。还记得我们班毕业晚会那天，我突然改变三年一直留长发的习惯，剪成了一寸短发，还唱了一首歌，大家很意外。后来，同学们总结了三个"没想到"，没想到我把头发剪那么短，没想到我唱歌唱得那么好，没想到我跑得那么快。中师三年我们一直有音乐课，我发现了自己的声乐天赋。虽然我没有参加合唱团，但是每天在教室学习听《长征组歌》的训练，他们练的每一首歌我都能唱下来。后来参加工作、进修、读研期间，我都凸显了这个特长。在中国人民大学读书的时候，我还成为中国人民大学合唱团男高音领唱，这与中师几年的熏陶分不开。记得中师有一个《雏凤声清》报刊，我参加了，还写过几首稚嫩的小诗，一首是描写军嫂的《芳草情》，很温婉细腻；一首是写给郭冠清老师的《孤雁》，很豪迈，有点儿悲观英雄主义色彩，可惜没有留下底稿，成了一个小遗憾。我还参加了全国手抄报比赛，获得三等奖；参加河北省师范生"三笔字"（毛笔字、钢笔字、粉笔字）比赛，获得二等奖。我记得粉笔字写的是范仲淹的名句，"不以物喜，不以己悲""先天下之忧而忧，后天下之乐而乐"。直到今天，这些记忆还是那样饱满、鲜活、深刻。

一个哲学家说，教育的使命是什么？是把人培养成人。一个人，无论才华多么出众，品德才是基础。中师三年，正是品德形成的关键时期。书法老师王乐同先生对我影响极大。他是清代散文家、书法家、曾门四学士之一张裕钊南宫碑书体的传人。张体虽好，过去一直不外传人。王乐同先生和他的表弟李守诚先生打破了书不外传的规矩，开门授课，广收弟子，把张体发扬光大，桃李满天下，得到书法界的高度认同和欣赏。王乐同先生教书法时，强调做事时先做人，学习书法时，先学习做人，做人要厚道、正直，字如其人。他反复讲，如果一个人人品不好，书法再好也是没有意义的，也是不会受到尊重的。他的书法也正如他的人品，敦实厚重、正直朴拙、正气凛然。读书期间，除了每周一次的公开书法课，先生经常晚饭后请我到他家，我负责铺纸研磨，老师写完字以后挂到墙上，然后就开始评论，这幅字哪里好，哪里不好。这应该就是入室弟子吧。先生给我讲了很多书写张体的真谛与技法，同时他还告诫我，不要急着写张体，先练习基本功，将来随时可以写。我严格按照老师的要求，三年师范只练基本功，一直没有写张体。毕业时，先生送了我一副对联，"宝剑锋从磨砺出，梅花香自苦寒来"，以此来勉励我、鼓舞我。毕业后我和父亲去学校看望先生，在他家吃了一顿饭，先生一直夸奖我、勉励我，喜爱之情溢于言表。后来到国管局工作后，先生给我寄了两幅书法作品，一幅是《谦诚朴和》，一幅是《实事求是》。我想，这不仅是老师对我的勉励，也是他老人家人格、品质的真实写照。如今，30多年过去了，先生的音容笑貌依然在我的脑海里清晰可见，他那和蔼可亲、娓娓道来的谆谆教诲依然在我的耳畔回响……书法，这个修身养性、陶冶情操的爱好，历经几十年风霜雪雨，一直陪伴我走到今天。

时间是记忆的敌人，也是记忆的朋友。生活中很多事情转瞬即逝，而有些记忆历久弥新，特别是年轻的时候。中师三年，母校的一房一舍、一草一木、一路一径，就像一张张发黄的老照片一样深深地刻在我们的脑海里。那

红色师范　百年名校
—— 河北大名师范学校百年华诞文萃

时候，每个周末我们都要骑车回家，周日返校。每次回到学校，我都感觉亲切又新鲜。走进巍峨高大的南大门，右边小花园有谢台臣先生纪念碑，左边有篮球场、教工宿舍；路两边生长着郁郁葱葱的法国泡桐，正北是国旗旗杆，旗杆两边四排教学楼；再往里是威严的行政楼，左边是红砖围墙的实验室，右边是平房里的音乐教室，有条不紊，井然有序。我们上学的时候，大礼堂已经很旧了。礼堂两边是张汉三老师遒劲的颜体书法、陶行知的名言：千教万教教人求真，千学万学学做真人。当时每次大型活动，师生都在里面搞得热火朝天。每年的元旦联欢都有《长征组歌》大合唱，最让人难忘的是美丽的女高音领唱高双玲老师和文化馆一个男中音演唱者的《四渡赤水出奇兵》。回想起来，人生很多时候是一种巧合，也有很多成为必然的偶然。记得一年新生入校时，一个新生表演的歌伴舞《回娘家》，我的印象很深刻，这个新生叫潘铭静，毕业后的第二年我回学校去张学军老师家看望张老师时还碰到了她，没想到10年后她会成为我的妻子。这个温馨美好的校园，在我们离开十几年后因为教育改革而被合并，成为心中一辈子都挥之不去的伤痛。如今，恰逢母校建校一百周年。大名县委、县政府和学校下决心秉承谢台臣先生"以作为学"的教育理念，赓续血脉，恢复母校昔日的荣光。我们都很欣慰。也许这不仅是我们校友的共同期盼，也是谢台臣老先生冥冥之中的念想吧。

从1990年7月至今，我离开母校已经33年了，每当闭上双眼，这一幕一幕就像发生在昨天。那里，不仅是我们梦想起飞的地方，也是我们梦想回家的地方。我们永远铭记她、怀念她、祝福她，我的母校——大名师范。

范学臣，中国人民大学1997届硕士研究生，国家机关事务管理局办公室主任。

感恩母校培养　敬贺百年华诞

1989 级 140 班　　胡丽敏

欣闻母校河北大名师范学校百年华诞，我作为学子感慨万千。在母校求学的点点滴滴仍如发生在昨日一般映现在我脑海，在母校接受的教诲已深深地融入我的血脉之中，成为我人生中一笔宝贵的财富。

人生中我们遇到过无数人和事，也经历过许多甜蜜和忧伤，正是这悠悠岁月为我的生命填满了许多无法忘怀的故事，每每回忆时，这些犹如细品陈酿老酒般，竟越发浓烈香溢。这让我更加学会了感恩，感恩生命中的每一次相遇和别离；感恩生命中的每一次关怀和温暖；感恩生命中的每一次帮助和支持……但多年来最令我难以忘怀、衷心感恩的还是母校的精心培养和老师的谆谆教导。

记得中师二年级那年，母校接河北省教育厅通知，将举办 1991 年河北省中等师范学校课本剧比赛。140 班的班主任呼玉山老师、142 班的班主任张学军老师，还有学校的张洁兰老师积极地担负起了这个重任。

接任务容易，完成任务难啊！在学校当时的条件下，要想拍出一部课本剧并非易事，更不敢想比赛结果了。时间紧，任务重，老师们集思广益、共同商讨、分工合作，当务之急决定由呼老师担任编剧，剧本是根据中师语文课本中的一篇课文《大将和美妞》改编。呼老师熬了多少个日日夜夜，经历了反反复复多次修改，最终才有了课本剧的初稿。

剧情是发生在某小学四年级一班的故事。这个班的男同学和女同学之间总有一条看不见的鸿沟，一群调皮的、爱搞恶作剧的男同学总是找女同学的碴儿。大成由于有鼻炎，老爱流鼻涕，女同学们就给他起了个外号叫"大将"（鼻涕大将的意思），这让大成更讨厌女生。有一天，班主任陈老师上课的时候带着一名华侨新同学苏婷婷来到教室里，介绍给大家，并且把苏婷婷安排成了大将的同桌，还特意嘱咐婷婷当大将的学习小组长，帮助大成提高学习成绩。婷婷人长得漂亮，穿着花裙子和小皮鞋，于是大成就给婷婷起了个外号叫"臭美妞"。剧情围绕着男同学和女同学的生活和学习场景展开，由一开始男女同学的各种斗气到男生后来被美妞感化，同时在老师的教育和班长的带领下，四年级一班成长为一个在学习生活中互帮互助、团结一致、热爱祖国、热爱华侨、和睦融洽的班集体。

呼老师改编剧本的同时，张学军老师和张洁兰老师开始在学校各班学生中物色演员。经过层层筛选，最终确定了人选：主角美妞由142班的潘铭静扮演，主角大将由141班马卫福扮演，140班胡丽敏扮演陈老师，143班陈月琴扮演奶奶，142班韩海丽扮演班长丽丽，144班刘建科扮演大群，132班张泓、140班安兵海、146班石文娟、148班王艳红、153班付志明扮演学生角色。

剧本出炉，演员选好，就要着手准备排练了。可是老师们和同学们都没有排课本剧的经验，但既然接受了任务，就要克服困难，硬着头皮也得完成。老师们拿出了必胜的信念，这样不怕困难的精神也深深地影响和鼓舞着我们，大家个个劲头十足，跃跃欲试。

白天，老师要上课、教研、备课、开会等，同学们要上文化课，因此排练只能在晚上。每天晚上我们就把教室里的课桌、凳子摞起来放到教室的最后，腾出排练场地排练。

刚开始，三位老师让我们分角色读剧本，熟悉各自的台词，然后再带领大家逐字逐句地纠正错音和读准字音。同学们来自邯郸地区不同的县、乡，发音都带有浓郁的方言色彩。老师们不厌其烦地带着大家对着镜子练口型（每人都要求准备一个小圆镜），直到每个人、每句台词、每个字都读得准确无误了，老师们才肯进入下一个环节的排练。

说实在的，当时的我们都自我感觉良好，正音还没几天就开始不耐烦了，都觉得自己读得没什么问题了，可以往下进行了。老师们看出了大家的心浮气躁，就耐心地教导大家：做任何事情都要讲究精益求精，要踏踏实实、沉下心、静下气，不要有丝毫的骄傲，只有这样才能把事情做好。老师的教诲到现在还影响着我们做事的态度。我们不禁被老师们的工匠精神暗暗折服，同时也对自己的浮躁深感惭愧。

排练几天后开始对每个角色的台词进行感情色彩的处理。一开始同学们都放不开，不好意思像真正的演员一样与自己的角色融为一体，老师们就亲自给我们一遍又一遍地示范、讲解，让我们体会各自角色人物的声音、语气、语速，让我们理解相同的角色人物心情不同、场景不同，说话的语调也会不同。我们看老师们示范时感觉很简单，可是轮到我们，一张口不知怎么回事，味道就变了，就会引来一阵哄笑，大家笑得前仰后合，自己也会脸红脖子粗，不知所措。这时老师也会很幽默地调侃一下——"大家听听这是谁家的老奶奶，声音这么脆灵，怎么像个小姑娘啊？"诸如此类的引导，每个人都记在心里。欢笑之余，我们又有了新的感悟和进步。

老师告诉我们，艺术表演来源于生活，但高于生活。生活就是艺术取之不尽、用之不竭的宝藏。一群中师学生要想演好小学四年级孩子的角色并非易事。于是张学军老师就带领我们去实验小学观察、模仿小学生的动作、表情，一颦一笑、扮鬼脸、吐舌头及各种顽皮的姿态。马卫福同学（大将饰演者）则要刻意观察和模仿小学生的擦鼻涕动作。我们必须具备细致的观察力、敏锐的感受力、深刻的理解力、丰富的想象力和开阔的创造力。回到排练场后，我们还要一遍遍地仔细揣摩、回忆，甚至对着镜子演绎着各自角色人物的表情。每次观察体验回来晚了，张学军老师就嘱咐我们：同学们紧走几步，一定不要走在队伍的最后，要有自我保护意识，他自己却走在队伍的最后，把我们每个同学都放在他的视线内才放心。老师的悉心呵护使我们备感温暖，我们昂首挺胸，大踏步勇敢前行。

专注的排练使大家常常错过了在食堂吃晚饭的时间，我们就在小卖部里买包方便面，打点儿开水泡一下，大家从来没有一句怨言。这期间虽然很辛苦，但大家懂得了专注于一件事就要全力以赴、排除万难方能成功的道理！

经过一段时间的排练，教室里的讲台已不能满足舞台要求，三位老师就向学校申请了学校的礼堂。于是我们每天的排练场地就转到了礼堂的大舞台。正是这个大舞台，差点让我放弃了这次参演的机会。

老师们为了让我们的表演更加专业，特意请来了当时大名县文化馆郭来存馆长。郭馆长——黝黑的皮肤，瘦小的身材，也看不出有多大年龄，我们背地里悄悄称他"小老头"。"小老头"对我们的要求很严格，演员们挨个拉出来完善动作、表情，我是第一个要完善的演员。剧情中，老师从后台出场走进教室这一次出场，我就被"小老头"黑着脸大声训斥："一摇三晃的，哪有老师的样？老师应该是带着满满的自信和满腔的热情，精神抖擞地走进教室的。"他给我做了一次示范，然后以命令的口吻说："自己去舞台左侧一边体会一边练习。"就这样我一个人在台侧一遍遍地练习，有几次刚抬脚就被训了回来："不行，重来！"我被弄得都不知道该怎么走路了，一走就成了顺拐。大家一阵哄堂大笑，我的脸羞得通红！唉，从头再来，我又开始千百次的练习……也不知练了多长时间，我累得腰酸背疼，刚想坐下来休息一会，这时候郭馆长那犀利的目光从其他演员身上移到了我身上。我心里暗想，练了这么多遍，这回总可以过关了吧？谁知道郭馆长又朝我喊道：不要觉得已经合格了，还差得远呢！靠墙站，练形体！我的委屈一下子涌上了心头，哇的一声哭了起来，眼泪夺眶而出。从小长这么大，我哪里挨过训，哪里受过这份委屈？不干了，说啥也不演了，我一跺脚、一甩胳膊就往门外冲去。呼老师赶紧招呼同学们把我拦了下来，大家劝了我半天，我的情绪才渐渐平稳一些。

这时三位老师不失时机地教导我们：我们习惯了的日常生活中的动作、表情、语气等，在舞台上表演的时候，是看不出效果的，往往需要用夸张的动作来诠释，观众才能从舞台下面的视角看到演员们所要表达的情感，这确实需要下些功夫才能改掉生活中的习惯。呼老师有个爱好——唱京剧，他告诉我们：就拿京剧演员来说，一个京剧演员浑身都得是戏，一个后背朝着观众的抽泣表情，得怎么表现出来呢？当然不能通过面部表情来表现了，他得通过自己背部和肩胛骨的肌肉动作来表达自己的悲愤。大家可以试试这个动作，怎样才能做到位呢？大家都很好奇，争先恐后地调动着自己后背的肌肉，可是不管如何努力怎么也使唤不动它。我们恍然大悟，一下子明白了"台上一分钟、台下十年功"和"严师出高徒"的道理。

春风化雨、润物无声，此刻的我不禁为自己的任性和娇气羞愧难当，当即擦干眼泪，暗下决心：我一定要把最好的一面呈现给观众。在老师们的鼓励和引领下，大家开始了攻坚阶段的排练，演出开始进入倒计时。

清楚地记得，当年的母校条件比较艰苦，我们所有的道具中仅有一个门铃是花钱买来的，其他的道具都是老师们自己动手做或借来的，演员们的服装都是自己出钱买的。但我们大家都无怨无悔，因为在排练的过程中，老师的言传身教和身体力行教会了我们团结、合作、踏实、坚忍、勤学；我们懂得了集体荣誉高于一切的内涵；我们明白了不因挫折而轻言放弃，时时处处对自己要高标准、严要求。这些品质对我们后来30余年工作、生活的每一次成长进步都起到了至关重要的作用。

生活工作中每每有些许懈怠时，我就仿佛看到了老师们鼓励和期许的眼神。努力、拼搏、一丝不苟做事、踏踏实实做人，已成为我人生的信条！谢台臣老先生在办校之初就秉持"以作为学"的教学理念。几位老师正是通过组织这次排练继承发扬谢台臣先生的办学理念，在学中教、在教中演，使我们从中收获了一笔终身受益的人生财富。

经过几个月的认真排练，我们的演出圆满成功，荣获河北省中等师范学校课本剧比赛二等奖的好成绩。潘铭静同学在这次比赛中荣获最佳演员二等奖；韩海丽和陈月琴同学荣获优秀演员奖。我们欢呼雀跃，我们泪流满面，那是喜极而泣的泪水。当我们站在舞台上领奖的那一刻，我们更深刻地领悟到了三位老师和郭馆长的良苦用心。学高为师、德高为范！天涯海角有尽处，只有师恩无穷期。感恩母校的培育，感谢老师的培养！

"投之以桃，报之以李"，岁月流逝，老师们的双鬓已斑白，衷心祝愿我们敬爱的老师身体健康、幸福安康！

赓续传承，造就精英无数；饮水之源，不忘培育之恩！百年学府，盛世华章！祝愿母校蒸蒸日上、再创辉煌！

谨以此篇美好的回忆敬贺母校百年华诞！

芳华岁月　铭记母校

1989级142班　王浩如

那一年，刚迈入大名师范，我便深深爱上了这里。威严的大门、宽阔的马路、整齐的校舍、绿油油的道旁树，进门左侧两个篮球场，课余时间我们可以在这里挥洒青春。右侧有个月季园，一年四季鲜花不断。正冲大门有一尊汉白玉雕像，大教育家谢台臣慈祥的目光迎送着我们。他老人家"以作为学"的理念影响了一代又一代人。革命战争年代，王从吾、冯品毅、解蕴山、平杰三、裴志耕等一大批仁人志士在这里汲取知识，接受进步思想，直至走上救亡图存的道路，"直南革命策源地"是对这一红色学校的崇高评价。和平年代，她重启教书育人的重任，附近各县、各镇的拔尖学生先后被送到这里，学知识、学文化、学教育理念、学教学方法，还学为人处世的一些基本准则，而我恰恰就在这里学到了很多。

一、课程开设全面，多方位塑造人格

1989级共有8个班，我们是142班。班主任张学军老师是一个言语随和、性格和蔼、平易近人而又相当精干的人。在他的带领下，我们班43名同学虽然县域不同、性格各异，但精诚团结、共同进步，那种融入骨子里的情感历久弥新，几十年过去了，至今想起来，我们仍热血沸腾，心窝子里暖暖的。

由于师范生的培养目标是小学教师，所以课程开设比较全面，文选与写作、语文基础知识、数学、物理、化学、教育学、心理学，还有各种教法，以及美术、音乐、书法等。语文基础知识由张学军老师教授，他不仅教我们书本知识，还带领我们去周边县搞方言调查，让我们练习绕口令，用灵活多样的方式调动我们的学习积极性。文选与写作老师常文锋不仅教我们书本上的知识，还带我们去五礼记碑参观，给我们布置作文题时，常老师有时也会写写。至今他那篇写雷锋而又通篇不见雷锋的写法，还在影响着我。他告诉我们文字不能太直白，文学来源于生活，而又高于生活。

二、技能训练经常化，培养一专多能

学校除了要求我们学好普通话，"三笔字"也是师范生的基本功。为了练好粉笔字，每人一块小黑板，每天一版粉笔字，接受老师检查。为了练好钢笔字，我特意购买了《庞中华字帖》，还在沈阳报名了庞中华硬笔书法培训班，每周邮寄作业，有老师专门指导，很受益。教我们毛笔字的是南宫碑书法大家王乐同老师。王老师教书法很有耐心，点、横、竖、撇、捺、折，间架结构、运笔手腕，一笔一画地教，一个字一个字地指导。尤其是王老师给我们讲的"永"字八法，至今言犹在耳，历历在目。老师教得好，同学们学得也很认真，先是用旧报纸练字，后是用白报纸、宣纸练字。夏天怕出汗弄湿纸张，我们就在手腕下垫点东西；冬天手冷了，吹口气呵呵手，继续练习。永振、光红、红梅、宏亮、体国等同学悟性比较高，并且多年墨海沉浮、笔耕不辍，书法上取得了很高的造诣。我虽然比不上他们，但"三笔字"也算拿得出手。无论当老师板书，还是现在从事融媒工作经常性的书法交流，从没有人把我当外行。如今，王乐同老师早已作古，致敬大师，艺术永恒！

此外，学校还开设选修课，有微机班、钢琴班、书法班、美术班、篮球班等。当时的386、486微机可是香饽饽，谁都想上去摸一摸。微机室里铺有红地毯，进门先脱鞋，还有时间限制，因为后面同学还在排着队呢！谁要能学会打字、排版，那是很值得炫耀的事情。我们自己动手办手抄报，排演课本剧，真真实实地学到了一些东西。刚开始我不知手抄报为何物，有些同学却早早行动了起来，买白报纸，粗、细碳素笔，构思、插图、书写正文。原来手抄报就是自己动手办一张报纸，还能想写什么就写什么，文学、体育、时政、新闻、谜语、笑话等，只要排版得当、布局合理，就是一份手抄报。当时我们班还举行了手抄报比赛，一共43名同学，几乎都人人参与了手抄报创作。能力强的同学，如秦运岭同学，能写能画，还会排版设计，就独自办了一张手抄报。我与玉华、海霞同学联办，海霞同学负责构思、排版，玉华书写，我负责插画。最后全校评比，我们办的《萌芽》手抄报获得了一等奖。我现在从事融媒工作，负责报纸排版、文字审核、公众号文章推送、抖音号文章编发等，这无不得益于当时的积累。课本剧排演，我们自己当导演，自己当演员，有白雪公主、小矮人、帅气的王子、可憎的巫婆，还有可爱的蜻蜓、蝴蝶等，我们把书本上死板的内容活灵活现地展现了出来。我后来也把这种方式方法应用到我当老师的课堂中，深受学生们喜爱。

三、活动丰富多彩，增强实干本领

师范三年，我们除了学习文化知识，还参加了各种各样的文体活动，如征文比赛、韵律操比赛、田径运动会、联欢晚会、篮球比赛等，课余生活非常丰富。在"五四运动"征文比赛中，我的《五四断想》征文荣获全校二等奖。李文峰同学、蒿海霞同学等的作文也分别获一、二等奖；在韵律操比赛中，我们班荣获全年级第一名；在田径运动会上，我们班荣获体育道德风尚奖。我本人参加了400米赛跑、800米赛跑，分别获第二名、第四名；邵文岭同学勇夺全校跳高第一名，还打破了校运会纪录。联欢晚会上，新光同学的《小白杨》、淑敏同学的《两地书，母子情》，尤其是铭静同学的歌伴舞《采蘑菇的小姑娘》，音色清纯、旋律优美、舞姿翩跹，至今还在梦里常现。在篮球比赛中，第一年我们班没能取得好名次。第二年，我们发奋图强、刻苦训练，同时讲究排兵布阵，谁打前锋，谁打中锋、后卫，以及如何采取人钉人战术等，"三十六计"、孙子兵法全用上了，我们终于取得了好名次。至今，这种不服输、不怕输、团结一致、超越自我的精神仍在激励着我们。

当然，除了学知识、强技能、长本领，邢朝芳老师的严谨、陈连成老师的耿直、韩现栓老师的儒雅、司中瑞老师的雷厉风行等，都给我留下了很深的印象，使我在正该学习的年纪学到了知识、获得了本领，同时也学到了为人处世的一些基本准则。这些都像灯塔一样引领我在人生的海洋中披荆斩棘、破浪前行！

百年风雨，百年积淀。值此百年校庆之际，学校楼宇、校门等修葺一新；好客的母校邀请了一批又一批莘莘学子返校追思怀远，共商发展大计，学校也由普通师范升格成大专院校。这么好的环境，这么好的氛围，这么好的老师、学生，这么深厚的文化底蕴，相信我的母校——大名师范学校，一定会像璀璨的宝石一样长久地闪耀在历史的星空中，光芒万丈、熠熠生辉！

梦想展开了飞翔的翅膀

1989 级 142 班　高书莉

　　1989 年 9 月，我怀着新奇、带着父母的期望离开自己生长的土地，来到大名师范读书。在这里，我结束了以前书呆子的学习生活，我的面前展现出了一个绚丽多彩的世界。这是一个神奇的世界，让每一个人的梦想在这里启航，让每一个人的生命在这里绽放，让每个人在这里都储蓄了一生努力奋斗的力量。

　　学校的铃声将我的思绪带回到 30 多年前的中师课堂，班主任张学军老师正在声情并茂地为我们上着语文基础知识课，一会儿是激情洋溢的诗朗诵，让我们个个心潮澎湃；一会儿是妙趣横生的方言趣事，让我们笑得前仰后合；一会儿是一人担任多个角色故事朗读，神情转换惟妙惟肖，或高兴或悲哀，语言转换绘声绘色，或老人或儿童，让我们身临其境，我们个个听得如醉如痴；一会儿是流畅滑稽的绕口令："石狮寺前有四十四只石狮子，柿子树上有四十四个涩柿子。四个十四岁的小孩骑着狮子数柿子：四是四，十是十，十四是十四，四十是四十。谁能数准四十四，就请过来试一试。"这下难倒了魏县的同学，魏县人舌前音、舌后音不分，张老师还故意找来自魏县的同学来读，全班一片哗然。最后张老师告诉我们学好普通话的好方法，只要把字典上 567 个舌前音的字都背会，这个问题就解决了，于是我天天拿着字典背舌前音的字。从此我悄悄喜欢上了朗读和讲故事，每天早上睁开眼第一件事就是背一首诗。

　　为了培养我们的口语表达能力，课下张老师带着我们分组写课本剧并指导我们排练，最后各个小组还在班里进行表演。我们组写的课本剧是《将相和》，就连我这个一说话就脸红的人还在剧本中担任了角色，给了我一次战胜怯懦的机会。从此，我的胆量渐渐地大了起来，敢于在更大的舞台上展现自己。每年的全校元旦晚会的大舞台上都会有我的武术表演和我参加的班级集体舞蹈表演，这成为我人生中的骄傲和自豪。

张老师不仅在口语表达上严格要求我们，对我们的"三笔字"更为重视。张老师告诉我们用小学课本下面田字格里的字当字帖比什么字帖都好，那是最标准的楷书，我们每天必交的作业就是用A4纸折出192个格，看着小学课本练习192个字，最后一行写上姓名、日期，包括寒暑假，这项作业我记忆犹新，我整整坚持了三年时间，一天都没有隔过。记得暑假打麦子干到半夜，回到家里我也要坚持把这张字练完；天气太热，胳膊上的汗水把写字的纸都弄湿了，就在胳膊下垫一块毛巾；大年初一拜完年回家第一件事就是练一张钢笔字。在上师范前，我的字曾被当老师的父亲评价为不如三年级小学生写的，三年后他老人家对我的字刮目相看。练字不仅让我收获了漂亮的楷书，更让我收获了在今后的人生中战胜困难的毅力和勇气。

由于张老师的严格要求，同学们都练出了一手漂亮的钢笔字。我们班积极参与学校举办的手抄报大赛，张老师让全班同学自由结组，每组同学分工合作，有的负责排版，有的负责书写，有的负责插图，八仙过海各显神通，一张张精美绝伦的手抄报赢得了全校师生的赞誉。

除了练习钢笔字，毛笔字也是我们日常必做的功课，记得我们1989级8个班要成立一个书法班，只招45名同学，因名额有限需要进行考试筛选，结果我们班有20多名同学被选入书法班，跟着王乐同老师学习书法。王老师用永字八法将我们带入了一个神秘的书法艺术世界，经常为我们讲一些有关书法的名词，如斜中求正、布白均匀、入木三分、笔力遒劲、一波三折等，为我们解开了毛笔书法的神秘面纱，让我们学会了欣赏书法艺术。王老师还为我们讲一些书法家练习书法的故事，增强了我们学习书法的信心。同学们对毛笔字的兴趣更为高涨，你追我赶、争先恐后地偷偷练习，每天一吃完晚饭就抓紧时间到班里去写一张毛笔字，有时哪个字写不好或者哪一笔写不好急得想哭，非得弄明白为止。记得一次元旦联欢晚会上，张老师组织全

红色师范　百年名校
—— 河北大名师范学校百年华诞文萃

班同学写春联，一副副鲜红漂亮的春联挂满了教室的墙壁，学校领导还前来参观，并大加赞赏。

大名师范真正做到了"以作为学"，能够坚持练字的内驱力来自学校一次次组织的书画大赛，每次看到自己在书画大赛中获奖时，所有的苦在那一刻都化作了甘甜。靠自己的努力拼搏换来的成绩，让我们一次次感受奋斗带给我们的幸福，让我们真正体会到人生的意义与价值。

在"文选与写作"课堂上，常文峰老师将民主发挥到了极致，每节课大家都是百家争鸣、百花齐放，一个思想与另一个思想碰撞，一个火花与另一个火花融合，同学们个个口吐莲花、妙语连珠，文学的种子在这里生根发芽，读书、写作成了我们生活的必需。我们班涌现了一批才子、才女：王浩如、韩海丽、蒿海霞、晋永慧、孙海彬、魏平文、刘玉华、王宏亮等，学校的各种征文比赛，他们都拔得头筹。就连我这个语文水平较差的人也悄悄迷上了写诗，每当太阳落山的傍晚，我总是一个人悄悄地来到林荫下、池塘边、操场上、星空下去寻找诗意，每晚都要写点儿东西。当从师范毕业后要到邯郸教育学院进修时，我毅然决然地选择了中文系，在此后的教学生涯中我一直在从事语文教学。

三年中师生活是充实的、丰富的，在我们的漫漫人生路上留下了最浓重的一笔。每每回忆起来，我的内心充满了无限感激之情，感恩学校为我们营造了一个能够尽情挥洒青春的天地，感恩老师为我们指点迷津，指明了前进的方向，感恩同伴为我们留下了青春最美好的回忆。

正值金秋十月，母校迎来了百年校庆。我们用真情呼唤希望，用执着追求梦想。我们共同期待，期待母校的明天无比灿烂；我们共同祝福，祝福母校桃李芬芳；我们共同祝愿，祝愿我们的老师康乐如意、青春永驻！

喜迎母校百岁华诞

1989 级 144 班　冷继英

尊敬的领导、来宾、老师，亲爱的同学们：

大家好！

金秋时节，丹桂飘香。在这丰收的季节，我们喜迎母校百年华诞。我是1992届144班的冷继英，我代表1992届大名师范的全体同学对各位领导、各位恩师、各位长途跋涉的兄弟姐妹致以最诚挚的问候！

春华秋实一百年，桃李满枝硕果香，忆往昔峥嵘岁月；百年风雨兼程，百年青春如歌，百年谱写绚丽华章。遥望历史星河，谢老创校，独辟蹊径。"以作为学"，桃李芬芳。丹心学子，凌云壮志！

犹记得，30年前的我们，带着年少的青涩，有幸投入母校的怀抱。这里是我们心中理想的一座灯塔，是同学友谊的桥梁，是我们一展才华的舞台，带着对她的敬意，我们走近她了解她并深深地爱上她。

她是革命的发源地，孕育的大名七师精神滋养了我们的灵魂。初入校园，校史课上我才惊闻母校竟有如此辉煌的历史，她曾是冀南大地上燎原的星星之火，被誉为地下党校，是直南革命策源地。几十年前和我一样年轻的校友，曾从这里走上革命道路，他们直面生死，流血牺牲，他们为什么会这样做？这些问题激荡着我们年轻的心灵，我们要做一个什么样的人，才无愧于大名七师的学生这个光荣的称号？这样的思考一直在督促着我、鞭策着我。如果说今天的我们依然信念坚定、责任满怀，我想这都归功于母校您，您早已把红色的烙印深深地留在了我们心中。

红色师范　百年名校
——河北大名师范学校百年华诞文萃

她是智慧的殿堂，把我们从懵懂的少年培养成合格的教育者。爱因斯坦说："把学校所学的一切全都忘记后，剩下来的才是教育。"我离开母校已30余年，记忆中课堂上的内容不再清晰，但我知道母校治学严谨，学风浓厚。还记得每一场考试都非常严格，单人单桌，不合格全校通报，和同学半夜苦读复习备考的场景历历在目。一千个日日夜夜，琅琅晨吟、孜孜暮读，我们具备了和高中三年一样的扎实学识，使我们走向工作后能够轻松承担起小学每一个科目的教学工作，也培养了我们严肃认真、追求完美的工作作风。

我校传承革命教育家谢台臣先生的"以作为学"的办学理念，重视学生实践，在今天看来就是素质教育的典范。学校组织各种文体社团，吹拉弹唱、体育赛事、运动会、联欢会演，让每一名学生都得到了发展。我也有幸参加了学校的合唱团、军乐队，魏新春老师那时候风度翩翩，是我们的偶像，指挥我们合唱的《红梅赞》《浏阳河》成了我终生最喜欢的歌曲，这一切都成为我们人生中精彩的回忆。

梅贻琦校长说："所谓大学者，非谓有大楼之谓也，有大师之谓也。"大名师范是一所真正的大学，称得上大师云集。我们的班主任张修良老师温文尔雅，即使批评我们，我们也如沐春风。淳朴细心的数学老师李民生像邻居家的大哥哥，数学难题能化繁为简，让我们学得津津有味。教我们语法知识的张学军老师，幽默风趣、妙语连珠，上他的课对我们来说是一种享受。严谨细致的化学老师巩如朝，像母亲一样关爱我们的陈秀玲老师，他们既是严师，又是父母，让我们这群刚刚离家的孩子免除了思乡之苦。还有书法老师王乐同老先生，王老师当时已有60多岁，讲"南宫碑讲究外圆内方"时慢条斯理。他执教认真，批改细致，我们每次发回的练习纸上都有老先生亲手画圈的批注。现在想起，我经常懊悔当初没有跟王老师认真学习书法！这样一位大神级的教授亲自给我们执教，年少的我竟然贪玩，不知珍惜。还好，我们班申振海同学在王老师的精心指导下已经成为邯郸市小有名气的书法家了，这也是对王老师的一个慰藉吧！

母校是一座宝藏，她给予我们丰富的知识，更培养了我们从教者的情怀。母校礼堂的墙壁上镌刻陶行知先生"千教万教教人求真，千做万做学做真人"的格言，让我第一次明白教育的真谛。新生入校时团委书记司中瑞老师在国旗下给我们的教诲还在耳边:"我们师范院校是培养老师的学校,今天的你们不努力学习,将来就会影响很多孩子,你们就会成为社会的罪人。"让我们从一个懵懂的少年意识到肩头沉甸甸的责任。我的教育学老师曾经讲过一个故事,一个差等生见别人都入了团,就找到老师也想要入团,这位老师说:"你也想入团,你加入流氓集团吧!"结果这孩子破罐子破摔,长大后真加入了流氓集团,这个故事告诉我们作为老师要永远平等地对待学生。每年的新学期,我都要把这个故事讲给我们学校所有教师听,关爱学生、尊重学生,这样的教育理念我们要永远传承下去,这已经成为大名师范送给我们所有老师的礼物。

承载着梦想,我们回到了家乡,离开母校这些年,我一直工作在教学一线。我做过初中数学教师,也做过语文教师,担任了20多年的班主任,后来担任小学校长、中学校长。我深深地爱上了这个职业,因为工作认真、成绩显著,我还被评为全国模范教师、全国优秀班主任、河北省政府津贴专家,并担任十二届全国人大代表、河北省政协委员。虽然我毕业后也不间断地进修学习,但都不及在母校这三年的系统学习,她的教育理念、她的育人风格,都成为我从教生涯的底色。感恩老师,您春风化雨,让我们长大后终于成了您!感恩母校,您的精神、您的灵魂,一直深深地影响我、激励我。这些年,每当有人问起我的母校时,我都会自豪地说:我毕业于大名师范!

此生有幸入大师,弹指一挥三十年。离开学校后,我有很多次梦中回到校园,老师还是那么年轻,同学还是那么纯真,甚至晚自习后的卖烧饼的吆喝声都还是那么诱人!年少时,大师是我们眼中的一个纯情乐园;长大后,大师是我们人生的一座青春的殿堂;而现在,大师是我们心中永远亮丽的风景。顾往昔,百年校园风雨沧桑见彩虹;看今朝,万千学子薪火相传续辉煌;展未来,鸿鹄展翅,海阔天空竞翱翔。今天喜逢母校百年庆典,让我们用真情呼呼希望,用执着追求梦想。让我们共同期待:母校前途辉煌!

出走半生，遍历山河，才更加懂得感恩母校

1990级154班　郑志刚

2023年是母校建校一百周年，也是我毕业30周年。在这个特殊的年份，我百感交集。因为对于母校，我曾经自豪过、曾经兴奋过、曾经迷茫过、曾经抱怨过、曾经内疚过。出走半生，有一天我突然发现，"为人师表"已经深入骨髓，让我在探索人生的不确定性时，有了确定性的原则。遍历山河，在感悟母校对自己影响之深的同时，我也深深感激在最好的时光遇到了最好的学校。

1990年是我人生的高光时刻。我考上大名师范的消息成为村里的一段佳话。影响力之所以如此之大，除了低龄生外，更是因为当年考上中师就意味着跳出农门、成为干部、管包分配……曾经一些上到高二的学生还要再回头考中师，以至于那一年专门出台政策，只能应届生才能考。但当时懵懂的自己并不懂得这些，报志愿是班主任让报就报了，榜上有名了也不知道干什么，照样跟同学玩，直到被校长骂了一通才回去叫父亲来学校。

丰富多彩的师范生活是我一生最兴奋的时光。人生的多个第一次在这里诞生：第一次军训阅兵、第一声脚踏琴鸣、第一枪百米赛跑、第一幅素描场景、第一场演讲比赛、第一堂试讲课程……大名师范，让一个农村娃目不暇接、大开眼界。多少年过去，那一幕幕的场景仍然让自己热血沸腾、回味无穷。

从前的点点滴滴回忆涌起，在我来不及难过的心里。当年流行的校园民谣也唱出了自己青春的迷惘。随着年龄的增长，当知道自己不能考大学，毕

业只能回村当老师时，自己开始变得沉默寡言，陷入了对人生未来的思索中。在本应该做梦的年龄，现实却让一切变得确定。特别是当得知自己的初中同学考上大学时，"我想上大学"成为一名中师生埋藏在心底里的呐喊！

在追求梦想的过程中，我曾经抱怨过母校。从邯郸地区教育学院中师学历提高班到河北师范大学函授专升本，我发现自己的努力并不能改变现状。当把目光投向考研时，我发现英语是最大的障碍。由于大名师范当年不开设英语课，初中学到的英语也都忘了，甚至连"how are you"是什么意思也已忘记。当自学英语陷入困境时，我曾想大名师范是否故意不设英语课，以让我们没有机会攀登高峰而坚守一线？

一直到考研成功后我才为自己当初的想法内疚。2002年，在北京师范大学信息科学与技术学院导师选择会上，老师们的一席话令我为之一振。没有不好的母校，只有不好的学生。你们能考上北京师范大学研究生，说明你们母校的培养是成功的！我深深为当年对母校的抱怨而感到羞愧。之后，我到中国科学院遥感应用研究所读博士并留所工作，后来到北京大学社会学系做博士后，一直不敢停歇。我只想自己能成为母校的骄傲，不辜负周振峰等大名师范老师在关键时刻对我的鼎力支持！

然而我却有时反思自己是不是一个背叛者。当年大名师范培养的是农村小学教师，教育我们的是要甘守清贫，坚守岗位。按照这一教学目标，那些仍然坚持在农村教育一线的同学，才是母校最好的学生。而我却偏离了这一教学目标，将来如何面对母校？多年后，当我发现自己所做的一切无不受大名师范影响时，自责心理才有所释然。10年前，我瞄准人口老龄化这一21世纪人类社会共同面临的重大课题，从老龄大数据这一跨学科的角度切入，开始了人生新的征程。当我为全国老龄办编写了《人口老龄化国情教育知识读本》并在各地讲课时，当我起草了国家老龄产业发展规划等政策并解决老龄问题时，当我在全国调研并收到各地老年人的感谢时，我感慨当年大名师范主楼门前"为人师表"的4个大字已潜移默化地影响着我的人生选择、做人原则、做事准则。

154班的数字亦成为生命中最重要的数字。到北京我选手机号时，尾号154一下子勾起了内心最柔软的地方。自从选择这个号后，我从未换过号。

出走半生，这个号已升华为我对大名师范的深切思念，也必将伴随我一生！遍历山河，遇到数字为 154 的高铁和航班，思念似波涛，默默地回想着那些青春时光，藏在内心深处的泪总会缓缓地流下……

百年沧桑，百年辉煌。在母校百年华诞之际，耳边又响起那首终生难以忘怀的校歌"东风习习，春日融融，栋梁孕育校园中，七师革命的摇篮……"。学生在北京祝愿母校桃李芬芳、风华永驻，生日快乐！

郑志刚，毕业于中国科学院遥感应用研究所，北京大学社会学系博士后。现任北京孝为先信息技术有限公司 CEO，先后兼任北京大学老龄问题研究中心研究员、中国老龄产业协会研究室副主任等职务。

大名师范，梦想开始的地方

1991级156班　耿喜梅

大名是我的故乡，大名师范是我梦想开始的地方。其实结缘于大名师范始自小学，那时每年都有大名师范的学生来我们小学做实习老师，给我们上音乐课、体育课。我们这些小孩子都很喜欢这些年轻的实习老师，周末都会跑到大名师范找老师玩。

时光穿梭，我就这样小学毕业了，顺利地升入初中。初中毕业后，我考上了大名师范学校，开始了在大名师范的学习生活。在这里，每个人都需要住校，晨起跑操，把被子叠成豆腐块，迎接宿舍检查，挤在人群中排队打饭，参加社团活动，参加义务劳动等。生活虽琐碎，但锻炼了我独立生活能力，为后来去外地求学做了准备。

1994年初夏从大名师范毕业后，19岁的我第一次离开家乡去外地上学。我先在邯郸读了两年大专，后来在石家庄读了两年专升本。那时总觉得读书的心气儿还在，我就下了破釜沉舟的决心要考硕士研究生。感谢命运的眷顾，在我再败再战的坚持中我终于考上了硕士研究生，之后决定再战博士，命运再次垂青我，让我有幸进入北京大学读博士。从大名师范中专毕业到北大博士，将近10年的时光，其间有读书的快乐，也不乏求学的艰辛。时下，在京城的一所211高校当老师的我常常在想，大名师范三年的学习究竟给我的生命涂上了怎样的底色？

在大名师范读书是为做小学老师准备，后来我曾在小学实习过，短暂地做过中学老师。离开大名师范后，无论后面的路走了多久、多远，我都不

红色师范　百年名校
——河北大名师范学校百年华诞文萃

曾改变做教师的初衷。大名师范的"学高为师、德高为范"的教诲已经成为我一生追求的信念。在20世纪90年代初的大名师范读书，那时生活节奏不快，不像现在大城市生活学习压力很大、很"卷"。大名师范的岁月赋予我一个平静祥和、充实进取的成长环境，这为我后来不停歇地学习注入了源源不断的动力。

如果拿今天教育改革常用的一个词来形容，就是素质教育，大名师范的教育是真正的素质教育。大名师范的课程属于全科教育，开设了语文、代数、几何、物理、化学、生物、政治、历史、地理，还有心理学、教育学、书法、绘画、音乐、体育。想到这些科目，当时的上课情景及授课老师的形象一下子在脑海中涌现出来：教语文的梁桂兰老师、张学军老师，教代数的任宏印老师，教几何的赵雪峰老师，教物理的泥书丽老师，教化学的李凤真老师，教生物的文玉丛老师，教政治的邢章秀老师，教历史的郑建平老师，教地理的杨恩红老师，教心理学的王拥军老师，教教育学的闫景芳老师，教书法的王乐同老师、王文军老师，教绘画的陈凯老师，教音乐的魏新春老师、王志远老师，教体育的谷晓丽老师，当然还有最重要的班主任杨建强老师。全科教育既培养了我们的逻辑思维，也初步奠定了人文底蕴，还塑造了我们的审美情趣。

而今，离开大名师范已将近30年，每年回大名探望父母的时候，我都会去大名师范校园里转一圈儿，总觉得看看她，在校园里走走，心里就踏实了，就像一个游子思念家乡的亲人一样，见面后就心安了。走在大名师范的校园，校园的模样发生了很大变化，但谢台臣老先生的雕像依然屹立在那里，他好像默默地注视着历史年轮的流转，我也用一种陌生而熟悉的眼光打量着校园，敬仰着谢公台臣先生。谢先生是1884年出生于直隶省濮阳县（今河南濮阳），19岁中秀才，21岁考入保定直隶高等师范学校，36岁当选直隶省参议员，39岁受直隶省教育厅任命到大名创办直隶省立第七师范学校，并任校长，致力于教育革新。

走在大名师范的校园里，我默默地凝视着谢公的雕像，想起当时十五六岁时在大名师范读书时对这位老先生模糊的敬仰。之所以说模糊，是因为当时只知道谢先生是首任校长，是教育家。我后来从家乡走出来，曾在蔡元培先生倡导的"兼容并包"的北大读书,在约翰·哈佛牧师创建的哈佛大学游学,阅读了教育家杜威的著作,领略其"教育即生活、学校即社会""从做中学"等理念。这和谢先生提出的"以作为学"理念有异曲同工之妙。回过头想想谢先生的教育理念和办学实践,越发觉得谢先生的伟大。

在学校举办一百周年纪念活动时,我再次回到久别的校园,看到曾经的校园现在焕然一新,从学校大门到教学楼,从校史纪念馆到操场,从校友林到学生餐厅,整个学校都沉浸在节日般的庆典当中。更感动的是,在学校里遇到司中瑞老师、杨建强老师、陈连成老师、韩现栓老师、张克勇老师、赵国恩老师、王文军老师、齐跃周老师、王培杰老师、赵光老师、庆贤同学,近30年未见,他们居然能脱口唤出我的名字,太感动了。在志愿者同学的带领下,我参观了七师纪念馆、七师文化园、教学楼、校友林等。

走进七师纪念馆,大名师范的前世今生一幕幕地呈现在眼前。20世纪初,中国处于一个列强入侵、军阀混战、豪绅盘剥、民不聊生的困难年代。"五四运动"后,为开启民智、教育救国,一批进步人士在直隶省南部一带掀起了一场教育革新的巨大浪潮。直隶省立第七师范学校就诞生于这样的时代背景之下。1923年7月18日,直隶省教育厅委任谢先生为校长,之后又选聘先进教师晁哲甫任教务主任、王振华任训育主任,协助谢公创办学校。在烽火硝烟的战争年代,直南这片土地的一些学子有幸学习到历史唯物主义,阅读《红楼梦》《白居易评论》,体验生物课与园艺的结合,在手工课上学习木工、缝纫的技术,体验种植花卉、瓜果、蔬菜,体验制胰、制革、织布、织袜等活动,这是多么难得!

1921年中国共产党成立,1926年共产党人的革命火种传到了这里,七师建立了党组织。冯品毅、赵纪彬、刘大风、李大山成为最早的一批中共党员,七师成为直南革命的一个策源地。20世纪30年代,七师的广大革命师生积极响应党的号召,迅速投入伟大的抗日战争。七师以较早传播马克思主义和大力造就革命人才而著称为"红色摇篮"。新中国成立后的1956年,经河北省委、省政府批准,学校在原七师校址重建,并定名为河北大名师范学校,之后先后改为邯郸师专大名分院、邯郸学院大名分院、邯郸幼儿师范高等专科学校。七师一路走来,经过百年岁月,几经更名,"学高为师、德高

红色师范　百年名校
——河北大名师范学校百年华诞文萃

为范"的师范精神接续传承，不曾更改。

作为教育家的谢公主张"以作为学"的教育思想，强调"学""作"结合，从"作"中探讨理论知识，再以理论知识指导"作"，最后用"作"验证学的理论知识是否正确，明确提出了"科学的头脑、劳动的身手、艺术的情趣、改造的魄力"学生培养标准。在新中国成立初期，包括后来的20世纪80年代至90年代，国家正需要人才，1980年教育部发出《关于办好中等师范教育意见》，中等师范学校迎来了快速发展的春天。改革开放后的20余年间，中师培养了数以百万计合格毕业生，为普及中国初等教育作出了历史性贡献。作为中师学校的一员，大名师范也以短、平、快的方式为国家输送了大量扎根基层的师资力量。

作为大名师范培养的众多学生中的一员，三年沐浴其恩情，终身受益。老师们把我领进知识的殿堂，老师们的人格塑造了我的人格，正像哲学家雅斯贝尔斯所说："真正的教育是一棵树摇动另一棵树，一朵云推动另一朵云，一个灵魂唤醒另一个灵魂。"在大名师范，我就是那棵被摇动的树、被推动的云、被唤醒的灵魂。从大名师范毕业，到邯郸，到石家庄，到北京，无论走多远，大名师范都是我的根脉所在。

从大名师范毕业后的前10多年里，我忙着考试，忙着为生活奔波，但大名师范播下的种子从不曾忘却。而今，我快近天命之年，我越发喜欢读书了，现在会读《道德经》《红楼梦》这些传统文化类书籍，想想当年抱着从大名师范图书馆借来的《红楼梦》，囫囵吞枣地读着，这样大部头的书对于当时十五六岁的少年来说似懂非懂，但我觉得这些终生读书的习惯是在大名师范读书时播下的种子。"问渠那得清如许"，于我而言，大名师范便是这源头。

十年树木，百年树人。大名师范走过了一百年峥嵘岁月，为中华人民共和国的成立和发展培养了无数人才。祝愿大名师范在新时代能够再现青春活力，再谱华章。祝母校一百周岁生日快乐！

一生的母校，永远的丰碑
——在大名师范百年庆典大会上的发言
1991级157班　郑庆贤

尊敬的领导、敬爱的老师、亲爱的学弟学妹：

在大名最美的金秋时节，谢谢你们唤我回家，让我有幸参加学校百年庆典，分享此刻的激动与喜悦。

上周二接到司中瑞老师的电话，说母校百年校庆，希望我回来和大家共同庆祝，内心既喜悦又犹豫，喜悦的是母校百年华诞，犹豫的是工作、家庭俗事缠身，但想起母校、想起司老师等众多老师对我的培育和教诲，我毅然决定启程。今天来到母校，看到熟悉的老师、崭新的教学楼、笑容灿烂的学子，内心百感交集。俗话说，近乡情更怯，在外面可以侃侃而谈的我，此刻却有些忐忑，有些紧张，千言万语化作一句：母校、老师，您的学子回来了！

我出生在大名县金滩镇，是地道的本乡本土人，地道的农村人，我和我的同龄人都经历了艰难求学的时代。20世纪八九十年代，农村的生活开始好转，但改变命运的机会仍然很少，读书是改变命运最便捷的机会，但竞争极其激烈，千军万马过独木桥，即便"长安路远倒卧在琼台"，依旧不能阻挡我们这代人改变命运的强烈愿望。所以，从上小学起，我就下定决心，一定要努力学习。对知识的渴求，我们这代人是"情真意切"，哪怕"君住在钱塘东，妾在临安北"，我们也要"辗转到杭城"，在"时间的树下等你"。

1991年9月，我走进了梦想10年的学校——河北大名师范学校，内心

红色师范　百年名校
——河北大名师范学校百年华诞文萃

惴惴不安却难掩幸福的笑容。大名师范是我人生真正的开端，更是我思想启蒙的出发点，她为我打开了全新的大门，我看到了另外的世界。这里精英荟萃，人才济济，最优秀的学生会聚在一起；这里思想活跃，朝气蓬勃，三尺讲台有奥秘，实验室里有惊奇，军乐团、书画社、设计大赛、演讲赛……总有一种适合你；这里氛围浓厚，只争朝夕，图书馆的藏书永远读不完，永远有人在读，教室和琴房的灯总要催许多遍才能熄掉；这里老师敬业博学、严肃严格，硬生生把我们这群从泥土地跑出来的孩子，塑造成了敢于激昂文字、指点江山的有志青年。正是母校师生们共同的努力，一大批优秀的校友走上了领导岗位，成为学术带头人，各行各业都有大名师范校友的身影，许多校友成为冀南基础教育中最坚固的铺路石，他们用在大名师范所学，撑起了乡村基础教育的一片天。在北京工作的优秀学子范学臣、潘铭静说，"在大名师范接受的教育是真正意义上的素质教育"，我深以为然。

1994年，我被学校推荐至河北师范大学继续读书，1998年以来攻读了北京师范大学硕士、博士，师从我国著名课程与教学论专家裴娣娜教授。参加工作以后，我先后在教育领域多个岗位锻炼，不管在哪个岗位，我都没有忘记大名师范的教诲，是大名师范染就了我的人生底色，塑造了我的人生信条，犹记得德高望重又憨态可掬的王乐同老师说："做人要有正气，做事先学做人。""善于在困境中发现希望、开拓新局"，是一代代大师人的信条，所以即使面临困难，我也决不轻言放弃。转眼，我在北京学习工作已经25年，尽管业绩不够卓越，但是做人、做事没有让大师蒙尘，无论走到哪儿，我都没有忘记自己是红色七师的毕业生。

母校百年华诞，可喜可贺。在中国共产党百年教育史上，由共产党人创建并延续至今的学校屈指可数，1923年在冀南大地成立的直隶省立第七师范学校，不仅是大名师范的光荣，也是大名县乃至河北省的宝贵资源。对七师历史的研究，对首任校长谢台臣先生办学思想、办学理念的研究，都是新时期需要进一步挖掘的课题。习近平总书记在中央政治局第五次集体学习时强调，我们建设教育强国的目的，就是培养一代又一代德智体美劳全面发展的社会主义建设者和接班人，培养一代又一代在社会主义现代化建设中可堪大用、能担重任的栋梁之材，确保党的事业和社会主义现代化强国建设后继有人。

七师的百年发展史跌宕起伏，尽管校名一再更改，但其师范性质一直未变，坚持为党育人、为国育才的初心不动摇。展望未来，赓续七师精神，是大名师范毕业生和邯郸幼师八千余名师生的责任，也是社会的责任。今天，我们欣喜地看到，大名县委、县政府为传承七师精神、促进学校发展作出的巨大努力。作为大名人，我衷心希望七师精神继续在大名这块土地上发扬光大。

最后我想对在读的学弟学妹们说：请珍惜你们的在校时光，努力学习，汲取营养，强大自己；请相信你的老师，他们是真心为你好，出校门之后没有人再像老师这样用心呵护你，为你的成绩喜，为你的发展忧；请呵护你们青春时的激情与理想，在这个信息炸裂的时代，拥有梦想并为之奋斗的人生，才是最精彩的人生！

我们相信并期待，下个百年，在教育强国建设新征程中，母校将发挥更加重要的作用，前路更精彩！

谢谢大家！

郑庆贤，北京师范大学博士，中国教育科学研究院办公室主任。

青春梦，母校情
——写于大名师范学校百年华诞前夕

1992级171班　王　敏

　　30年前，怀着对未来的无限憧憬和向往，我踏入了大名师范学校的大门。这个诞生了无数人民教师的摇篮，也成了我从教生涯的起点。

　　"一万日替夜，三十春与秋。"回首往昔，我禁不住回忆点点，昔日景光，似历历在目：鸟啼惊醒昨夜的露水，温和的日光穿过树叶，吹走朦胧的晨雾，操场上秋千安静摇晃，唯有教学楼里传出书声琅琅；午后的阳光照进教室的窗户，不时有微风轻轻卷起淡蓝色的窗帘，老师的粉笔在黑板上跳舞，伴随着讲台上老师或亲切或铿锵的声音，一切舒缓得像一场古典音乐会；最美的便是傍晚时分，紫红的晚霞映照天空，同学们回宿舍的路上金光灿烂，满载收获的知识，徐徐而归；热闹繁华的校园静待星随灯亮，银月遍撒，一天将尽，夜晚的静谧又重新笼罩大地。

　　一代代师生薪火相传，谱写了波澜壮阔的革命华章；一代代教师坚守校园阵地，积淀了厚重深远的文化底蕴。我更知谢公台臣"以作为学"、躬行实践，恩泽于后人，耕耘革命于校园。时光流逝，我更知，一届届学子从你脚下奔赴祖国的教育岗位，奔赴人生更高远的明天，但无论走得多远，都走不出你守望的目光。

　　年月虽久，故事犹存……

　　记得那个承载了我们青春梦想的校园，记得班主任张学军老师的一次次谆谆教导。从演讲比赛到会操表演，张老师的精心指导让我们在每次竞赛中都脱颖而出、名列前茅。入校初我们第一次参加全校的集体歌咏比赛时，张老师带领我们一遍遍练习，一个字一个字给我们纠正发音，使我们每个人都仿佛明白该如何面对人生的每一次竞赛。在综合楼前高高的台阶上，我们整整齐齐列队站立，沐浴着阳光和春风，大声歌唱出对祖国、对梦想的热爱与追求。我的身体和灵魂在那一刻得到了从未有过的舒展和洗礼……三年的时光，张老师教给我们太多太多，从做事到做人。他告诉我们：人生中有很多机遇，但永远不要放弃任何一次锻炼自己的机会。毕业后我离开老师，自己带了一届又一届毕业班，也送走了一代又一代的莘莘学子，每一年我都会把这句话当作箴言送给我的学生，我曾从老师那里受益无穷，也希望我的学生获益匪浅。

记得教我们文选与写作的郭增民老师，那时的他刚毕业，比我们大不了几岁，但年轻的他学识渊博、谈吐幽默，每一篇文章在他的讲述下都熠熠生辉、充满魅力。课下，他和蔼可亲得像个邻家哥哥。一次家里有急事，天下大雨使我困在学校，他看出了我的无奈，主动送我雨伞，又借自行车给我……

教代数的刘洪儒老师，是一个授课认真、一丝不苟的老先生，也是唯一一个将每次作业都折合为学分的老师，每个同学作业本的封面上都工工整整写着历次作业的得分，为了拿高分，我们都是拼命地努力学习。

教我们音乐的是马月敏老师。她是多么漂亮！每次上课，她坐在讲台上一边弹琴，一边一句句地教我们唱歌，她的整个形象似乎都散发着一种夺目的光芒。那些镜头，至今是我记忆里最美好的画面之一。

依然清晰地记得寓教于乐、风趣幽默的物理老师陈培祥；一身艺术家风范的美术老师张文海；不苟言笑又极认真负责的几何老师曹炜；自带气场、不怒自威的政治老师张建丽；看似冷漠不讲情面，实则满怀热忱的体育老师杨双利；不急不躁、说话慢吞吞的心理老师张汉三……30年过去了，有些人和事已逐渐淡忘，但老师们的形象依然清晰刻在我的脑海中，我从教后获得的每一点儿成绩都离不开当年老师的教导和浸润。站在他们给我搭建的阶梯上，我也一次次给新的学子搭建着同样的阶梯。我想，教育的意义也许就在这里。

红色师范　百年名校
——河北大名师范学校百年华诞文萃

还记得班级里我亲爱的伙伴们。十四五岁的我们从四面八方走到一起，从生涩到成熟，从陌生到熟悉。困难时，大家伸出一双双友谊之手；失败时，大家送来一声声殷切鼓励；伤心时有你们共担，开心时有你们分享。校园的每一个角落都留下了我们的脚印。怎么会忘记那坐落于二楼拐角处的教室，简朴却宽阔的学校操场，干净整洁的林荫大道，温馨和谐的127宿舍……似乎每一处都上演过我们眼泪和欢笑的故事，成了我以后无数次梦里邂逅的场景。我一个农村女孩，平凡而普通，从刚进学校时的自卑怯懦到后来的自信开朗，是学校、是老师尤其是亲爱的伙伴们赋予我的。虽然仅短短三年，但学校给予我精神的慰藉却是长长的一生。写到这里，那些熟悉的面庞一个个又重新在我眼前浮现，我忍不住嘴角上扬，却忍不住再次湿了眼眶……

亲爱的母校，多少次午夜梦回你的怀抱，就有多少次深深地依恋和思念。"人间骄阳正好，风过林梢，彼时他们正当年少。"而今，即使我们已白发悄现、皱纹暗生，我仍会像个孩子似的依偎在你书香树影的胸前，而我所有的青春记忆都封存在大名师范的校园里。

翻过岁月留香的书页，蹚过时间宁静的河流，我永远怀念在大名师范求学的时光，永远记得那里初升的太阳、摇曳的星光……那段日子就犹如一首悠长又悠远的歌，在我的人生道路上时时低吟浅唱……再向前望去，这首悠长的歌如今仍然在校园里回荡，给当下每一个走进她的年轻人谱写着一曲自己独有的名为"青春"和"使命"的旋律。

今年正值母校百年华诞，预祝母校积历史之厚蕴、育新苑之芬芳，宏图更展、再谱华章！

难忘的青春岁月

1992级171班　宋志锋

  时光如川，岁月如梭。眨眼之间，我离开母校河北大名师范学校已经28个春秋。当我看到学校即将举办建校一百周年庆祝活动的公告时，我的思绪瞬间回到了1993年，回到了建校70周年庆典的现场，回首我在河北大名师范度过的中师生涯，无数美好难忘的记忆涌上心头。大名师范学校使我与师范教育结下了深厚的缘分。在这所历史悠久的学府里，我结识了很多志同道合的老师和同学。我们共同度过了那段充满激情和梦想的岁月。

  1992年9月，怀揣着对大名师范学校的好奇和向往，我踏进了那扇庄严的校门。报到时，让我印象最深刻的是我的班主任张学军老师。他个子不高，但一双炯炯有神的大眼睛显得格外精神，给人一种干练而严谨的印象。他口齿清晰，嗓音动听，立刻让我产生了一种崇拜之情，一下拉近了我与老师的感情联系。

  我依然记得我们的第一个教室，那是一排平房，位于回民食堂的东面。在那里，我们召开了第一次班会。班会开始时，张老师首先进行了自我介绍，然后简要介绍了班会的议程。他要求我们每个学生做自我介绍，并且发音要准确。张老师强调了普通话的重要性，将其视为教师的职业语言，也是人与人交流的工具。他鼓励我们积极参与，于是同学们纷纷开始自我介绍。各地方言的大杂烩让班会充满了欢声笑语。无论是魏县同学的 san、shan 和 si、shi 不分，还是其他同学带来的各种方言，都让我们每个人在笑声中走近彼此，成为一个大家庭，温馨而开心。

红色师范　百年名校
——河北大名师范学校百年华诞文萃

我们上早操的时候，充满了欢乐和故事。每天清晨，起床号响过之后，即使天还没亮，张老师也会逐个宿舍敲门，催促我们男生起床，去跑步做操。在那个400米的标准操场上，1000多名师生自由奔跑的景象让人心情愉悦。在朦胧的晨曦之中，我们总能看到张老师的身影，他以身作则，率先垂范，深深地影响着我们171班的同学们。张老师会偶尔突击检查男生宿舍，抓住一些睡懒觉的同学！多年以来，张老师长期的体育锻炼成为我们学习的楷模。我们互相追逐比赛，奋勇向前，永不服输。那种青春的惬意无法用言语来描述。这段回忆已经成为我们无法忘怀的美好记忆。

张老师是一位方言研究学者，他还担任河北省普通话等级考试评委。我记得有一次老师要求我们收集家乡的歇后语，在汇报时，现场成了一次方言大聚会，因为有时候用普通话无法准确表达家乡的话语。家乡方言就像"鸟语"，五花八门。在张老师指导下，我们有针对性地背诵字词、短句和绕口令，纠正方音、方言。通过师生共同努力，我们班同学的普通话等级考试也成功通过了。

张老师教授我们班的语文基础知识课，他的课堂生动活泼，让人听得津津有味。在不知不觉中，我们收获了很多知识。我们班的"三笔字"、朗诵、舞蹈等多项技能在中师三年里赫赫有名。

在河北大名师范求学的旅程中，我遇到了优秀的教师团队。他们治学严谨、敬业乐教，为我们指点迷津。无论是他们充满激情的课堂，还是他们不辞辛劳地解答问题的身影，都深深地铭刻在我的心中。他们是我们的引路人，陪伴我们成长。刘洪儒老师严谨认真，王乐同老师亲和友善，陈培祥老师稳重帅气，郭增民老师学识渊博，张文海老师高大威武，张汉三老师慈眉善目等，这些恩师的形象在我的脑海中留下深刻的印象。大名师范的恩师，我们永远崇敬。老师们以崇高的师德、精彩的课堂和多彩的活动塑造中师生的灵魂，引领一代代中师生投身于中国基础教育，托起了中国教育的脊梁。

在河北大名师范的求学之路上，我结识了很多志同道合的好友，我们一起探讨知识、共渡难关、分享喜悦，品味生活的美好。书法名人许敬峰、音乐王子贾建刚、文学社长任新勇、吹长箫的薛超、美术人才董现勇等，我们一起思考问题，互相鼓励、支持、陪伴，共同走过了那段难忘的青春岁月。

在河北大名师范的青春岁月里，我们追求梦想，热爱生活。怀揣着梦想，努力奋斗，珍惜每个锻炼的机会。那段岁月里，为了韵律操比赛，排练紧张充实；为了冬至包饺子活动计划，我们熬夜长谈。我们勇敢追求梦想，热情投入生活。

在河北大名师范度过的中师生活，给我们留下了无数美好的回忆。那段青春无悔的时光、欢声笑语和成长的足迹都深深地印刻在心中。校园时光、同学之情、恩师印象都是我们人生中最宝贵的财富。让我们珍惜这段回忆，感恩过去的一点一滴。我们的青春格言是"聚是一团火，散是满天星"。今天，我们将传承大名师范的精神，努力奋斗在基础教育第一线，共同创造一个平凡而伟大的明天。

祝福大名师范学校百年华诞圆满成功！期待着在学校未来的发展中，继续贡献我们的一份力量。让我们携手共进、勇攀高峰，共筑大名师范学校的美好未来！愿大名师范学校的明天更加辉煌！

红色师范　百年名校
——河北大名师范学校百年华诞文萃

致敬，河北大名师范

1992 级 171 班　任新勇

1992 年，我考上了大名师范学校。通知书送达村里，轰动了全村。村里的老人说，在以前，这就是中了秀才。那时，秀才到底是什么，我没有概念，只是想当然地认为就是读书人。后来我才知道，秀才也是有功名的。

9 月 1 日，开学的日子，那天父亲送我去学校。走进学校的大门，我一下子打开了眼界，看到了新世界，这对于一个没有走出过村子的少年来说，犹如世界向你敞开了怀抱。

在新生接待处，父亲把我送到张老师跟前说："孩子就交给您了！"张老师握着父亲的手说："放心吧！"

军训时，全班同学整齐地站在国旗下，看着鲜艳的五星红旗冉冉升起。恍惚中，我们仿佛看到了近代中国的千疮百孔，风雨飘摇。在嘹亮的国歌声中，我们仿佛看到了先辈英烈英勇顽强，前赴后继。学生代表发言时，我激情澎湃，慷慨宣誓。之后的军训，大家都格外刻苦，以坚强的毅力迎接着一项项的训练，列队、踢正步、跑步、整理内务、识枪、射击，还有每日训练之余的站军姿。阳光下，我们全身绷紧，昂首挺胸，两腿膝盖间要求夹一张纸且纸不掉落，一张张稚嫩而刚毅的面庞倔强地扬着。军训让我第一次将对军人的印象与现实重合。军训也让我明白了许多，成长了许多，懂得了许多。

"我是你们的班主任张学军，我教授同学们语文基础知识课，以后的三年我将和大家一起度过。"讲台上，张老师先做了自我介绍，然后说道，"大家既然来到了师范，那么你知道什么是师范吗？学高为师，身正为范，故为师范。希望同学们都能时刻按照这个标准严格要求自己"。张老师的语言铿锵有力、掷地有声，而他也用一生诠释了这句话，时时都以身作则、言传身教，琴棋书画，无不精通。

"嗒嗒嘀嗒！"，清亮的起床号吹响之后，激情的运动员进行曲便奏响了。"砰砰砰"，敲打宿舍门的声音又响起来，"该起床了"，这个声音、这句话，师范三年，从不曾间断。还记得杨克尚最喜欢赖床，有一次，早操列队时，他没到位，张老师沉着脸快步赶回宿舍，看到还在蒙头大睡的杨克尚，一把就把被子掀开，瞬间曝光……张老师的严格和自律在学校里人人皆知，但大家都发自内心地尊敬他。为了提高同学们的动手能力，班里组织手抄报创作。同学们热情洋溢，都拿出自己最好的创意。即便这样也免不了出现问题，如错别字、病句，本来以为满满一张，不会被看出来，想蒙混过去，但总能被张老师发现，责令重新制作，要求大家必须一丝不苟，零出错。通过严格的审评，我们的手抄报光荣地出现在校庆的展板上。这种严谨的态度让我们受益匪浅。

那一年，正赶上70年校庆，我有幸见证了七师的历史风韵，也见证了庆祝时空前盛大的场面。校园的展板上，详细地展示着七师的70年风雨历程，七师不仅为中国的解放事业培养了大批的革命志士，也为新中国的建设培养了大批人才。作为新学生，每次课余我们总是跑到接待处做志愿者，迎接来自天南海北的校友。还记得当时有满头白发的老校友，站在校门口泪流满面，激动不已。文艺汇报演出时，我们班演出了课本剧《美丽的公鸡》。殷青云扮演大公鸡，我们几个演啄木鸟、蜜蜂、青蛙、老马，演得惟妙惟肖，入情入景。场面喜庆而热烈，老师同学们齐声称赞，现场掌声不断。

入学后韵律操学习是必修课，每天早晚课前课后，我们都要进行学习和训练。还记得学长范怀明对我们尽心指导，要求每一个动作、每一个节奏都必须做到位，有时一练就是两个小时。有的同学累得一屁股坐在地上，爬都爬不起来。最后韵律操结业比赛时，我们班获得先进集体。

那一年，整个东南亚都在争论儒家思想是否可以抵御西方歪风。我们班在张老师的带领下也组织了学生辩论赛。作为正方一辩，我观点鲜明、慷慨

红色师范　百年名校
——河北大名师范学校百年华诞文萃

陈词，反方辩手针锋相对、毫不示弱。裁判长郭增民老师公正严明、客观点评。自由辩论时，大家唇枪舌剑、你来我往、激烈争辩、群情激荡。观众席上不时响起热烈掌声，教室外更是围得水泄不通。看到这种场面，张老师露出了满意的笑容。

那一年，在张老师帮助下，我们成立了文学社团，经常组织大家写作、编辑、朗诵，丰富同学们的生活，锻炼同学们的能力。大名师范的社团经历是我人生莫大的财富，对我后来的社会生活给予了莫大的指引和帮助。毕业后，经过多方筹备，我们成立了县朗诵演讲艺术协会，并组织了多次朗诵比赛，如新年诗会、五四青年朗诵会、国庆朗诵会、建军85年朗诵会，还连续举办了数年的中华经典诵读比赛等。尤其是建党90周年朗诵会，我们组织得力，节目精彩，得到省市文联的充分肯定，在省市部分媒体上加以推广，引起了强烈反响。各种朗诵演讲比赛，已经成为我人生中不可或缺的一部分。走入社会以后，我才体会到，每一点进步都是母校培养的结果，都是母校"以作为学"的思想实践的结果，这些已经深植我心。

师范三年，与同学们相识在大名师范，有欢乐，有泪水，有相思，有倾诉，有懵懂，有仰慕，也有伴随成长的阵痛。时常想起个性张扬的绿茵场、静谧的阅览室、叮叮当当的食堂……

师范三年，给了我人生的洗礼，更有幸得到学校各位老师对我们的耐心指导。郭增民老师的渊博学识，陈培祥老师的细腻稳重，张文海老师的艺术风范，还有张学军老师的神采飞扬，他们良好的生活习惯、坚忍的性格、正直的品行、乐观的态度对我影响深远，直到现在，我仍镌刻于心。

今天，喜迎百年校庆之际，我们再次走进师范的校门。瞻仰谢校长雕像，仰视鲜艳的五星红旗高高飘扬，仿佛看到了那个战火纷飞的年代，看到了无数为国捐躯的革命先烈，更仿佛看到了新时代奋进中的中国，新时代进取中的大师人，仿佛听到了新时代催人奋进的号角！

致敬，河北大名师范学校！

百年校庆耀古城

1992 级 171 班　许文国

漳卫之畔，古木繁茂，煌煌魏州，悠悠千载。这就是河北省大名县，历史悠久、文化灿烂，李白有诗为证："淇水流碧玉，舟车日奔冲。青楼夹两岸，万室喧歌钟。"在北宋时期，大名升为陪都，俗称北京，也是与金辽激战的前沿阵地。《水浒传》中卢俊义就来自大名府，所以大名也是一座英雄的城市。大名县在历史上曾为府、路、道、州等，大名师范——我的母校，就坐落在这里。她始建于 1923 年，被誉为直南革命策源地，今天大名师范迎来了百岁华诞。

"百年师范梧桐正茂喜迎金凤还巢，世纪学府桃李成溪风华还看今朝！"今天这里到处彩旗飘飘，到处张灯结彩，每个人都喜气洋洋，前来祝贺的校友代表有 1800 余名。老校友们齐集一堂祝福母校，见证母校百岁生日这一伟大时刻。今天参会的有领导干部、各行业精英、学术带头人、专家学者、执教园丁。大家先来到谢园，瞻仰校长谢台臣先生的雕像，献花、行注目礼。谢校长为创建这所学校克服种种困难，付出了太多的努力。在一代代校长的带领下，全校师生"以作为学"，努力工作，不畏困难，历经百年，取得了今天的成绩。然后大家参观直隶省立第七师范纪念馆，详细了解大名师范的发展历程，又一次感受她厚重的历史。我们深深体会到根深才能叶茂，百年师范为中国现代化建设培养了一批又一批的人才，这真是丹心生朝露、沃土壮栋梁。随后大家又参观了师生书法展和校友林等。

10 时许，校友们来到操场上，隆重召开庆祝建校一百周年大会。邯郸幼

红色师范　百年名校
　　——河北大名师范学校百年华诞文萃

专党委书记万永彪主持大会。会上，邯郸市教育局副局长季卫东，邯郸幼专党委副书记、校长曹建召分别致辞，沧州幼儿师范高等专科学校校长刘焱、邯郸科技职业技术学院党委书记杨万春作为兄弟院校代表分别致辞；知名经济学家、中国社科院教授郭冠清，中国教育科学研究院办公室主任郑庆贤作为校友代表发言；1984级校友张素玲代表历届校友宣读对县委、县政府的感谢信；师生代表发言。每个人的发言都非常精彩，让我非常感动，对我的精神又是一次深刻的洗礼。此时此刻我想说，母校培育我三年，我陪伴母校一生！之后校友们还观看了"百年师范，薪火相传"文艺会演。会后，大名县连续两个晚上举办了"千年古城，百年师范"灯光秀，轰动全城，引起了千万市民的围观。中央电视台、省市新闻都进行了报道。大名师范百年业绩得到了社会的肯定，大名师范的光辉形象得到了弘扬。

　　母校教会了我们科学知识，母校给了我们人生的底色。"时光如水忆往昔一百载风雨同舟路，岁月如歌看今朝师生再谱新篇章！"在庆祝学校百年华诞的大喜日子里，祝愿母校未来更美好，为祖国培养更多的人才。祝愿校友们在工作岗位上再创佳绩，祝愿学弟学妹们早日成才。祝愿母校的老师们工作顺利、身体健康、阖家欢乐、幸福美满。

游母校，又见谢园

1992 级 171 班　许敬峰

余性愚顽，幼不好学，生于穷乡僻壤之间，年近 20 未出乡土，寡闻孤陋，浑蒙未开。

壬申年，我考入大名师范学校，得入恩师张学军老师之门。先生管束我日常行为之周致，熏陶我艺术文学之灵美，灌注我治学做人之严谨，虽事过经年，犹历历在目，铭刻于心。先生悉心指导我以诗章之韵律，朗诵之情感，书写之规范，报抄之规谋，真知真学，受益终身，没齿难忘！入学半年，先生鼓励我发起了班内第一个诗社，并教我钢板刊印，发行《雏凤声清》诗歌专集三期，后又鼓励我组建了大名师范"节节高演讲社"，1993 年，我与岳邯春、刘安、朱保亭四人发起成立大名师范学校雪莲诗社。在文学社我又与任新勇等刊印文学作品集《夸父》，此皆源于先生之鼓励和指引。大师三年，先生实为吾有培基铸魂之功也，吾生有幸，逢遇先生矣！

癸酉春，我又幸得冀南名家王乐同先生授以书道之操，遂醉心斯艺、笔墨不辍，与古为徒、上下求索。二年级时我有幸当选为大名师范书法班班长，毕业之际，学校为我举办书法个人展，张少逸老校长亲题展题，并作"天道酬勤书道昌，墨池翰缘新篇章。青年软硬笔书展，我校堪称第一桩"七言律。故人已逝，时睹墨迹，泪沾青襟。

毕业近 30 年，波涛世事，冷暖自知。然大师之于我语言、诗文、书法、人格之塑造，成为我人生之坚实基础与不竭财富。尤其先校长"以作为学"之思想与"真知真人"之理念，已深深贯注于我书法探求与课徒授业之中，

红色师范　百年名校
——河北大名师范学校百年华诞文萃

颇受恩益。

今逢母校百岁华诞之际,与昔日同窗同返母校。见张师笑迎于校门之外,又睹寓楼高耸,故地新颜。往日种种,澎湃心间。千思万绪,歌以祝愿。歌曰:

木铎金声远,滋兰树蕙繁。
谢公今当笑,代有薪火传。

青春在大名师范绽放

——写在河北大名师范学校建校一百周年之际

1995 级 2 班　杨俊玲

1995 年 9 月，我踏入了河北大名师范的校园。

洁白高大的谢台臣校长雕塑在秋阳的映照下熠熠生辉。1923 年，谢台臣校长创办了直隶省立第七师范学校——大名师范的前身，倡导"以作为学"的办学主张，强调理论联系实际，为党和国家输送了一批批人才。站在雕塑前仰望的那一刻，我内心莫名地沉静而又激流涌动。

现在想来，在进入大名师范之前的学习经历，充其量只能称为听课。我出身于农家，家里劳力少、农田多。记忆中，所有的课余时间都被各种各样的农活挤占，没有时间做作业，没有时间读课外书，更没有时间复习了。走进大名师范，人生掀开了新的一页，我迎来了真正的校园生活，丰富、充实、快乐、紧张……

我们吃完早饭，就得赶紧去教室。每天第一项任务是，一板粉笔字要在上课前写好，摆放在课桌上等待学校值班领导的审阅。一人一块 40 厘米左右的小黑板是我们大名师范每个学生的标配，每天写一板粉笔字，雷打不动。来到教室，同学们一横一竖、一撇一捺，"沙沙"地在小黑板上写下一首古诗小曲，那声音真像蚕食桑叶般悦耳动听。多年后，那场景、那声音，还在脑海浮现，在耳畔回响。走上工作岗位后，当我站在讲台，手执粉笔写下一个个灵动的汉字，教室里的学生们几十双眼睛齐刷刷地盯着黑板，他们眼里是崇拜、是喜欢、是信任。

红色师范　百年名校
——河北大名师范学校百年华诞文萃

每一个从大名师范走出去的学生,"三笔字"都是过硬的。除了每天练习粉笔字,钢笔字和毛笔字也是我们的必修课。教我们毛笔字的是王文军老师,他是著名的南宫碑传人——王乐同老师的孙子。在大名师范,王乐同老师无人不知、无人不晓,他在南宫碑的基础上不断创新,形成了独具特色的书法风格,这种字体外方内圆,字体饱满却不失刚劲,就如做人一般。王文军老师得王乐同老师真传,在书法教学上有很深的造诣。还记得我们初次上书法课时,老师教我们执笔,几个指头就是不听使唤。王老师一边示范,一边讲解着,经老师耐心指导,我们逐步掌握了书法的要领。在那蓝色的桌罩上铺上白色的毛毡,毛毡上放上一张米字格宣纸,我们握笔蘸墨,尽情在上面挥洒,就如同在蓝天白云上放飞一只只小鸟,那种惬意是在日复一日的练习之后猛然感受到的。

"三笔字"是一个老师最基本的技能,大名师范做得扎实,做得规范。学校对于学生的学科知识和教育学、心理学的教学更称得上专业而严格。

教我们语文基础知识的是张洁兰老师。她是我们班男生眼中的女神、女生心中的偶像。她充满知性,讲课时声音就像百灵鸟。我们那时都是托着腮帮子目不转睛地盯着她,听得相当认真。20世纪90年代普通话还没普及,我们上小学和初中时,老师上课时讲的几乎都是方言,声调更是五花八门。所以很多同学很难用普通话读下来一篇文章,常常闹出不少笑话。张洁兰老师无论课上课下,只要发现有发音不对的同学就及时纠正,日积月累,水滴石穿,在普通话测试时,班里的同学都顺利取得了普通话合格证书。

还有教我们代数的刘洪儒老师,刘老师是一个胖胖的、50多岁的男教师。他讲课时有点儿平铺直叙,有些同学就要开小差了。可他也有撒手锏,你要真开了小差,那就要在大家面前丢脸了。刘老师总是一边讲,一边写,就连一个"解"字也不漏掉,往往一节课下来,他能写出三四个黑板的解题过程,他写得工工整整、密密麻麻。要命的是,他每讲完一题,就会擦掉,指名叫一个学生上台重复他写的内容,若是没认真听讲,站在台上,杵在那儿如木桩一样,一个字也写不出,着实让人脸红。老师每次上完课,他的衣袖上都沾满了粉笔末,他总是拍拍手,再抖一抖衣袖,很满足地笑一笑,夹着书走出教室,就像一个打了胜仗的将军。

春天,我们的生物老师郑建卫会带着我们去小果园观察花苞。在那还有点儿凛冽的早春,棉衣还未退去,我们在郑老师的讲解下观察着褐色枝条上那已饱胀得快要裂开的、鼓鼓囊囊的小花苞、小芽苞。"这是一个个生命在成长,它们孕育了整整一个冬天,经历了严寒与烈风,就要在这个春天即将到来时绽放自己,你们也一样的。相信,三年后,大名师范会还你一个崭新的自己。"我们在那个小果园理解了生命与成长。我们在郑老师的影响下努力奋斗。听同学们私下说,郑老师一直在不停地学习,他要考博,走向更广阔的天地。我想,他一定如愿了。

…………

不仅我们的专业课教师严格,大名师范的严格还体现在日常管理上。豆腐块的被子、手抚无尘的门窗、干净的桌罩……你在大名师范,每一个细节都有严格的要求,每周的通报和表彰让我们不敢有一丝怠慢,生怕给集体抹黑。在军事化管理下,有一天,我们竟发现自己改掉了懒散、拖拉的习惯,不自觉地会整理好一切,在学习方面也更加条理与高效。这种习惯对我们此后的工作和生活产生了重大影响。

如果说这些让我们从一个愣头小子、黄毛丫头经过三年的淬炼成了专业素养过硬、习惯良好、有信仰、有追求的优秀中师生,那么丰富的课余生活则让我们的灵魂变得更加有趣。

在文学社,一颗文学的种子从此开始发芽。我一手握笔,一手托着下巴,望着窗外,想起了我那在田野辛勤劳动的父亲。在烈日下,在朦胧的月光里,父亲的脊背是不是更弯了?那个冬天,我以一首《父亲》成功加入诗社,并成了一名编辑。在三年的时间里,我在诗的世界里畅游,给自己的心灵涂上了一层诗情画意。

图书馆更是我们青睐的地方。当如海一般的书籍第一次呈现在我眼前时,我惊呆了。这是我人生第一次看到这么多书,《骆驼祥子》《平凡的世界》《巴黎圣母院》《安娜·卡列尼娜》……书中一个个人物吸引着我,一段段故事感动着我,一句句哲理影响着我。那图书馆前的月季花开了又落,但我们进出的脚步从未停歇。

一年一度的校运动会又到了,每个班都要选代表去参赛。我们班当时还

红色师范　百年名校
——河北大名师范学校百年华诞文萃

有一个女子 800 米的项目没有报名，我体育不好，又不爱好体育，这个项目都需要一定的体能和耐力，我不符合条件，但我们班也不能就这样放弃呀！于是我找到了张学军老师——我们的班主任，"我想报名，试一试"。我没有一丝底气。张老师肯定地说："我每天早上跑步，坚持了好多年，我带你。只要报名，就是一种成功，你战胜了自己，你想着集体。就算比赛跑到了最后一名，我也会为你鼓掌！"在张老师的鼓励下，我开始了每天早晚的锻炼，提体能、练速度，每一次大汗淋漓后，全身无比舒畅。比赛场上，我奋力奔跑，到最后一圈时，双腿已如铅注，汗水刺疼了双眼，我真想放弃。但看台上同学们仍在高呼："加油！加油！加油！"我知道张老师也一定在看台上，他看着我呢！我咬咬牙，跑下去。那次校运会，我们没有拿到名次。运动会结束后，张老师特意找到我，向我竖起了大拇指，说："名次输了，人生赢了！"那一刻，我眼噙泪水，我知道那是喜悦。

是的，正如张老师所说"名次输了，人生赢了！"。在大名师范三年的学习过程中，我们经历着各种各样的事情，有时输了，有时赢了。但在每次参与的过程中，我们都在一点一点成长着，我们变得脚踏实地、信念坚定、刚毅果敢、勇于担当，我们不负时代，不负华年。

2023 年，我的母校河北大名师范学校迎来了建校百年庆典，再忆那青春奋斗过的地方，心情依然激荡。大名师范，您给予我智慧、力量、信仰！您教会我为人、处世、明理！您指引我方向、梦想、前行！

大名师范，我心中永远的光！

我成长的摇篮——大名师范

1995 级 2 班　韩海丽

2023年国庆前夕，我接到班主任张学军老师的电话，提到大名师范学校将迎来它的百年庆典，希望我们这些老毕业生能用文字来回忆一下母校的生活。放下电话，我的心情久久不能平静，思绪回到了25年前……

那年，我17岁，从未出过远门。父亲背着沉重的行李，我拎着大包小包，换乘了三趟公交车，经历了6个多小时，辗转来到了我的母校，当地人称为"后师"的河北大名师范学校。校门两侧写着"学高为师，德高为范"。走进校门，谢台臣先生的雕像伫立在校园中心。我的心中不由升起一种使命感，在那一瞬间，一股热血涌上心头。自此谢台臣先生"以作为学"的教学理念指引着我，一步步向前……

恩　师

当时的学校条件虽然简陋，但教学理念是超前的。学校秉承谢台臣先生主张的"以作为学"的理念，开设了20余门课程，突出了师范特色，不仅有理论课还有实践课，实现了真正的素质教育，师资力量也很强。老师们爱岗敬业，教书育人。

印象最深的是我们的班主任张学军老师。他虽然长得瘦小，但总是精神抖擞，腋下夹着文件夹，步履匆匆地穿梭在校园里。他鼓励引导我成为班委，让我在校期间，有机会经历各种锻炼。当时张老师正在写一本有关方言的书。

红色师范　百年名校
——河北大名师范学校百年华诞文萃

为了搜集相关资料,他利用休息时间骑着自行车,几乎走遍了全市的各个县区,搞方言调查。我们觉得他把自己搞得太辛苦,到图书馆查资料不就可以了。张老师却说:"你们不知道,图书馆的书本上没有邯郸方言的资料。咱们语文基础知识课语音部分,就要结合方言实际纠正学生的发音。没有资料怎么办?就去各县实地调查,填补这个空白,然后再用普通话的语音与方言实际对照,找出差别,提供方法,帮助同学们纠正方音方言。"原来,张老师不辞劳苦、各地奔波是为了教学。老师接着说:"老师是搞学问的,搞学问可不能图省事。当你决定做一件事的时候,就要脚踏实地、认真去做,千万不要图省事而投机取巧、敷衍了事,否则就是自欺欺人。"张老师的这番话,让我记忆犹新,我也把它实践到我的工作、生活中,这成为我做人的准则。

教我们语文基础知识的张洁兰老师与张学军老师同为普通话省级测试员,张洁兰老师戴着一副时髦的金丝眼镜,普通话极为标准,字正腔圆,上课时神采飞扬。我是一个不爱出头的人,但是在张老师的课堂上,我总能被调动起积极性。曾记得有一次课堂上,老师叫同学诵读古诗《江雪》,我自告奋勇信心十足地读了一遍,读到最后一句"孤舟蓑笠翁,独钓寒江雪"时,同学们哄堂大笑。当时我一头雾水。老师示意大家不要笑,然后分析了其中的原因。磁县的方言特点是,人们不能正确地区分前鼻音和后鼻音,我将翁(weng)读成了(wen)。魏县的方言是z、c、s与zh、ch、sh不分,各地方言的特点导致我们的普通话不标准。在学习生活中,我们扬长避短、刻苦训练,老师纠正的不仅仅是我们的方言中的错误,也让我们学到了为人处世的道理,让我们铭记终生。

杨培林老师担任我们的体育课教学工作。他身材修长、平易近人,同学们都喜欢上他的课。但是他在课堂上是极其严肃认真的,每一项体能测试我们都不能含糊过关。

我们的音乐老师有两位,其中一位是即将退休的郭秀珍老师。她嗓音极其动听,管理学生极严,上课时会随时点学号提问题。因为我们当时绝大多数同学都没有音乐基础,就极怕上音乐课。尤其是学期末测试,为了能顺利通过,我们饭也顾不上吃,就到琴房去抢占位置。回忆当时的情景,耳畔依然会想起或美妙或跑调的琴声……

教我们书法的王老师是南宫碑创始人王乐同老先生的孙子。有幸得名人之后的指点，我们都感觉特别的荣幸，特别自豪。教生物的老师，我已记不清他的姓名。但依然清晰地记得，在他的课堂上我们总能听到、看到一些有趣的生物现象，听说他后来考上研究生到外地求学去了。还有教心理学的呼玉龙老师、教美术的张文海老师……老师们个个都学识渊博、德高望重。他们用智慧和辛劳培养出一批批优秀的学子，真正传承谢台臣先生的教育理念，为国家培养具有科学的头脑、劳动的身手、艺术的情趣、改造的魄力的人才。

同 窗

我们的同学来自邯郸、成安、磁县、魏县、馆陶、临漳等各县，因为各地方言差异较大，当时普通话没有普及，我们不好意思开口。刚报到的第一晚，我们宿舍的八姐妹默默坐了一晚。虽然初来乍到时语言沟通有障碍，但我们大都是通过寒窗苦读考到这儿的农家子弟，淳朴善良的秉性让我们相处得融洽和睦。

每次返校时，我的行李袋中装得最多的是吃的——妈妈烙的饼、蒸的花卷，奶奶炒的土豆……虽然无法与现在孩子的零食相比，但在那时却是美味。一到宿舍，我们都会毫不吝啬地分享各自的美食。

离家较远的同学经常会被周边县区的同学邀请到家里蹭饭、玩耍，虽然吃的不是什么山珍海味，但有一种家的味道，我每每想起都会热泪盈眶。

1998年6月，我们毕业了，学校安排大巴车把我们送到各自县区的教委报到。现在，我依然清晰地记得，车子启动的那一刻，全班无论男生女生，都哭成了一团。三年同窗之情，在那一刻彻底爆发。我哭了一路，直到下车。我感觉脚下一高一低，还以为是自己哭晕了，后来才发现自己的一只鞋跟不知道在什么时候掉了，只顾着伤心了，也没觉察到。若干年后，与舍友说起此事，我们都会大笑不已。

校园时光

那时，我们的学校虽然名气很大，但条件简陋，无餐桌椅，当时的餐厅

红色师范　百年名校
——河北大名师范学校百年华诞文萃

还兼具会场的功能。偌大的餐厅，三个一群，五个一伙，围成一圈，随地一蹲，边吃边聊。饭友一般由平时相处不错的人组成，不只打饭，连洗盆都由一人包揽。食堂的菜品单一，我们经常吃到的是土豆片和白菜，偶尔奢侈一下，买一份西红柿炒蛋，还要加开水把菜汤一块下肚。

虽然我们每个月都有 60 块钱的饭票，但我们女生仍舍不得花完，省下来与男生兑换成现金，买生活用品，减轻家庭负担。偶尔抵不住诱惑，我们也会用节省下来的饭票，去学校小卖部买方便面和烧饼，或者去校门口吃一碗一元钱的拉面解解馋。

师范三年，我们每天都会跑早操、做课间操，政教处会派学生干部检查各班的人数。一旦被查到缺人，班级就会被扣分。尽管如此，也会有人躲在厕所偷懒，或偷偷溜出去买吃的。这让当时作为学习委员的我头疼不已。现在我方能体会学校的良苦用心，学生德智体美劳都要全面发展。

字是人的第二张脸。作为师范院校，我校特别重视我们的基本功，每天必须完成"三字一画"，即一张毛笔字，一张钢笔字，一板粉笔字，一张简笔画。周末，学校会安排各种兴趣班，其中就包括各种书法班。毕业时，我们班里好多同学都写得一手好字。

当时，考入师范院校的都是各县区的佼佼者，进入师范，开始一种全新的生活。一部分人在初中被压抑太久，开始释放自我，挥霍青春；另一部分人则像一块海绵，尽情地吮吸着知识的甘露。我有幸成为后者，紧紧追随各科老师的步伐，从不敢懈怠。毕业时，我收获了厚厚的一沓荣誉证书，也成为我教育孩子的资本。

忘不了，教室里的唇枪舌剑；忘不了，宿舍里的欢声笑语；忘不了，操场上的呐喊助威；忘不了……师范三年，是我们人生当中最美好的一段时光。那里有我们的青春，我们的梦想，我们共同的芳华。

师恩难忘，友情长存。向大名师范的师长们致敬！值此母校百年华诞之际，祝母校未来更展宏图、再谱华章！

七师，一场红色记忆的诉说

1999级7班　罗　楠

每天黎明时分，我都会在窗外的歌声中醒来，于晨曦中看着那棵大树慢慢变得清晰，然后广播体操熟悉的音律响起。仿佛，我又回到了20多年前的早晨，将明未明的时刻，古老的校园还未真正苏醒，而生动的面庞、年轻的声音、跳跃的心，已陆续从宿舍里飞出来，开始一天的早课……

如今，这种记忆与现实交互叠加，似乎又有了一种别样的情愫。那是因为七师——我的母校，即将迎来百岁华诞。我一遍遍低声呼唤着她的名字，在一个又一个的晨曦中回忆着、感受着来自她血脉深处最深情的脉动。

就如同此刻，我依然可以从歌声、大树及窗外空旷的校园辨认出我们少年时的寒暖。母校像一位长者，你依偎着她，她看着你长大，却都忽略了对方的细微变化。

在当地，"后师"是大名师范的简称。后师是相较于前师而言，"前师"这座大名初级师范学校随着停办而消失于人们的记忆里。后师则俨然成为人们辨别县城方位的一个重要地标。

世事如斯。那个时候，大名这座古城地处直、鲁、豫三省交界处，为直南地区（包括现河北南部、河南北部、山东西部）37县政治、经济、文化中心，直南道尹公署、直隶省高等法院均设立于此。那时是20世纪20年代。

更不要说唐宋时期大名府的赫赫辉煌。正是种种历史交错，造就了它独特的地域文化——不墨守旧俗，因时而变，因势而发。直到如今，大名民风豪放，古风犹存。

红色师范 百年名校
——河北大名师范学校百年华诞文萃

20世纪初，旧式教育已远不能满足当时当地的实际需要。1923年7月，暂借大名县城西街县立第一高级小学前院为临时校址，开办直隶省立第七师范学校。同年11月，准备校址搬迁工作，学校由大名城内迁入北关外的新校址。

一时间，直南的开明士绅和教育人士纷纷响应，成为当时轰动的新闻。

1928年10月，直隶省改称河北省，学校易名为河北省立第七师范学校。1933年10月，遵照民国教育部颁布的师范学校规程，学校更名为河北省立大名师范学校。

在其后近一个世纪的漫长岁月中，每每念及它的名字，人们总会亲切地称呼它为七师，就如同人们记忆中的大名总是那个世态风流的大名府一样隐秘，富含岁月的激情。

七师，红色七师，抵得过千言万语，又饱含深情诉说，它的过往在悠悠岁月浩浩青史中愈加生动起来。

16岁那年，我考入大名师范。那时懵懂，我尚不知她有过怎样铭心刻骨的过往和惊心动魄的时刻。入学的目的也很单纯，对于女孩子而言，教师的职业无疑是妥帖安稳的，进入师范，仿佛以后的人生也必是静好无恙。

那时它是中等师范学校。

我觉出不同，源于校园中央的雕像。一位老人，民国的装扮，着长衫，戴便帽，儒雅而坚毅，似乎在硝烟过后默默守护着这片校园，又或者在等待昔日的同事和战友。

老人是谢台臣先生。

1923年6月，天津《益世报》刊载决定在大名设立第七师范学校的消息，7月，学校名定为"直隶省立第七师范学校"，并委派谢台臣为校长着手筹办事宜。谢台臣辞去省议员职务，由天津奔赴大名。

"五四运动"爆发不久，新文化运动方兴未艾，这股激流也震撼和冲击着河北教育界。早年接受过旧式教育的谢台臣，经过"五四运动"洗礼后，积极致力于教育革命，提出"以作为学"和"师生打成一片"的教育主张，成为大名师范后来近百年的传统。

作为七师的校长，谢台臣先生是传播新思想和进步文化的第一人。他的教育语录说:"凡是称得起科学的理论,统统是'作'的经验结晶,同时又是推进'作'的经验发展的动力……我们要尊重劳动,会生产,说真话,做实事。"

他反对学生关起门来读书,读死书,所以七师的学生课外活动总是多种多样,配合各科的教育教学,提高学生动手能力:手工课上老师教学生木工、缝织技术;图画课上老师教学生制图,提高学生对用具、房屋的测绘能力;生理学与医药学结合。学校还试办一些小型工厂,如制胰厂、制革厂、织布厂、织袜厂,种植农作物和菜蔬,开设照相部,饲养鸡鸭鹅猪……

先生一面教书、一面学,学生一面学、一面当先生。这或许更接近雅斯贝尔斯教育的本质:一棵树摇动一棵树,一朵云推动一朵云,一个灵魂唤醒一个灵魂。学生看不到教育的发生,却实实在在影响着他们的心灵。

彼时七师是官费。学生大多来源于直隶南部的乡村,考虑到省教育厅规定,师范生不收取学费,且有生活补助,所以贫寒家的孩子更愿意报考。

七师从诞生的那一天起就聚集了一些激进的知识分子。晁哲甫、王振华有着相同的经历,都是坚定的新民主主义者。在谢校长的推动下,科学与民主之风弥漫校园,《独秀文存》《呐喊》等进步书籍是每个师生的必读之物。

历史中的每个事件都不是闲来之笔。

1924年10月,冯玉祥发动北京政变,组建一支从军阀部队分化出的国民军,此举在大名七师中引发激烈争论。

1925年6月,上海爆发"五卅"惨案,大名七师联合大名十一中、大名五女师组成联合会,到各街商号宣传日本帝国主义侵略中国的暴行,支持上海工人罢工。

1925年7月,学校在授课中开始讲授辩证唯物主义和历史唯物主义,学生开始阅读马列书刊,传唱《国际歌》。

1926年3月,北京发生"三·一八"惨案。

1926年5月,国共合作北伐开始,七师师生备受鼓舞,渴望参加革命。

1926年8月,大名人、时任中共豫陕区区委委员兼开封地委负责人的冯品毅的到来,加速了七师党组织的建立。

他也曾是谢台臣的学生。

象牙塔的大门已经打开。不久,七师成立了读书会,或称马克思主义研究会，成为学生集中学习革命理论的场所。

这颗革命的火种就这样被埋在了七师，或者说冀南的大地上。

没有人能想到它的燎原之势。

今天回望1926年10月，那些血性的青春身影在晚秋的萧瑟中格外耀眼。从农村到厂矿，从地上到地下，从省内到省外，学生党员掀起了波澜壮阔的革命斗争。

中共大名七师党组织的诞生在冀南党史上书写下浓重的一笔。

1945年5月，刘伯承、邓小平、薄一波、宋任穷途经大名，亲临大名七师旧址，瞻仰了谢台臣先生的纪念碑和碑文，认为七师是一所革命的学校。

秉持着内心的信仰，红色七师成为直南革命策源地，大批青年从这里踏上革命征途。谢蕴山、刘大风、李大山、王从吾、平杰三、裴志耕、铁瑛、王维纲、刘汉生、成润、白映秋、刘镜西……从这所幽静的校园里走出了200多名职业革命者，40多名省军级以上干部，100多名厅局级干部和著名专家、学者，40余人为解放事业而献出生命。

因为他们，所以名重。

逝去的只是时光，而所有曾历经的一切永远沉积下来，固化成永不忘却的历史。

后来我又多次回到校园，在熟悉的建筑中兜兜转转，仿佛转过这条小路，就会遇到故事中的人物和传奇。学生时代我们有着太多青春期的迷惘和忧伤，总是要离开再归来，经历世事冷暖后才能愈加体会其中况味，才能够真正怀着崇敬去注视她、深爱她。

校园纪念馆内悬挂的一张张图片，模糊的容颜已看不出悲喜。有人说，你之所以看不见黑暗，是因为有人竭尽全力把黑暗挡在你看不见的地方。20世纪苦难的中国，多少人被拖出可能拥有的一份安分守己的人生，被逐上往塞来连的人生苦旅，而这些爱国学子以热血与呐喊，以笔杆与信念，以"我以我血荐轩辕"的无畏和赤诚，将这颗火种燃遍直南大地广袤的原野和城镇乡村，照亮直南革命的道路，他们为七师铸就了一座座红色丰碑。

2023年10月，红色七师将迎来百岁华诞。世事变迁，校址不移，她就像一位耄耋老人，见证着学校厚重历史，几度浮沉，有欢欣也有痛苦，有坦途也有曲折，有山重水复，亦有柳暗花明。时光荏苒，初心依旧，犹如窗外舒卷奉献了近一个世纪的老树，默默立在那里，支撑着信仰。

母校成了一个共同的名字，一个所有从这里出发的学子共同维护的记忆。

每次从校园离开，我都会有一种未知的惆怅在心头缠绕，就像多年前毕业的那一天。那是人生最初的起点，风华正茂，三年的时光沉淀于记忆，在我们从朴素走向人生繁华的日子里，她也在悄悄改变着容颜。1956年，她被定名为"河北大名师范学校"；2003年3月，改名为"邯郸师范专科学校大名分校"；2004年7月，更名为"邯郸学院大名分院"。

变的是身份，不变的是初衷。她仍以她独特的气息，召唤着我们庇护她的健在、逝去和新生。

近百年的岁月山高水长，七师，以她最初的模样，呼唤故人千里万里归来。

就像这世间所有的离别一样，都终会以另一种方式重逢。而我，会每天在校园的晨曲中醒来，一如从未离开。

下篇

语言凝练、情感丰富 诗歌颂百年名校

读校庆诗文感怀

邢朝芳

想人生百年有几，
念而今七十有八。
望残年，空怀壮志，何事可夸？！
幸遇百年校庆，
莘莘学子，竞展才华。
雪片飞来，
含深情、忆旧容，
感师恩、说传统，
决心把先贤的思想，
发扬光大！
喜看桃李满天下，
栋梁承厦。
忆青春、逢胜世，
三尺讲台生白发。
方悟今生，亦未负韶华！

贺大名师范百年校庆

石　森

其一

难忘一九七三年，
喜迎通知上师范。
直南革命策源地，
以作为学育英贤。
终于圆了儿时梦，
师范深造整两年。
学业有成出校门，
教书育人谱新篇。
教育工作四拾载，
育有桃李满人间。
如今虽闲居家中，
难忘母校这份缘。
风雨同舟伍拾载，
恰逢母校庆百年。
新老校友喜相聚，
件件往事谈不完。

其二

二〇二三不平凡,
七师建校整百年。
百年历程贡献大,
育有栋梁千千万。
莘莘学子回母校,
欢聚一堂庆百年。
纵观母校变化大,
乐见母校换新颜。

昔日平房无踪影,
现有楼房千百间。
硬化美化园林化,
绿树成荫似花园。
谢公塑像院中立,
激励志士学先贤。
预祝母校再辉煌,
圆梦路上谱新篇。

大名七师如雷贯耳

贾章旺

大名七师如雷贯耳。自幼听家父讲,国民党办的学校,却培养了许多中共党员。身为大名人,我感到自豪。我虽没进到该校读书,但看了各位贤达诗文,甚为感慨,热血迸涌,写上几句,聊为感想。

直隶七师已百年,
如雷贯耳响冀南。
虽然没缘进该校,
爹爹故事灌心田。

自古大名多英贤,
革命传统薪火传。
有幸结识师张苏,
常与七师心相连。

贾章旺,河北大学经济系政治经济学专业毕业,先后供职于中国人民银行河北省分行、中国银保监会河北监管局,高级经济师、调研员。

浪淘沙·赞大名师范

王秀德

一九二三年,
七师创办,
大名古城闪光点。
时为冀南高学府,
响彻中原。

走过一百年,
一路灿烂,
培养学子千百万。
而今桃李遍天下,
硕果满园。

百年校庆感怀
——参加 1977 级、1978 级校友探访母校活动
张学军

黉宫历久百余年，
执教兴邦破万难。
谢老招贤邀志士，
冯公纳玉点星源。
钟灵毓秀培良将，
润蕙滋兰育智男。
镰斧聚贫平腐恶，
摧枯荡朽史空前！

回眸往事意情牵，
万绪千头似涌泉。
挽谢驱张学浪起，
反封反帝烈焰燔。
英杰奋进扛国事，
火种燃烧遍冀南。
掷笔从戎歼日寇，
名垂史册化摇篮！

兴邦大计育才先，
接力延赓续讲坛。
恰喜时情尊教化，
还欣世道重师弦。
春风沐树千般秀，
甘雨浇花百样妍。
播火传薪崛社稷，
人文蔚起继前贤！

风和日暖艳阳天，
庠序升腾换靓颜。
赤色园圃春雨沐，
新花老树叶枝鲜。
煌煌庆诞流光彩，
漫漫征途谱喜篇。
聚首群英凝智力，
前行砥砺再加鞭！

百年校庆有感

曹海青

您是一所百年历史学校，
您是一所历尽沧桑学校，
您是我鞠躬教坛三十五载学校，
您是一所红色血脉相传学校！
您就是大名师范，
曾经的直立七师！

今天，
是您百岁华诞，
为了纪念谢老之先辈的丰功伟绩，
为了感恩代代大师人的奉献，
为了回馈各行各业的助力，
为了八方学子云集庆典，
您红旗招展旧貌换新颜，
把百岁生日赞歌唱响校园！

忆往昔，
您历尽沧桑几度更名，
仍初心不改培育栋梁之材。

多少学子励志报国成大业，
多少学子不忘初心执教鞭。
展未来，
教育改革春风吹满地，
升格办学大步创佳绩。
愿谢老含笑九泉助发展，
愿您枝繁叶茂果满园！

在这激动人心的时刻，
在这赞歌高奏的今天，
恭祝您百岁生日快乐！
愿您红色基因代代相传。
爱长长，路漫漫，
不负众望再启航，
您的明天一定会更加美好璀璨！

天雄古郡聚群英

——参加 1979 级、1980 级同学回访母校活动

张学军

天雄古郡聚群英，
国栋贤能喜相逢。
笑语描浓学友谊，
欢声绘厚异窗情。
庠宫崛起昭明月，
弟子成梁遍宇穹。
四海情连凝豪气，
阳骄叶茂愈年轻！

今朝母校耀荣光，
庆贺佳音暖四方。
载誉群贤呈喜讯，
披红硕果沁清香。
欣观栋梁铺天下，
更赞精英遍故乡。
李馥桃芳馨远骋，
黉坛百世铸辉煌！

贤俊回家贺庆典

——参加1981级、1982级同学探访母校活动

张学军

百年华诞正当时，
母校欢腾谱靓诗。
四季花开馨远溢，
三秋蒂落果压枝。
耕耘播种植梁栋，
奉献施才仰我师。
贤俊回家贺庆典，
桃芳李馥报庠知。

黉宫百岁展新容，
谢老巍然屹苑中。
桃李芬芳千岭秀，
德才兼备一炉熔。
归来学子呈佳讯，
毕至群贤报喜功。
探访行踪情切切，
秉恩师教奔前程。

七律·贺大名师范百年华诞

张俊景

直南革命策源地,
创业艰难意志恒。
谢老冯君播火种,
教师学子紧相行。

师生一片主张定,
以作为学宗旨明。
红色基因传万代,
初心不改登新程。

中师生，共和国向您致敬

——参加 1983 级、1984 级、1985 级校友探访母校活动

张学军

中师生，共和国向您致敬！
在共和国的教育史上，
你们是有特殊贡献的一代。
中考成绩名列前茅，
才有资格被中师选中。
你们顺从父母意愿，
又努力同命运抗争。
个个出类拔萃，人人优秀出众。
你们是初中生的"学霸"，
不亚于 985、211 大学生。
成长的黄金时代，
你们抖擞精神，砥砺前行，
在知识的海洋里尽情畅游，
在书山的路上勇于攀登。
浓厚的育人谢园里，
你们努力攻读专业课；
冀南的革命摇篮中，
你们孜孜以求，一专多能。

琴棋书画，能歌善舞，
普通话标准，"三笔字"过硬。
三年学业有成，雏凤展翅凌空。
迈着青春的步伐风雨兼程！
流金岁月里，
聚是一团火，散是满天星！
一把把蒲公英的种子
撒满华夏大地，
一双双稚嫩的肩膀
坚定地承担起国家赋予的沉重使命！
神州万里育才路，
"雏凤清于老凤声"！

殊不知，
初中尖子生读中师是国家战略，
为下一代接受高智商教育的大事情。
你们本应是国家的天之骄子，
却成了当代教育最坚固的基石，
被垫铺在金字塔最底层。
你们加入教师队伍行列，
是中国基础教育之大幸。
你们内心的大学梦想蒙上淡淡悲情。
学历达标的条文颁布，
你们函授攻坚，雷厉风行。
为达标，昼夜加班连轴转；
为工作，废寝忘食眼熬红。
假期里，外出进修攻专本，
灯光下，伏案夜读到黎明
…………

你们素质高、业务重，
是教师队伍的强势群体；
你们教法活、技能精，
撑起中小学教育的大半天空！
有的至今坚守在偏远的农村课堂，
为托起明天的太阳奋斗终生！
有的读研、读博、做博士后，继续深造；
考入清华、北大、中国政法等无计其名。
有的走上领导岗位，
兢兢业业、任劳任怨，服务人民、克己奉公。

如今，
中国崛起，科教兴国，
八〇后成为国家重点项目的主人翁。
你们的学生遍布神州各地，
在各行各业中大显神通。
"长征号"神舟飞船的研制者，
"大洋号"潜水探宝的机械工，
"墨子号"实验卫星的工程师，
"东风号"洲际导弹的排头兵，
还有"中国制造"的大国工匠，
"一带一路"的各部精英。
············
中国浩浩荡荡的科技人才大军，
都源于你们的奋斗"牺牲"。
你们用自己的青春之火，
照亮一批批学子的前程。
攻坚克难，奋勇攀登，
人才辈出，层出不穷。

红色师范　百年名校
——河北大名师范学校百年华诞文萃

巨龙腾飞，中华振兴！
啊！中师生——
你们皓首苍颜、老骥伏枥、无悔初衷，
还在三尺讲台奉献最后的光荣！
你们母校团聚、师友相见、泪眼蒙眬，
是久别重逢的激动，还是依稀梦中？
啊！中师生——
你们是缓解师资不足的特殊功臣，
你们是祖国机体里永不生锈的螺丝钉，
你们是出类拔萃的素质教育工作者，
你们是共和国教育史上的一代精英！
中师生，
在新时代民族振兴的圆梦路上，
共和国向你们致敬！

闻百年校庆

周振峰

大师夫如何？
母校情未了。
荡胸生故事，
极目入秋晓。
峥嵘百年路，
薪火成大道。
而今从头越，
伟业出师表。

我心中的大师

——贺母校大名师范百年华诞

杨文英

小时候,
大师是乡亲口中的圣府殿堂。
花甲庆典,
做校友的父亲带我参观。
七师胜友云集,
大师名师卧藏。
心中种下一颗,
美丽的向往。

长大了,
大师成了我求学的地方。
三载暑往,
作为学子的我,
勤登学若海绵吸水,
握晨昏将时光拉长。
营养弱小的思想,
人生树在谢园发芽、滋长。

下篇　语言凝练、情感丰富诗歌颂百年名校

到后来，
大师成了我的苑庠。
作为师长的我，
瞻拜谢师，
探"作学"堂奥。
借他山石，
以辅襄。
耕云锄月，
植兰树蕙，
雕刻可爱的梦想。

现在啊！
大师成了我的第二故乡。
三十余年披星戴月，
心心念念将她扮靓。
校名更嬗，
是时代的赠予。
不变的，
是胸中的红色光芒。
母亲百岁华诞，
子女更燃荣光。
衷心祝颂，
山高水长！

念奴娇·七师百年

王拥军

七师初创，历百年，屹立大名北关；
京汉渲染，仰谢公，燕赵斗志正酣。
奠基荒原，漳卫滋养，起站肩并肩；
以作为学，初众育成先贤。

改革开放，如饥似渴，青春皆出寒暖；
层层选拔，入师范，那是冠礼之年。
东楼朗朗，西楼昂昂，桃李盈满园；
人生节点，岂忘成才必念？

杨柳在目，初相识，八方话语开源；
我美语数，他乐画，春风齐沁心田。
聚则欢颜，散则果敢，处处星火绵；
雏凤三载，喜听声清志坚。

走进新时代，应时而化，跃马再续红缘；
上弦再望，艰中缺，这便爬山过坎。
北联京津，南拓中原，俯首深浇灌；
阅看春秋，何止院校百年？

百年校庆赋
——恭贺河北大名师范学校百年华诞

张学军

　　壮哉七师，崛起冀南。明珠璀璨，光耀中原。倚五岳而踏漳卫，靠太行而望平川。北连琼壤冀腹，南接广袤豫边。百年育人，岁月如歌。泻知识清泉，泽众生百万。喜桃芳李艳，香飘宇内；看雄鹰健鹄，振翅神州。依革新名扬华夏，仗红色驰誉冀南。

　　七师者，岁月峥嵘也。忆往昔，敌寇入侵，军阀混战，长夜难明赤县天。教育滞后，国人麻木，民不聊生，生灵涂炭。一代师表谢台臣忧国忧民，壮志凌云。创办七师，兴教救国。会英聚才，任士举贤。王振华博学足智，德业双馨；晁哲甫学富五车，锦绣肝胆；张衡宇学识渊博，师生爱戴；冯品毅治学严谨，播撒火源……科学民主精神，概括于三寸粉笔；新文化新思想，浓缩于丈许黑板。登书山，攀摘不停；游学海，汲取捕捉。反帝反封，信仰坚定，推历史车轮滚滚向前！

　　七师者，底蕴深厚也。成果丰盈，文化灿烂。重视实学，藐视空谈。创"以作为学"，以学为教，撰《中国通史》，倡唯物史观。"科学的头脑、劳动的身手、艺术的情趣、改造的魄力"，目标明确，照章训练。育桃李芬芳，硕果满园。刘大风、赵济焱、平杰三等入党，锤镰斩荆棘；谢台臣、王振华、晁哲甫等入党，党握领导权。提倡民主办学，师生打成一片。揭敌人罪恶，购进步书刊，聆恩师教诲，自受益终身。国统区地下党校，直南之红色摇篮。功与日月同辉煌，业和时代共灿烂！

红色师范　百年名校
——河北大名师范学校百年华诞文萃

　　七师者，正气凛然也。顽强志坚除腐恶，刚直不阿斗敌顽。驱张挽谢，反郭学潮，抗拒逆流，忠心赤胆。援北伐，乌云横空；反封建，途径艰难。反帝烽烟，除奸烈火，革命风暴席卷！恨倭寇侵华，山河破碎；痛七师校毁，战火硝烟。漳河咆哮，卫水怒吼！学校被迫南迁。师生投笔从戎奔赴抗日前沿。冠县速建武装，清丰遍烧烽烟，大名组建队伍，邢台烽火点燃……三十七颗星星火种，冀鲁豫周边辐射，烈火燎原遍直南！誓逐倭寇，浴血奋战！李尊荣为国捐躯，解蕴山沙场血染，司景周英勇献身，张衡宇血洒太行山……四十多位雄才英勇献身，四十多颗英灵名垂史篇！古城鸣咽，为七师学子垂泪；古槐饮泣，为殉国英烈祭奠！

　　七师者，薪火相传也。一唱雄鸡天下白，雨霁云开，春至阳升。战疮，断壁残垣；火痕，砾堆瓦片。唯谢台臣先生纪念碑首昂胸挺屹巍然！贾培元受命复建，新名曰大名师范。尽寸草心，报三春晖。秉先师志，报养育恩。七师根基，凤凰涅槃。艰苦创业，校貌重现。房屋鳞次栉比，新舍砖青瓦蓝。校门典雅朴实，教室明亮整洁，礼堂宽大气派，操场规整平坦……励精图治，任重道远；培育栋梁，蜡烛尽燃。甘向孩子俯首，乐为孺子折腰！得天下之英才而育之，人生快事；为社会主义建设而奔忙，树蕙滋兰。教育方针光芒四射，枝枝红杏出墙头；德智体美全面发展，树树桃李尽璀璨！

　　大师者，亦遭罹难也。岂料林彪乱党，"十七年"成就全盘否定；孰知"四人帮"谋逆，五十载党史皂白难辨。灵魂工程师，一朝竟成牛鬼；不耻臭老九，全身满是疽癞。魑魅伎俩，彩衣小丑跳梁；蛇蝎心肠，令人死困活难。

　　十月春雷吼，举国歌自由。平反亲人聚，砥柱登讲坛。天翻地覆，迎来朝晖；大地春回，乾坤扭转。且看今日座上客，竟是昔日劳改犯。科教兴国政策，条条落实；人民期盼功业，不就愧惭。老骥伏枥，无愧晚晴；雏凤声清，后继有贤。新老同怀斗志，锐意揽月赓变；但期折桂有日，迎来彩霞满天！

　　大师者，聚力振兴也。高考恢复来，三中全会开。一声春雷，震地撼天！尊师重教，朱锦玉灿。珠峰昂首，长城摆尾，中华巨龙赳赳跃起舞蹁跹！大江大河泻千里，漳河卫水巨浪翻。大师者，身披彩霞衣，跨足追赶！

改革潮，转移方向，花开日暖。蝶舞蜂来，采花绵延。人文荟萃，精英献丹。春蚕丝尽培梁栋，蜡炬成灰执教鞭！青丝染霜托学子，直背成驼育良贤。优扶千里马，培训九霄鸿。任鹏程，大展摩天翅；奋翱起，翱翔蓝天！东风劲吹送暖，大师春色满园。校园美，伟树苍翠青碧，桃李竞芳争艳。鸟飞雀跃，莺歌燕语，生机勃勃丰收年！杏坛梅竹松，学海驰千筏。万朵奇葩滋雨露，千枝艳蕊沐朝阳！看满园学人奋楫，党掌舵；趁雄鸡鸣春报晓，潮头站！

大师者，振翼腾飞也。春风吹拂丹心谱，秋韵喜获硕果甜。谢园飘雅韵，青春蕴秀芳。韶华如炽火，同窗生有缘。三年淬炼，完美蜕变，破茧成蝶，励志精干。海阔凭鱼跃，天高任鸢翱。待分袂之时，亦为七月流火之间。各班列队合影，师生举觞同宴。业师题勉励词语，同窗写惜别诗段。深感恩师训，辛勤汗水灌，精培优秀士，蔚我九州苑。志高念民族，怀远筑梦圆。学子聪明度，云鹏游宇环。岁月炼羽翼，雏燕变雄鹰。大好时光在，报国趁当年。学子出类者，各界显神通。汪洋捉龟鳖，银汉会婵娟。浩气凌云志，腾空玉宇旋。科苑常做客，摘取桂冠还！

大师者，百岁春秋也。百年初心追梦砥砺行，百年乘风破浪远扬帆，百年踔厉风发绘华章，百年翻天覆地换新颜！校名几更改，初心永不变。岁月风华茂，百岁正当年。蔼蔼琼庐秀，峨峨大厦雄。翠木竞芳华，百花争美艳。赓光荣传统，续红色血脉。沐浴春晖雨露，芳馨气正空前。春蚕竞长，化雨春风，泽润永芳，躬耕细翻。喜望桃李，仰沾时雨，一派欣荣，香浓色妍。君不见，浩瀚学海里，千帆争渡，百舸竞帆，青春逐梦，勇往直前！万仞书山上，竞相攀爬，试比高下，熠熠生辉，若星璀璨！大师者正盛装启航，继写激流奋进之华美辞赋，再续第二个百年的壮丽诗篇！

伟哉！七师，革命策源之地，直南党史之乡！

壮哉！大师，红色基因之校，冀南园丁之篮！

西江月·贺大名七师百年华诞

1959 级后 7 班　常五香

百载风云涌动，七师烽火势雄。
直南革命傲苍穹，赫赫战功世颂。

不忘当年雨冷，乐观今日花红。
栋梁十万筑高层，一路峥嵘逐梦。

常五香，曾任成安县委常委、宣传部部长，成安县政协主席。

不忘先师谢台臣
——贺大名师范百年校庆

1959 级后 7 班　常五香

百年烽火大名燃，一代先师马列传。
信念只为强国志，初衷不改存心丹。
培桃育李红时代，铸栋筑梁顶地天。
满目葱茏争烂漫，一园春色灿江山。

母校百年感怀

1964级24班　牛玉宝

冀南名校聚英贤，
红色基因代代传。
桃李满园春永驻，
杏坛赓续鲜花繁。

贺母校百年华诞

1964 级 27 班　仝新法

直鲁豫边，建于动乱；
为国育才，百年承传。
师者德高，博学多见；
学者勤奋，严谨礼贤。
以作为学，治校理念；
精英辈出，桃李满园。
今逢盛世，辉煌再现；
民族复兴，争作贡献。

水调歌头·母校百年庆献词

1972 级文科 2 班　李慧峰

母校百年庆。
菊绽艳阳天。
满怀家国天下,
薪火永相传。
几十春秋为伴,
革命星光璀璨,
文武效英贤。
勿忘少年志,
声誉满江川。

蓦回首,
须若雪,
付流年。
未来任重,
龙蹈沧海镇雄关。
前景征途漫漫,
砥砺深耕加冕,
勇立最前沿。
李杏桃花艳,
教育谱新篇!

贺大名师范百年庆

1972级文科2班　江九录

七师百岁辰，
峥嵘几代人。
志士播火种，
铁汉献忠魂。
救亡甘赴难，
驱敌弃青春。
冀南峰火燃，
矢求金瓯存。

育人事业殊，
讲坛绘蓝图。
授业风雨狂，
传道冬夏酷。
睿智启鸿志，
激情导翔途。
赤心润桃李，
白首酬壮谋。

惜别五十年，

岁月魂梦牵。
晓阳听师诲,
晚月习文篇。
民计初心志,
家国使命悬。
盛世庆华诞,
再奏强音弦。

江九录,曾任共青团魏县县委书记,县委农工部长,县教委主任。

腾飞吧，大名师范

——献给大名师范百年华诞

1972级文科2班　郭如喜

在大名古城的北边，
有一所名牌师范。
她就是我们曾经求知学习的校园。
这里有一流的教学大楼，
这里有一流的教学硬件，
这里有一流的师资力量，
这里有一流的宿舍书院。

过去，
她以拼搏的精神渡过了一个个难关，
今天，
她以辉煌的业绩迎来了百年华诞。
百年的斗转星移，
百年的地覆天翻。
您走出过腥风血雨的战乱，
您经历过狂风沙尘的席卷。
尽管坎坷，尽管艰难，
但您都如傲雪红梅的摇篮，

红色师范　百年名校
——河北大名师范学校百年华诞文萃

依旧播撒火种，绽放灿烂！

战争年代，
有您引领的爱国青年，
和平时期，
有您培养的省部高官；
都市高校，
有您举荐的师姐靓妹，
边乡僻壤，
有您派出的帅哥俊男。
如今，
所有的幼苗，
已长成参天大树，
所有的种子。
已变成了万顷桑田；
所有的鲜花，
已结成了桃李硕果，
所有的雏鸟，
已展翅翱翔于蓝天！

今天，
我真的以母校为荣。
因为我也是从这里走出的一员。
看着这一座座高楼，
望着这一石一砖。
我们知道，
领导为它付出了日夜的操劳，
工人为它挥洒了辛勤的血汗。
工人的劳动如此壮观，

老师的付出更让我们为之赞叹！

课堂上一节节精彩的讲述，
黑板上一步步准确地演算，
操场上一次次激烈的比赛，
舞台上一个个形象的表演，
班级上一面面漂亮的锦旗，
考场上一张张满意的答卷。
所有这些，
都饱含着老师精心的指导，
都渗透着老师无私的奉献。

尊敬的老师，
您就是这样，
日出日落，早起晚睡一天天。
您就是如此，
春夏秋冬，周而复始一年年。
我们知道，
您这是为了学校长久的发展，
我们懂得，
您这是为了学生灿烂的明天。
为了这些，
您不断地学习，
刻苦地钻研。
送走了青春岁月，
送走了不惑之年。
放飞了一只只雄鹰，
放飞了一个个心愿。

红色师范　百年名校
——河北大名师范学校百年华诞文萃

您的付出，
让我们感受到爱的温暖，
您的讲解，
让我们了解了知识的内涵；
您的耐心，
让我们懂得了什么叫诲人不倦，
您的教诲，
让我们悟到了什么叫地阔天宽。

尊敬的老师，
亲爱的母校，
您曾经的任劳任怨，
让我们永记心间；
您今天的辉煌业绩，
给我们力量无限。
我们曾像一只只小船，
在这里满载着精品，
驶向了理想的彼岸。
我们曾像一只只小鸟，
在这里插上了翅膀。
飞向了高高的蓝天！
我们留给您的情感，
是学生对母校的眷恋；
我们捧给您的献礼，
是祖国美丽的画卷。
我们送给您的祝愿：
腾飞再腾飞，
发展再发展，
一直登上最高的峰巅！

鹧鸪天·咏同学情

——写在大名师范百年华诞

1972级文科2班　牛学林

（一）情分

昔日青春岁月年，
校园潇洒怎知烦。
帅哥笛曲人人乐，
靓妹琴声个个欢。

花红色，状元年，
欢歌笑语乐攸天。
初开情窦心潮动，
无悔光阴不等闲。

（二）情韵

久别重逢欢笑时，
夜深圆梦脑心痴。
春秋回首已成史，
日月同辉常相思。

忆往昔，结缘之。
夕阳霞影意情迷。
回眸岁月高歌诵，
笑对人生韵律诗。

（三）情谊

日近西山映碧空，
目光望远夕阳红。
同窗会面叙情谊，
学友吟诗话翠松。

南江水，北云峰，
青山绿地长城雄。
举杯对酒歌诗赋，
锦绣神州醉老翁。

（四）情怀

岁月春秋尘事连，
半痴易醉忆前缘。
校园柳叶雨淋绿，
同学初心友聚圆。

人难见，梦魂牵，
老歌共唱忆芳年。
天涯海角心怀念，
愿祝同窗康福安。

（五）情缘

岁月人生似若烟，

青春流水过云天。
天南地北人离散,
夜色星光幻影缘。

追往事,感流年。
红颜易老相逢难。
影框相片容颜靓,
昔日情怀心续延。

(六)情丝

绿柳花红绽笑颜,
蓝天碧水彩云烟。
西山日落光阴逝,
暮色苍茫岁月连。

春梦去,夏花妍,
红花易老月明圆。
滔滔江水东流去,
学友情怀心地间。

贺母校百年华诞

1974 级 14 班　陈夫新

以作为学立世范，
桃李良才遍河山。
欣逢复兴东风起，
赓续百年谱新篇。

感念四十余年前在校学习之点滴

1977 级 33 班　刘淑婷

吾乃复考第一届,
七八三八①入校来。
少逸老师生勿忘,
抑扬顿挫绕耳腮。
语知讲义仍保存,
手提黑板迈讲台。
朝芳老师语文课,
言辞生动娓道来。
在校虽仅十六月,
知识受益超四载。
而今忆起历在目,
比学赶帮高三乖②。
尽管别您几十年,
往事如昨难忘怀。

注:①七八三八,指七八年三月八日。
　　②高三乖:学习如高三一样。

刘淑婷,大名一中教师,省级模范班主任,全国优秀教师。

诗三首

1977 级 34 班　陈秀洋

启　程

少小麒麟城北逢，
文科邃密铸师成。
适今校庆同学聚，
夜半收拾备启程。

如梦令·回大师

（大名师范百年校庆之际，校方通知 1977 级、1978 级校友参加校庆活动。今晨早早出发，驱车前往）

迎旭麒麟城赶，
恭贺大师百诞。
绿树白云舒，
车毂急飞旋转。
如箭，如箭，
四十四年心愿。

再聚首

鸾凤翔集美大名,
撷书邃密各西东。
四十四载重相聚,
皓首苍颜叨旧情。

卜算子·百年七师魂

1977 级 34 班　吕延君

其一

南陶北谢誉，
直隶七师兴。
教育救国旗帜明，
冀南风云涌。

知行合一念，
以作为学咏。
十丈龙孙绕凤池，
精魂松柏青。

其二

救亡图存日，
报国激情浓。
冀南星火燎原势，
曙光征旗红。

淬炼绕指柔，
革命熔炉红。
百年赓续铸辉煌，
告慰先辈灵。

沁园春·忆母校

1977级34班　吕延君

沧海遗珠，
面朝黄土，
背负青天，
惊讶雷神怒。
天开红运，
走进考场，
接受挑选。
崇尚知识，
尊重人才，
科学春天三冬暖。
曾记否？
习语知语专，
踌躇志满。

兄弟姐妹同愿，
教书育人报考师范。
望书山学海，
求知若渴，
鼓帆远航，

奋力登攀。
以作为学,
爬坡过坎,
青春之歌书声伴。
感恩师,
授业铸精魂,
妙手铁肩。

念奴娇·贺母校百年华诞

1977级36班 孙兴德

驱车东去，
奔大名，
几度梦里回还。
城郊北边，
曾就学，
直隶七师故园。
校门迎面，
谢公像前，
曾聚多少英贤！
遥想百年之初，
学校始建成，
烽火连天。
救亡图存，
策源地，
冀南革命摇篮。
古城重聚，
初心永不改，
人已暮年。
世纪华诞，
母校远景灿烂！

为母校百年华诞祝福

1977 级 36 班　张海珍

大名师范，我的母校。百年华诞，师生同贺。校园添彩，功业辉煌。学子万千，成绩优良。群星璀璨，历代流芳。莘莘学子，奋发图强。继往开来，永寿恒昌！

百载风雨，造就精英无数；百年沧桑，培育桃李竞芳。大名师范，是您给了我们广博的知识，是您赋予我们前进的力量，是您孕育了代代学子，是您开创了冀南教育的辉煌！

我们共同期待，期待母校的明天无比灿烂；我们共同祝福，祝福母校桃李满园、硕果飘香！

红色七师，薪火永传
——贺大名师范百年华诞
1977级38班　程兆奎

谢公酌定钟灵地，辟出邯东毓秀田。
常忆先时多坎坷，曾经历险几离迁。
师生并列红旗谱，战乱犹抛碧血鲜。
正义精神深感慨，文明薪火远流传。
今逢九域腾飞日，自有七师儿女贤。
百岁沧桑刚气壮，高歌奋袂续新篇。

感恩母校

1978 级 43 班 裴瑞民

大名师范百年辰，
历练教诲数代人。
为了培养众英才，
恩师奉献颇艰辛。

奠基七师谢台臣，
历届校长勤耕耘。
革命传统是根本，
代代相传铸师魂。

历尽沧桑踏石印，
桃李满天明初心。
校庆之日同感恩，
再祝母校前程新。

河北大名师范学校百年校庆感怀

1978级43班 武庆才

百年华诞历沧桑,
峥嵘岁月谱华章。
立德树人百年计,
马列灯塔耀远航。
冀南革命策源地,
教师摇篮满庭芳。
与时俱进新时代,
砥砺前行更辉煌。

大师百年校庆感怀

1978 级 43 班　马春芳

天雄古都卫河畔，
大师母校庆百年。
八方宾朋喜相聚，
归来学子夜无眠。

一剪梅·七师母校百岁华诞贺词

1978 级 44 班　郭振朝

一百春秋风范高。
谱写华章,
独领风骚。
杏坛春雨育天骄,
万里河山,
百媚千娇。

十月金风旗彩飘。
管弦齐奏,
锣鼓轻敲。
七师华诞喜眉梢,
荟萃群英,
圆梦今朝。

郭振朝,曾任大名县文教局副局长,大名县政协副主席。

水调歌头·风华正年少

1978 级 44 班　郭振朝

风华正年少，求学七师园。授业传道解惑，冬夏夜不眠。沐雨栉风学艺，四十五年弹指，白发转头间。桃李满天下，皓首不须叹。

忆英烈，播火种，燃冀南。中流击水，浪高风急似庭闲。多少峥嵘岁月，无数凄凉风雨，正道在人间。旗帜红华夏，锦绣我河山。

读众同学校庆发言有感

1978级46班　佘斌义

大师毕业四十秋,
二载求学不言愁。
三生有幸蒙恩师,
四季互助结学友。
五彩缤纷青春献,
六十结籽重聚首。
七旬晚霞有余晖,
八载体健乐悠悠。
九九归一也可期,
十全十美百岁走。

百年校庆，怀念母校、怀念恩师诗词四首

1979 级 48 班　何为民

怀念恩师张少逸

花甲吟鞭在杏坛，连珠妙语落玉盘；
平平仄仄抑扬挫，叠叠层层惊顿叹。
学子多情毫楮秀，鳌翁少逸赤心丹；
乘龙驾鹤西天去，泰斗秋池又涅槃。

怀念恩师郭力耕、王晓梅夫妇

每念恩师步履匆，常怀学子在胸中；
传经授道教坛上，晓理含情术业攻。
梅朵云霞伤落叶，蜡灰炬火醉春风；
而今驾鹤西天去，依旧瑶林表寸衷。

怀念所有恩师

如今已是白头翁，曾叫繁花几度红。
桃李不言蹊自见，师恩永志我心中。

莺啼序·怀念母校河北大师

1979级48班　何为民

秋蝉蝈音渐去，负行囊细软。懵懂际，进大师园，念及往事惊叹。校园里，欢声笑语，随风及至青丝变。感激情荡漾，少年志向高远。

两载时光，师恩难忘，似甘霖肴馔。学习上，关爱尤佳，释疑难亦侃侃。乐其中，秋来果硕。生活上，谈长论短。注真情，问暖嘘寒，叫人流泪。

兰虽渐老，杜若还生，师徒丝难断。忆学友，互帮互助，置腹推心，地久天长，一生缱绻。挑灯夜读，同窗做伴，油灯耗尽还难散。记当时，皆朴素装扮。衣襟正坐，堂堂洗耳恭听，力争一举三返。

胸中点墨，腹有诗书，复望圆夙愿。念母校，丰恩眷恋。作学相兼，正品修身，勤于实践。殷殷特写，东方长卷，千行百业身手现。看今朝，又把宏图展。栉风沐雨秋冬，续写华章，举杯弄盏。

七师盛世逢华诞
——大名师范百年校庆记

1979 级 49 班　孟昭奎

欣闻母校庆百年，
心绪如潮起波澜。
往事如昨轻云烟，
幸入七师续红船。
电波频频齐通联，
一呼百应启群谈。
问儿问女问康健，
语短情长询暑寒。
花甲已过两鬓斑，
去日浮云来日短。
功业成败都看淡，
且把万事作等闲。
斗室聚谈两认辩，
错把李四当张三。
惊闻五子归大安，
执手撒手隐泪眼。
惊见课桌和讲案，
历历在目似当年。

红色师范　百年名校
——河北大名师范学校百年华诞文萃

嬉嬉乐乐拍留念，
款款侃侃是老班。
校史台臣述创建，
学子万千赴抗战。
广厦济济白头满，
款款深情诉感念。
高驾迎送餐复览，
导引翩翩亦谦谦。
五馆石刻北大湖，
百亩新址待迁建。
一日匆匆坠红丹，
悲喜感慨岂万千。
相约建国百年时，
原班人马再相见。

贺母校百年华诞

1979 级 51 班　张绍辉

百年名校省七师，红色摇篮载史诗。
以作为学育桃李，传播马列铸赤子。
农民暴动燃烽火，驱逐日寇扛大旗。
解放战争人才涌，刘邓莅临谒先师。
直南革命策源地，誉满晋冀鲁豫区。
母校熔炉炼真金，学子火炬耀大地。
学高为师德为范，披肝沥胆创奇迹。
开国将军列五位，省级部级四十一。
厅局干部百零五，万千桃李下成蹊。
报答母校哺育恩，天南地北展英姿。
捧出忠心和才智，献身事业夺第一。
雏凤清于老凤声，人才辈出信可期！

张绍辉，曾任成安县委副书记，邯郸市委政法委常务副书记，荣获中组部、中央社会治安综合治理委员会通令嘉奖。

贺大名师范百年华诞

1979级54班　亢巨生

前后师范几兴衰？
以作为学育英才。
师生同心铸伟业，
百年华诞迎未来。

母校七师建校百年感怀

1979 级 57 班　马秋亮

冀南大名，
直隶七师，
任岁月尘封不失辉煌。
1923、1983、2023，
从元年到六十年到一百年，
三万六千里风尘，
一路跌宕一路沧桑。

一代泰斗谢台臣，
擎教育救国旗帜，堪称华夏脊梁。
载"南陶北谢"之誉，
创以作为学、知行合一思想。
倡科学的头脑，
教劳动的身手，
创艺术的情趣，
行改造的魄力，
育桃李满园竞芬芳。
恨乾坤错位，置民生倒悬，
痛锦绣山河，遍闻倭寇枪响。

红色师范　百年名校
——河北大名师范学校百年华诞文萃

老槐沉吟，
教堂钟咽；
漳河咆哮，
卫水激荡。
不囿于和冀南大地同悲戚，
领航热血青年挽民族于危亡。

冯品毅、刘大风、赵继彬、
李大山、成润、吴益甫、
解蕴山、王维刚……
精诚勇毅，
情怀朗朗，
秉恩师教导七师校训，
把冀南火种星星点亮。
洗礼血雨腥风，
饱经敌顽疯狂；
纵然肉体化作亡灵，
不负历史责任，
不忘民族期望。
星星火种燎原日，
终迎来东方曙光。

王从吾、刘汉生、平杰三，
铁瑛、裴志耕、刘亚南，
鸿鹄之志，
慷慨激昂，
勠力中华复兴，
福祉芸芸炎黄。
你投笔从戎，

他扛鼎国事，
均不负七师之教诲，
均无愧国家之栋梁。

告慰英烈，
告慰先驱，
告慰谢校长：
今朝中国崭新模样。
日新月异，
家国兴旺，
炎黄子孙屹立东方。
卫河碧水悠悠，
漳水曲曲流长；
老槐又发新枝，
教堂钟声悠扬。
冀南沃野千里，
七师焕然新装。
跨世纪之学子抱兴国之情怀，
纵才情敏思于朗朗课堂。

忆往昔百年峥嵘，
感今朝旖旎风光；
三万六千里路风起云涌，
三万学子才俊竞相担当。
今，众生安居百姓乐业，
我慰先驱：
倭奴魑魅已除，江山黎民无恙；
今，华夏之复兴已在路上，
先驱谓我说：

这正是我们的理想和希望!

直隶省立第七师范,
河北大名师范学校,
邯郸学院大名分院,
邯郸幼专大名校区。
更迭的是名字,
不改的是情怀之永驻,
是精魂之向往。
谢师台臣,
与山河同在,同日月辉煌;
直隶七师,
同江河不废,必万古流芳!

马秋亮,从事文化宣传和企业管理工作多年,嗜好文学,出版有中短篇小说集等。

大名师范颂

1979 级 57 班　李洪彬

千年大名，百年师范；
直隶七师，名震冀南。
栉风沐雨，革命策源；
百千学子，救国赴难。
南陶北谢，教育先贤；
以作为学，先进理念。
马列思想，启智少年；
精英栋梁，遍布河山。
开国重建，启航扬帆；
改革开放，春满教坛。
邯郸大地，教师摇篮；
培养师资，成千上万。
学以致用，诲人不倦；
经济腾飞，巨大贡献。
时代东风，神州吹遍；
牢记使命，高质发展。
邯郸学院，幼儿师专；
百年芳华，叶茂枝繁。
为国育才，勇往直前；

红色师范　百年名校
——河北大名师范学校百年华诞文萃

　　升格大学，万民点赞。
　　红色基因，薪火相传；
　　名校大师，后世仰看。
　　历史厚重，铸魂内涵；
　　文化积淀，流长源远。
　　筚路蓝缕，千难万险；
　　凤飞龙腾，天雄新颜。
　　永跟党走，敢于承担；
　　继往开来，赓续千年。

回访母校

1979 级 57 班　韩海泉

学子归来喜泪流，
万千思绪汇明楼。
青丝尽染凝霜雪，
书伴重逢诉别愁。
难忘晨星追操早，
苦修灯夜入梦悠。
师恩永铸心里暖，
回望谢园壮志酬。

母校大名师范百年校庆有感

1980 级 62 班　杨志勇

先生办学于天雄，
直南革命播火种，
以作为学校训好，
南陶北谢齐称颂！
百年艰辛百年路，
百年大师百年名，
百年教坛结硕果，
桃李芬芳遍苍穹。

　　杨志勇，曾在邯郸市教育局、市文旅局、市纪委工作，分别任办公室主任、纪委书记、二级调研员。

贺大名师范百年校庆词三首

1980 级 65 班　陈　良

应母校之邀，回校参加百年华诞校庆系列活动。览古城访名胜，城墙漫步步履匆；品小吃观石刻，卫河划桨听涛声。有感而作。

鹧鸪天·重逢

荏苒时光百岁兴，
七师华诞聚名城。
貌颜娇美呈淑女，
神态龙钟显老翁。
从别后，盼相逢。
梦牵魂系与君同。
今宵再把滴溜①饮，
狂醉高歌话旧情。

注：①滴溜，母校所在地大名府特产"滴溜酒"。

满庭芳·母校情思

高柳藏烟，拔杨接雨，暑风难拒重逢。
院深人静，思绪久难平。

直隶冀南星火，唤民众、为党培英。
自劳作，独开蹊径，树茂业昌隆。
城墙同漫步，飘飘衣袂，朗朗歌声。
品风味，滴溜斟满杯中。
拂去红尘往事，开怀饮、纵贯西东。
迎华诞，同窗团聚，室友话新征。

望海潮·大名府怀古

河朔雄镇，京畿要地，三朝六代英名。
凌角晚霞，河堤晓月，教堂隐隐钟声。
花轿喜相迎。彩车燃鞭炮，歌舞升平。
酒肆飘香，挂旗插幌市繁荣。
陪都大宋名城。抗辽交战火，御驾亲征。
青瓦黛墙，锋戈快马，厮杀鼓角争鸣。
锁钥古天雄。辅佐如肱股，寇准率兵。
富裕中兴愿景，期待早飞腾。

大名情未了

1980 级 67 班　王　新

像三月摇曳的柳丝，
像仲秋熟透的石榴。
情怅怅啊，意悠悠，
梦牵魂绕大名走。
回放青春多少事，
岁月不老大名。

忆大名啊，想大名，
大名情结在心头。
走过五月的绿树荫，
蹚过六月的小溪流。
在一个金色的日子，
在一个与秋风约定的时候，
带着我十八岁的梦想，
带着憧憬和一个浪漫的理由，
我悄悄地走近你，
想闻闻你陈窖里的酒香，
想看看你古韵犹存的城楼。

红色师范　百年名校
——河北大名师范学校百年华诞文萃

大名师范接纳了我，
把一颗游荡的心收留。
在此，我有了放飞五彩思绪的地方，
从此，我有了张扬青春的窗口。

我，一个满怀激越的游子，
我们，一伙壮志未了的朋友。
我们一起穿上流行色，
我们一起喊着响亮的歌喉。
在宽阔的操场边，
在荒芜的小路尽头，
我们肩并肩，
我们手携手。
我们疾步如飞
与风赛跑，
我们相簇相拥，
仰天狂吼。
我们把心愿许给原野，
我们向长空诉说请求。
我们用琴弦弹唱，
青春的美好，
我们用歌声展示，
青春的富有。

啊，大名师范！
让我重新经过洗礼、重新站起的母校。
让我畅想、让我期待，
让我一往情深的绿洲。
我把人生瑰丽的瞬间，

下篇　语言凝练、情感丰富诗歌颂百年名校

写入你胸怀，
你把我如花的季节，
重彩涂就。
可记得，
让我托付青春的 67 班；
可否有，
我初恋的小树繁茂依旧。
清晨，我们踏着薄雾晨练，
去迎接第一缕阳光的问候；
傍晚，我们踩着余晖漫步，
让晚风摸一摸我们舒展的额头。
静静的护栏下，
我们促膝鉴赏诗情画意；
明亮的教室里，
我们细细品味名作的醇厚。
我们把每一天都填写充实，
我们把每一刻都当成享受。

那时候啊，那时候，
我们多像一群奔突的小鹿，
无忧无虑，
生活又多像甘洌的泉水，
晶莹剔透。

啊！有风的日子，
让我思绪万千，
啊！有雨的时候，
让我心灵颤抖。

319

红色师范　百年名校
——河北大名师范学校百年华诞文萃

我多想，多想唤我青春再来，
让那时光倒流；
重温我往日情怀，
重享你绿树花草的清幽。
我还想，还想生就一双高飞的翅膀，
飞临我那故园旧楼，
找寻那曾失落在窗口，
让我怦然心跳，
一丝浅笑的温柔。

啊，
古老的大名啊！
岁月的北城头。
你世事沧桑，
蕴藉深厚；
你走过四季，
摇落星斗。
我虽是你春日里一只不经意的小花，
但我永远是你一抹绛紫的秋收。
我与你情缘未了，
我约你心底守候。
莫言，
昨夜星辰已坠落；
莫说，
昨日风景不再有。
在我眼里，
你永远是参天大树
伟岸、挺拔、俊秀！

320

啊——
敬爱的师长呀,
亲爱的朋友,
我们何时再相会?
我们何日能聚首?
再唱昔日一支歌,
再到大名走一走。

水调歌头·重回大师

1981级74班 郭丽霞

久别大名府,
重归母校园。
迢迢重聚故地,
旧貌添新颜。
桃红柳绿燕飞舞,
更书塾慰逝水,
抚今追先贤。
北谢南陶始,
峥嵘傲冀南。

恩师情,
同窗谊,
新学友。
三十九年过去,
倏忽旦夕间。
思触千载神游,
目及万般新秀,
谈笑凯歌还。
波涛云涌史,
明朝更空前。

七律·母校华诞有感

1981级81班 杨捍平

台臣气宇冠群雄,
阶下犹闻教诲声。
百载茫茫垂后训,
七师杳杳觅前踪。
身怀往圣天心立,
梦系黎民地藏行。
赓续直南播种志,
韶华不负启新程。

参加母校百年校庆有感

1981级83班 石建华

二〇二三年,
乍凉还热天,
母校迎华诞,
整整一百年。
收到邀请函,
泪盈夜无眠。

四十二年前,
幕幕映眼帘。
青葱一少年,
求学上师范,
校园在大名,
位置冀东南。
校史悠久远,
明珠永璀璨,
革命之圣地,
薪火代代传。
园丁之摇篮,
桃李枝叶繁。

一九八一年，
岁不及弱冠，
邯郸十三县，
男女五百三，
衣着不华丽，
成绩却拔尖。
首届小师范，
纯真眉宇间，
个个八方仙，
求知海无边。
德智音体美，
发展应俱全。

课余时间里，
拨琴弄管弦，
长征组歌声，
时常绕耳旋。
南北操场上，
挥汗把球练，
每逢打比赛，
男女争相看。
尤其小女生，
挤着往前站，
鼓掌喝彩声，
加油劲冲天。
维护班荣誉，
名次总领先。
书画兴趣组，
安静也超然，

红色师范　百年名校
——河北大名师范学校百年华诞文萃

苦练南宫碑，
学画跟老班。
如童刚学步，
不知墨浓淡。
生活虽稍苦，
一日也三餐。

印象最深刻，
桶作中心圆，
四周偎饭盆，
旁放黄饼篮。
值生抡大勺，
饭菜均匀散，
但遇有大肉，
肉片刀相连。
难为值勤生，
总惹人眼馋。

现在回想起，
羞涩成笑谈。
三年转眼过，
师生共苦甘。
初次登讲台，
实习在束馆。
三省交界地，
冀鲁豫相连，
此地人厚道，
终生成思念。
而今近花甲，

来校庆华诞。
百年长河中，
红色耀忠贤。
祝福母校好，
岁岁谱新篇！

母校，您好

1982 级 86 班　张彦霞

母校，您好！
多少年不曾忘记您的容颜。
母校，您好！
我在心底时刻把您呼唤。
母校，您好！
我总想插上翅膀飞进您的胸膛。
轻轻地，轻轻地向您诉说，
我长久的依恋和思念。

当年，那一张张纯真的脸，
穿着妈妈缝制的衣裳，
背着朴素的行囊，
急切地投入您的怀抱。
只为求学，把自己的思想武装。

第一堂课，是您厚重的历史把我们震撼，
校史展览室，默默展示您的辉煌。
您在冀南大地把革命的火种点燃，
谢台臣纪念碑永在，

娓娓讲述着过去的战火烽烟。
高唱《长征组歌》是您的传统和骄傲，
铭记、求索、坚定信念，
让一代又一代的大师人勇于向前。

书画展览，彰显着您的积淀，
南宫碑体雄浑遒劲，
浸染着您的内涵。
老校友的题词及绘画，
是对您最好的礼赞。
您是文化先驱，
泼洒的墨香，
把一批批学子熏染。

教室里，师生严谨认真，书声琅琅；
操场上，运动健儿演奏着奋勇争先的乐章。
影评栏前，同学们在激烈地讨论争辩，
校刊上，发表了师生的真知灼见。
阅览室里，我们读着《钢铁是怎样炼成的》，
毕业晚会，一遍遍唱起《年轻的朋友来相会》。
我们依依惜别，奔赴工作第一线。

曾记得，60周年校庆热烈而隆重，
为了赓续您的血脉，
我们一遍又一遍把红歌排练，
音乐之声定格在脑海。
《没有共产党就没有新中国》的余音，
似乎还在礼堂上空回旋。
如今，母校您迎来百年华诞，

而我也将步入花甲之年。

时间萃取了青春年华，
生活雕刻下皱纹白发。
有时候双眼也会泪水涟涟，
有时候两脚也觉左右为难。
但傍您的智慧和毅力，
看山看水看世界。
赢得桃李满天下，
我们践行了对您许下的诺言！

您好，母校！
母校，您好！
愿您身姿挺拔、精神焕发。
愿您尽数风流，明天更加灿烂！

贺大名师范百年校庆

1982级88班　沙骏生

初来已是秋风至，叶落时分来大名。
北关城外称名校，直隶七师威名盛。
革命摇篮几十载，南陶北谢育精英。
小楼平房醉书香，大艺名师播良种。
门前陨石千斤重，院内书画万万重。
操场四周植佳木，校外麦田波浪涌。
分班进舍出教室，入学伊始逢校庆。
60年校庆聚校友，各路诸侯回北京。
地市领导坐台下，省部校友台上请。
礼堂里面张灯彩，学子仰望内心惊。
陋校居然出名士，彼可代之吾亦行。
学步艰辛四十载，今日颂歌百年庆。
两届学生出英才，相伴相依亦相庆。
封侯拜相非我志，教书育人心平静。
相交勿分高与下，聚会只谈往日情。
高朋满座秋风里，举杯欢笑又一程。

水调歌头·贺大名师范百年校庆

1982级88班　沙骏生

初来大名府，
乡愁是故土。
文化底蕴深定，
大师共相处。
相知相逢相聚，
读书绘图写意，
铸就正气魂。
长征曲，
风流诵，
续长笛。
食堂打饭，
育体增知意绵绵。
人生转逝即过，
春花秋月姣好，
四十年更熟。
无悔当年事，
能饮一杯无？

恩师不能忘却
——敬已不知其名的恩师

1982级89班　陈自任

因为心里充满敬重，
往日未曾敢直呼其名。
岁月逝去，
只留下抹不去的音容。
您的精神，
激励我冲锋。
您的品行，
警示我谦恭。
面对发黄的毕业照，
回想七师的朝夕景。
轻轻地，
我呼唤一声：
老师！
三十八后的今天，您老是否还康宁？

青春岁月三载，同窗情谊百年

1982 级 89 班　陈自任

一批批，
一代代，
奠定了志向的坚毅，
燃起了事业的慷慨。
也许是英雄，
也许是丁白，
但有一个共同的烙印，
那就是大师人的情怀。
大榕树鲜红花常开，
谢台臣纪念碑永在。
曾记，
书声琅琅震窗外。
曾记，
呐喊声声出精彩。
曾记，
课堂恩师多隽语。
曾记，
深夜自习飞书快。
宁静有那儒雅风，

动荡有那激越派。
冀南大地多豪杰,
人才辈出育英才。
一个世纪,
历史长河浪花朵朵,
三十八年,
花甲之人意志永不衰!

红色师范 百年名校
——河北大名师范学校百年华诞文萃

贺直隶省立第七师范百年校庆

1982 级 93 班 刘海红

五湖四海,
百年校庆。
年近花甲再聚首,
畅言七师情。

忆往昔,
三年同窗,
风华正茂,奋勇追梦,
巍巍书山,不懈攀登。
三十八载,
教育战线,砥柱中流,
尽心尽责,为国争锋。

看今朝,
青丝白发,方悟人生。
历尽沧桑,却似白驹过隙;
顺其自然,却如身处仙境。
再回首,峥嵘岁月与时竞;
抬望眼,国强民富万事兴。

母校百年诞辰抒怀

1982 级 95 班　裴志广

在母校百年诞辰的时候，
在这个云淡风轻的早秋，
怀揣久别的渴望，
荡起记忆的小舟。
带上青春的思念，
装好陈酿的美酒。
牵紧友谊的红线，
润亮深情的歌喉……
无论你是在城里，
还是在乡村山沟沟；
无论你是在岗位，
还是已光荣退休。
让我们心同约啊，手牵手，
重回母校看一看，
再到母校游一游！

看一看她朴素的容颜，
听一听她亲切的问候。
还我曾经的美好，

红色师范　百年名校
――河北大名师范学校百年华诞文萃

找回当年的依旧。
你是否还是当年的模样？
常常在我的梦里漫游——
青砖碧瓦的教室，
红墙秀气的小楼。
挺立茂盛的梧桐，
婀娜多姿的垂柳。
弯曲幽静的小道，
飘香诱人的窗口……
情悠悠哟，思悠悠，
爱你月上柳梢头。
你是冀南大地上的一颗明珠，
你是革命摇篮里的一枝独秀。

我要再一次走近你，
我要再一次拉住你的衣袖。
聆听你谆谆的教诲，
续写那百年的风流。
为你披上时代的盛装，
为你献上那醇香的美酒。
百年诞辰铸辉煌，
百尺竿头争上游。
您的前程定是更加壮丽，
硕果累累，香飘九州。

母校百年絮语

1982 级 95 班　裴志广

情悠悠，思悠悠，梦里常回母校游；
心悠悠，爱悠悠，母校情丝牵着手。

忆当年，上师范，怀揣梦想到校园；
黄馍馍，稀粥饭，润我肠胃体魄健。

砖瓦房，通铺炕，冬暖夏凉似营房；
树成荫，排成行，初夏槐花流蜜香。

粗布衣，穿身上，志存高远心明亮；
校风正，学风浓，莘莘学子如雏凤。

学校史，明志向，历尽沧桑谱辉煌；
建七师，谢台臣，一任校长奠基人。

闹学潮，播火种，冀南大地风云涌；
作为学，重实践，代代相承出英贤。

恩师情，重如山，岁月悠悠驻心间；
多少年，从未见，音容笑貌不曾变。

红色师范　百年名校
——河北大名师范学校百年华诞文萃

同学情，似海深，兄弟姐妹一家亲；
话别离，泪湿衫，鸿雁传书报平安。

为园丁，勤浇灌，为育桃李作贡献；
做公仆，掌舵盘，造福桑梓为清官。

看今朝，喜空前，母校诞辰一百年；
心潮涌，归似箭，重回母校看一看。

巧梳妆，俏打扮，满怀豪情赴盛宴；
带着情，揣着爱，呼朋结伴燕归来。

校门口，两边站，欢迎回家又团圆；
不论女，还是男，人人脸上笑开颜。

换旧貌，展新颜，故地重游如梦幻；
走一走，看一看，树更绿来天更蓝。

手拉手，肩并肩，歌声又似响耳边；
坐一坐，谈一谈，人更亲来水更甜。

签个名，合个影，又是课堂当学生；
挥挥手，再扬帆，老骥伏枥志高远。

听报告，似充电，新老学友立信念；
团团坐，共聚餐，人生难得有今天。

又握别，心相连，难舍话儿说不完；
大师人，共祝愿，母校前程更灿烂。

感念母校大名师范

1983级96班 张文国

南陶北谢如两翼,
以作为学用心育。
学为人师德为范,
直南革命策源地!

母校教培立志气,
英杰辈出遍社稷。
百年华诞展宏图,
强我祖国更努力!

贺母校百岁华诞

1983 级 97 班　冯克军

红色母校，
光耀直南。
百年育人，
桃李满园。
英才九州遍，
盛誉四海传。
赓续红血脉，
作学谱新篇！

母校，我们想对您说

1983 级 98 班　王俊河

仿佛就在昨天，
您用知识用理想哺育我们以甘甜。
仿佛只是眨眼间，
我们已迎来您百岁华诞。
走过百年风雨，
穿越百年沧桑，
母校，
您风采依旧，
正气凛然。
犹如一座丰碑，
记载着您为新中国诞生和民族复兴作出的不灭贡献。
您的不朽功勋，
历史不会忘记，
人民永记心田！

最难忘，
谢台臣先生"以作为学"的办学理念和主张，
为灾难深重的祖国把无数有志有识之士培养！
从此，

红色师范　百年名校
——河北大名师范学校百年华诞文萃

革命火种在这块沃土点燃，
星星之火燎原整个冀南，
冀鲁豫革命的冲锋号在神州响遍。
王从吾、赵纪彬等革命志士从这里走来，
书生报国投笔从戎，
视死如归上战场，
只为心中那不变的信仰！
天安门前那高高飘扬的五星红旗，
有七师学子的鲜血浸染其上！

历史的车轮浩浩荡荡，
新时代的号角已经吹响，
一代代大师学子勇敢接过民族复兴的接力棒。
他们有的默默无闻，
无私奉献，
有的勇立潮头，
唱响吾辈当自强。
他们在各自领域精心耕耘，
用收获的累累硕果，
回答了曾经的誓言：
为母校争光！
为祖国富强贡献力量！
这是献给母校百岁寿诞的最好贺章。

七师，大师，
万千学子以您为傲，
您是我们的精神家园，
也是激励我们奋勇向前的不懈力量！
母校，

是您让我们畅游知识的海洋，
是您让我们坚定了自己的梦想，
是您塑造了我们刚直不阿、威武不屈的人格，
是您培育我们成长为国家栋梁！
我们心怀家国天下，
我们带着自信从您这里扬帆远航……

亲爱的母校，
我们想对您说：
我们永远以您为荣，
铭记您的教诲，
牢记您的荣光，
坚守您不变的信仰，
传承您永恒的精神力量，
让七师的旗帜永远高高飘扬，
让胜利的歌声永远在大师的校园回荡！
我们手拉手、肩并肩，
为了中华民族的伟大复兴，
奋力谱写中华民族第二个百年华章！

　　王俊河，魏县政协副主席，邯郸市十六届人大代表，曾荣获财政系统"十佳"财政局局长，省审计系统先进工作者。

感母校百年华诞

1983 级 99 班　梁兰庆

百年庆典情真盛，
师生再歌校园中。
青丝白发志难移，
分别多年又相逢。

一声恩师谢由衷，
一声同学意难平。
声声别后当年事，
纷纷感慨深又浓。

三年受教实非轻，
诸般学问始渐通。
人生风云几多变，
度之何时不倚卿。

一朝同窗情难忘，
书声笑声常梦萦。
久违容貌几十载，
每闻方言总动情。

大师百年华诞行

1983 级 100 班　杨荣荟

2023 年 10 月 23 日，母校百年华诞。欣逢盛世，万千学子分期、分批受邀回访，览古都胜迹，观大名新气象；忆青葱岁月，忆师生、同窗情，享母校百年荣光！万千思绪凝笔端，歌之、记之！

古都大名冀东南，千余年间盛名传。
交晋邻豫接齐鲁，清流漳卫润良田。
国都陪都道郡府，厚重历史载国典。
英雄贤士俱往矣，风流人物看今天。
县委政府有魄力，交通纵横辐射远。
改革开放勇当先，丰功伟绩实空前。
风雨兼程吾母校，春华秋实一百年。
沧桑砥砺奋发行，桃李硕果香满园。
台臣招贤聚英才，以作为学重教研。
教学理念薪火传，三尺杏坛业灿烂。
弹指云烟四十年，韶光校园如眼前。
恩师不雕难成器，母校教诲铭心间。
学子苦读志坚忍，珍珠闪光耀江山。
七师精神永赓续，踔厉有为标新杆。
母校分别四十秋，伴有多少相思愁。
头白相聚两不厌，复兴大道霞满天。

贺母校百年华诞

1983级100班 李文艺

窗前花儿静静开，
谁在脑际间徘徊？
几度梦境遇见你，
涕泪涟涟诉情怀：
想起你的黄锅饼，
忆得你的冬瓜菜。
曾记你的篮球架，
不忘你的乒乓台。
恩师面容印心海，
手足同窗两无猜。
桩桩件件犹面前，
泪滴喷涌出眼帘。
大师一别四十年，
时时挂牵常系念。
历经沧桑风雨后，
不知今昔是何颜。
百年华诞百岁宴，
不能亲躬留缺憾。
偶有脱得繁缛事，
再去看您了心愿。

庆河北大师建校百年

1983 级 101 班　赵宏文

百年大师庆华诞，
万千学子返故园。
时光荏苒不知过，
相识一晃四十年。
花样年华结友谊，
天命之秋续情缘。
笑谈家国三五句，
一语趣说回从前。
忆想当年中师样，
今睹新貌大学颜。
绿意盎然环境美，
神清气爽新纪元。
寄望母校宏图现，
以作为学志高远。
教学相长育英才，
再创辉煌谱新篇。

赵宏文，曾当选市党代表、县委委员、人大常委、政协常委，荣获市级劳动模范、省新长征突击手称号。

归 来
——献给母校

1983 级 101 班　曹　文

岁月的河逆流而上，
太阳从西边升起，落向东方。
我从终点起跑，
奔向起点，回到起跑线上。
出走半生的游子，
归来还有凌云的壮志，还有少年的阳光。
双手递过通知书报到，
每一张笑脸都朝气蓬勃，平添力量。
年近半百的父亲千嘱咐万叮咛，
再把我的手交到班主任的手上。
吃一碗白菜豆腐，品味最本真的香；
听耳畔吹响起床的号声，感受嘹亮激昂。
第一次放假徒步回家，
五十里远足有点儿傻气，有点儿豪壮。
按时打开母亲给我的蝴蝶牌收音机，
英语广播中度过多少寂寞，消磨多少时光。
纵横的老泪中遥望大名古城，
依稀看见你绰约的风姿，
在篮球场边的绒花树下，在我身旁。

癸卯金秋回母校

1983 级 101 班　徐孟华

卯年金谷返庠校，
近母情戚踱北郊。
寅虎惜别四十载，
同窗相聚素头搔。
谢公容貌犹安健，
红色根芽定永昭。
昔日园中绽芳蕊，
今朝院外尽轩尧。

百年校庆赋

——谨贺河北大名师范建校一百周年

1984级102班　朱振东

砥砺前行，百年沧桑。
母校华诞，赋以共襄。
卫水扬波，古漳浩荡。
五鹿云飞，府城鸾翔。
南陶北谢，革新主张。
教育革命，杏坛耀芒。
岁在癸亥，破晓曙光。
直隶七师，大名启航。
黉门奠基，台臣函丈。
礼贤下士，会聚腾骧。
五尺布衣，励志图强。
滋兰树蕙，报国担当。
以作为教，泽业绵长。
以作为学，桃李芬芳。
五四先锋，北斗星光。
品毅先驱，马列导航。

丹心学子，凌云壮志。

下篇　语言凝练、情感丰富诗歌颂百年名校

反帝反封，坚定信仰。
燎原星火，三省曜亮。
天落狂飙，长缨万丈。
卢沟硝烟，日寇疯狂。
母校遭难，民族危亡。
七师勇士，操戈疆场。
出生入死，誓逐倭邦。
国共对决，全民解放。
革命志士，百炼成钢。
英烈捐躯，日月同光。
壮士凯旋，开国骁将。
七师重建，涅槃凤凰。
大名师范，薪火点亮。
谢公丰碑，雄姿高昂。
血脉赓续，底蕴厚藏。
革命摇篮，丹心向党。
励精图治，红色传唱。
机制创新，素质内强。
深挖细抓，教务实夯。
学子铭志，师长倾囊。

春风化雨，书声琅琅。
春天故事，改革开放。
国家战略，中师登场。
东风习习，纤柳裁妆。
青青子衿，化育殿堂。
基础课程，严循教纲。
特色教育，独领风尚。
因材施教，激发强项。

红色师范　百年名校
——河北大名师范学校百年华诞文萃

百花竞开，争艳绽放。
琴棋书画，吹拉弹唱。
一专多能，雏燕争翔。
师生同心，情深意长。
逸兴遄飞，遥襟甫畅。
黄金时代，追逐梦想。
盛兮母校，勋业煌煌。
惠泽万千，如饴甘芳。
灿若星辰，熠熠辉光。
教诲铭记，师恩难忘。
蜡炬争燃，春蚕竞长。
教育事业，宏基柱梁。
各行各业，忠诚担纲。

世纪之初，高校并网。
邯郸学院，共铸辉煌。
庚子岁月，更弦易张。
邯郸幼专，高等学庠。
三力合一，大道行畅。
爱启蒙正，泽润永芳。
人生征途，缕缕遐想。
蓦然回首，鬓发沁霜。
金秋时节，丹桂飘香。
百年校庆，云集八方。
莘莘学子，欢聚一堂。
沐浴春晖，慨当以慷。
追忆芳华，诉说衷肠。
畅想未来，美好向往。
壮哉七师，大爱无疆。
祈愿母校，山高水长！

我骄傲，我自豪
——写在母校大名师范百岁华诞
1984 级 102 班　杨立敬

我为您骄傲，
我为您自豪，
您是我成长的摇篮，
今生我有幸拥入了您的怀抱。

自从踏入母校门槛那一刻起，
从校史馆里我便知道，
您曾是那样的巍然屹立、英姿挺拔、雄风横扫，
那就是您刻在我心底里永恒不变的容貌！

古往今来，
您曾叫直隶省立七师，
您曾叫河北大名师范学校。
今天，
为了社会的发展，
为了时代的进步，
为国家和人民的需要，
您又易名为邯郸幼儿师范高等专科学校大名校区。

红色师范　百年名校
——河北大名师范学校百年华诞文萃

不管历史怎么变迁，
在我们心里，
您永远是那最亲切、最可爱、最难忘、最眷恋、最崇拜、最响亮的名号！

冀南大地上，
您曾是一粒革命的火种，
召唤一代有志有识之士，
引领一代炎黄华夏骄子，
将青春热火燃烧。
在国家和民族危难之际，
您挺身而出、投笔从戎、义无反顾、坚贞不屈、不折不挠。
您就像钢铁巨人一样，
誓为处在水深火热中的六万万同胞换代改朝！

谢台臣，
这一个如雷贯耳的名字，
他是我们七师的奠基人和创建者，
他更是那个烽火年代的开拓者和领路人。
他是我们母校的第一任校长，
他是母校全体师生的导师，
他是我们敬仰的革命先驱，
他是我们崇拜的英雄前辈。
他为了我们的革命事业，
为了我们民族的解放和崛起，
奔走呼号，创建红色七师，日夜操劳！

"以作为学"，
是他的教育理念和主张。
他"以作为学"的正确教育理念和主张，

使冀南大地上的直隶七师，
成为一代弄潮儿追寻真理、探讨人生的定位坐标。

母校，
我的母校，
就像南湖上的红船一样，
劈开了我们一代代莘莘学子乘载梦想和绘就蓝图的航道。
毫不夸张地讲，
在人生征程中，
您不仅是一代代热血青年把握人生航向的指南针，
您更是一把催人奋进、振奋人心，鼓舞斗志、让人心潮澎湃的冲锋号！

母校，
是一座灯塔，
是您洞穿驱散了黑暗，
照亮了学子们的前程，
给国家与民族带来了光明，带来了希望，带来福报！

母校，
是我们人生的港湾；
母校，
是我们旅途的航船；
母校，
是我们的精神家园。
母校，
乘载着我们的梦想和心灵的寄托与安放，
让我们在成功与胜利的彼岸报到。
当我们遇到困难和挫折时，
我们想起，

红色师范　百年名校
——河北大名师范学校百年华诞文萃

想起您，我们就变得不弃不馁、不折不挠！
当我们在生活道路的十字路口感到迷茫时，
我们想起，
想起您，我们就知晓了前进的方向和目标，
我们就不会不知所措、彷徨乱跑，
直至升起一股勇往直前的力量，力挽狂潮！
当我们有了收获、取得成绩时，
我们想起，
想起您，我们就懂得了不忘初心、砥砺前行的重要。
因为，
这些成绩的取得得益于您的谆谆教导，
没有您昨天对我们的辛勤哺育，
怎能有我们今天的喜悦与欢笑！

母校，
辉煌的母校，
伟大的母校，
您是锻炼我们学子的熔炉。
您的千锤百炼，
锻造了我们一批批学子振翅翱翔、驰骋蓝天，泰山压顶不弯腰！
忆，
忆往昔，
百年峥嵘岁月，
有多少学兄学长成为时代的骄傲；
看，
看今日，
九州大地上又有多少您的学子在各行各业独领风骚！

母校，

光荣的母校,

神圣的母校,

您是一尊太阳,

您是一弯月亮,

您是一颗璀璨的明珠。

在我们今生每一次出征的路上,

您永远是我们戴在头上最值得炫耀的光环和披在身上最威武、最美丽的战袍!

杨立敬,邱县政法委原常务副书记,全国政法系统先进工作者、劳动模范。

母校河北大师百年校庆感悟

1984 级 102 班　杨立敬

［百］岁华诞喜空前，
［年］年岁岁育良贤；
［师］者为父今为子，
［范］张鸡黍才知连。

［薪］苏不衰尽绵延，
［火］种成炬鳌头站；
［相］如题柱当自骄，
［传］道授业扭坤乾。

［冀］豫晋鲁生有缘，
［南］北东西核心现；
［明］灯擎航龙图腾，
［珠］零锦粲星璀璨。

［园］中百花汗水灌，
［丁］声铿锵冲霄汉；
［摇］似悠闲心发力，
［篮］负使命筑梦圆。

热烈庆祝河北大名师范百年华诞

1984级102班　杨立敬

［热］血沸腾一代骄，
［烈］火真金锻英豪。
［庆］贺七师百岁寿，
［祝］福母校醉当朝。
［河］清海晏初心系，
［北］谢南陶使命牢。
［大］展宏图满桃李，
［名］震四海作为桥。
［师］严道尊骨铮铮，
［范］典寻真折不挠。
［百］炼成钢铸梁栋，
［年］高德劭挽狂潮。
［华］表熠辉耀九州，
［诞］辰聚智路迢迢。

母校百岁华诞感怀

1984 级 102 班　杨立敬

千年大名起天雄,
百岁师范龙凤腾;
四方学子回家归,
只为母校庆生平。

回首往事思绪涌,
心潮澎湃热泪盈;
无私母爱怎可忘,
恩重如山难抑情。

百岁母亲正年轻,
柔肠铁血骨铮铮;
风雨无阻挺向前,
与时俱进砥砺行。

童心永驻沐春风,
固本强基尽驰骋;
少年强则国自强,
幼儿师范使命从。

九州大地铸伟梦,
炎黄华夏势强劲;
百川汇海江山固,
东方巨人盖世雄。

红色师范　百年名校
——河北大名师范学校百年华诞文萃

贺直隶七师母校百年华诞

1984级103班　成鸿飞

遥想百年，
中华神州列强蚕食、军阀混战、民族危难！
优秀儿女奔走世界寻求真理，
苏俄革命惊雷震撼，
马克思主义霞光初现。

建党伟业奠基，
谢台臣先生背负教育救国使命，
创办直隶省立第七师范，
在共产党的领导下，
成为冀南革命策源地。
一批批热血青年，
在这里学习科学知识，追寻革命真理，
奔赴各地投身教育。

抗日战争烽火狼烟，
母校办学被迫中断。
师生奋起斗争，
投身抗战教育战线，

在血与火的硝烟中，
播撒坚贞信念与力量。

五星红旗迎风招展，
直隶七师原址重建，
更名为河北大名师范，
进入规范建设新阶段。
伴随着科教兴国战略，
为补齐基础教育短板，
大批初中优秀毕业生，
胸怀梦想走进育人园。

忆当年青春岁月，
校园里热情奔放，
教室里书声琅琅，
操场上健步如飞、跳跃拼抢……
食堂饭口热闹像赛场，
一盆菜馍，一盆粥汤，
三五成群蹲地上，
边吃边聊话沧桑。

四十年弹指间，
当初意气风发，
而今已两鬓霜染。
母校老师的谆谆教诲，
仍萦绕耳边，
音容笑貌一如当年。

而今迈步新时代，

红色师范　百年名校
——河北大名师范学校百年华诞文萃

　　百年变局风云激荡，
　　一带一路谱华章，
　　民族复兴圆梦想！
　　母校百年初心不忘，
　　躬身幼教责任担当。
　　历届校友
　　各行各业显身手，
　　以作为学重实干，
　　不负韶华慨而慷！

　　成鸿飞，曾任中共石家庄市委党校办公室副主任，河北省城市建设投融资协会副秘书长。

此心安处是吾乡

1984 级 104 班　任素英

宋代文学家苏轼有一首词《定风波·南海归赠王定国侍人寓娘》，里面写到"试问岭南应不好，却道：此心安处是吾乡"。这句词道尽了故乡在人们心中的分量，故乡是我们心安的地方。其实，母校于我们而言，又何尝不是故乡？何尝不是每每想起就心安的地方？

母校大名师范，冀南明珠，峥嵘岁月，百年传承。她的思想已融入我们的血液，铸就我们的筋脉。离校多年，我从少时到白头；行走万里，从小城到海疆。每每想起我们是大名师范人，我就心暖，就心安！有人说，教育是一场渡人渡己的修行，是一棵树摇动一棵树，一朵云推动一朵云，一个灵魂唤醒一个灵魂。如今，我们就是学校里的树、天空中的云，八方汇聚，庆祝母校百年华诞！百年传承，母校精神世代传承！

早就想写一些东西表达对母校的情思，一直未能动笔。今应司中瑞老师的邀约，一时情思涌动，波浪翻滚。可想写的东西太多，我一时不知从何写起，那就从最难忘的地方写起吧！

难忘：
高秉旭老师的书画，
王乐同老师的墨香。
邢朝芳老师的博学，
魏新春老师的琴房。

红色师范　百年名校
——河北大名师范学校百年华诞文萃

张洁兰老师的语知，
王成俊老师的诗行。
颜书霞老师的温厚，
张修良老师的气场。
司中瑞老师的调度，
赵良才老师的标枪，
…………

难忘：
古香古色的大门，
巍峨宽敞的礼堂，
窗明几净的教室，
奋力拼搏的操场。
西南角绿油油的菜圃，
窗后面那一排排挺拔的白杨。
102班东墙上的影评汩汩流淌，
雏凤清于老凤声，
源于《雏凤声清》文学社里的梦想。
联欢会上，
校花高双玲精彩的主持与歌喉；
运动场上，
帅哥崔顺平潇洒的投篮和运球。
书桌前勤学奋笔，互帮互助，
考场上严谨笃实，唯恐落后。
还有还有，嘘——
月上柳梢头，懵懂少年青涩的问候。

难忘母校：
夏日的风，

秋日的梦，
冬天的暖阳，
春季的芬芳。
难忘母校：
晨跑的旋律，
课堂的定理，
食堂的饭香，
树下的清凉，
深夜的星空，
黄昏的月亮，
⋯⋯⋯⋯

一处处场景，
一个个具象，
难忘难忘，
太多的思念和难忘。
正如仓央嘉措在歌词里吟唱：
"那一年，
我磕长头匍匐在山路，
不为觐见，
只为贴着你的温暖。
那一世，
我转山转水转佛塔啊，
不为修来世，
只为在途中与你相见。"
对于母校，我们是铭刻在心，情思梦绕！

  母校是美丽的、柔情的："尽道清歌传皓齿，风起，雪飞炎海变清凉。"她是苏轼词里绝美的女子，明眸皓齿，婀娜多姿。最美的是她的歌声，清亮

红色师范　百年名校
——河北大名师范学校百年华诞文萃

圆润，飞入耳中，如同风起雪飞，即使炎炎夏日，也一片清凉。同样美的，还有她的微笑。"万里归来颜愈少。微笑，笑时犹带岭梅香。"想起母校，我不禁嘴角翘起，笑脸荡漾。母校，你好！

母校是铮铮的、铁血的："钟山风雨起苍黄，百万雄师过大江。虎踞龙盘今胜昔，天翻地覆慨而慷。"气势恢宏，胸怀博大！

回顾百年建校史，岁月峥嵘，革命前辈燃火冀南，革命的洪流滚滚，波澜壮阔。一代泰斗谢台臣，倡"以作为学"，引革命火种，从此薪火相传。冯品毅、王从吾、刘汉生……太多的革命前辈，扛鼎国事，热血启航。

"天戴其苍，地履其黄。纵有千古，横有八荒。前途似海，来日方长"，我借此诗表达对母校的赞颂和祝福，无论时间如何更迭，无论地域如何跨越，无论校名如何变化，不变的是母校对我们永远的鞭策，是我们对母校始终的依赖。"吾心安处是吾乡。"母校是心灵的驿站，是每一位学子心安的地方！

感谢母校，希望我们的母校从美好走向更美好，从辉煌走向更辉煌，也祝愿所有的老师和学子身体健康，把母校的思想精髓发扬光大、世代传承！

七绝·母校华诞有感

1984 级 104 班　张焕臣

直南圣地愈从容，
师训百年励后生。
以作为学光耀地，
躬身实践启新程。

三年师范乾坤绽，
情定杏坛何所求？
时过经年挥汗水，
家乡沃土写风流。

张焕臣，魏县第四中学副校长，全国思想道德建设组织工作先进个人，省诗词协会会员。

我心中的圣地——大名师范

1984 级 107 班　赵武军

母校啊，您是我心中的圣地！
虽然我在您的摇篮里成长了仅仅三年，
但您"以作为学"的思想却足以让我享用百年！
谢台臣先生的碑亭和雕像前，
曾模糊了多少双莘莘学子仰望的泪眼！

母校啊，您是我心中的圣地！
您组织大家参观郭隆真烈士纪念馆，
在学生的心里播下了爱国主义的信念。
巾帼不让须眉，
革命的红色基因代代相传！

母校啊，您是我心中的圣地！
孩子难忘在前排教学楼上灯火通明晚自习，
更难忘在青砖灰瓦的琴房音韵铿锵一唱三叹！
孩子留恋黎明时回荡在校园上空的运动员进行曲，
更陶醉在后操场做第八套广播体操时的场面壮观！

永难忘，

朱玉重校长迈着军人的步伐，
在体育课上认真教我们走正步时的容颜。
他的谆谆教诲至今萦绕耳畔：
我希望从大师走出去的学生都是栋梁参天！

永难忘，
数学老师王晓梅横竖一条线的板书，
一如她几十年教书育人的严谨勤勉。
每次作业本上那鲜红的对钩和五分，
都会让我欣喜无限！

永难忘，
班干部为集体作出的贡献，
他们是火车头，带领大家奋勇争先！
班长崔爱香乐于助人更兼文艺委员，
班长王拥军谈笑风生更兼学习委员，
班长付学军舍己为人更兼生活委员，
……
把位置最差的电影票留给自己，
把宿舍最好的下铺让给别人，
老班长啊，
你们为大家排忧解难，
为班级活动东奔西颠，
这让少不更事的我们，
现在想起来情何以堪？

母校啊，
您就是我心中的巍巍宝塔山！
您当年的少男少女，

373

现在都鬓发霜染。
作为 80 年代的中师生,
我们没有辜负您教导的箴言。
不忘初心、牢记使命,
一辈子潜心执教桃李满天,
为祖国的教育事业作出毕生的贡献。

母校啊,
您就是我心中的巍巍宝塔山!
自谢公 1923 年创校至今,
您历经沧桑刚好走过百年华诞。
当年在校史展馆我们就了解到,
您培育的好儿女何止千千万!
从抗日英雄到解放烈士,
从开国将军到政府高官,
省立七师不愧是革命的摇篮!
如今走向社会我们更为您骄傲,
从学界泰斗到基层教员,
从市县领导到教体局局长,
一提及大名师范,
大家都微笑着不约而同地抱抱拳:
我们是校友,师出同门,一脉相连!

母校啊,
您就是我心中的巍巍宝塔山!
纵然我们一别就是 36 年,
但孩子无时无刻不在把您挂牵。
知道您现在已改为邯郸幼专大名校区,
百年名校文脉深厚、薪火相传,
世世代代造福社会,为国育贤!

百年校庆话离殇

1984 级 107 班　赵武军

就像少小离家的孩子，
总盼望回到母亲的身旁。
漂泊半生的学子啊，
总渴望重温当年的课堂！
亲爱的母校，
恰逢您百年华诞，
请张开双臂，
拥抱来自五湖四海的儿郎！

你看班主任王秀德老师，
慈眉善目，发如霜降，
激动地拿起粉笔走到三尺讲台上，
口若悬河再叙师生情长！
还有当年的老班长，
推心置腹重温三年同窗！

想当年大师校园承载着我们青春的梦想，
少男少女手牵手唱着《阿里山的姑娘》。
难忘文艺委员崔爱香策划的联欢晚会，
彩灯璀璨映照着一张张欢笑的脸庞！

拍手舞摇曳出曼妙的身姿，
玩魔术竟然让三间教室炸场！

无论是去社会上参加义务劳动，
还是到巾帼英雄郭隆真纪念馆瞻仰，
母校组织的各种活动，
我们班都当仁不让冲在前方！
男女生亲如兄弟姊妹，有福同享有难同当，
同年级拔河赛勇夺头筹，让大家至今难忘！

没想到毕业季来得如此匆忙，
三年同窗从此要天各一方！
晚上男生打通铺畅聊达旦，
白天女生哭哭啼啼像要远嫁的姑娘！
车窗玻璃映射出多少双红肿的眼睛，
十里长亭执手相送，难了情深意长！

我们是八〇年代意气风发的中师生，
祖国赋予我们振兴农村教育的责任与担当！
潜心执教桃李满天，
不忘初心敬业爱岗！
喜闻母校百年校庆，
欢聚一堂再叙离殇！

无言的石碑难载志士之伟绩，
静默的塑像怎诉拓荒之沧桑？
谢台臣碑亭巍然屹立在校园中央，
莘莘学子总是在泪目中仰望！
大名师范依然赓续着红色血脉，
革命摇篮哺育着祖国的万千栋梁！

题百年校庆

1984级107班　崔爱香

一别三十六春秋,
零星记忆涌心头。
七师学子重相聚,
班师回朝韶华休。
百代育才结硕果,
年轮铿锵竞风流。
校训传承情怀在,
庆典切切期颐寿。

贺母校百年校庆

1985级108班 李 彦

燕赵古都称大名,
北门锁钥唐天雄。
浴火众志觅真理,
百年风华师范兴!
名师集锦树校风,
莘莘学子谦良恭。
为国育才满天下,
白首不忘母校情!

七师颂

1985 级 108 班　郭镇经

大名七师，
擎柱冀南。
红色铸就，
星火燎原。
峥嵘岁月，
风雨如磐。
身赴革命，
英烈先贤。
探求光明，
驱逐黑暗。
雄鸡唱晓，
中华纪元。
以作为学，
影响深远。
培养师资，
再续新篇。
追忆往昔，
师恩桥宽。
大师情结，

红色师范　百年名校
　　——河北大名师范学校百年华诞文萃

永记心间。
冥思遐想，
倾心祝愿。
七师火种，
永远续传。

破阵子·贺大名师范百年校庆

1985 级 108 班　董俊海

三十余载别离，
几度梦回谢园。
以作为学记心间，
誓言为国育英贤，
苦犹饮甘泉。

学子八方归巢，
喜迎百岁华诞。
学海后浪逐前浪，
雏凤清于老凤声，
举樽共相庆。

大名古城号天雄

1985 级 108 班　董俊海

大名古城号天雄，
北谢南陶重知行。
直南烽火燎原日，
李子花白桃花红。

师者情缘

1985 级 108 班　段相彬

怀揣初心离故园，
求学红色谢公前。
书中求索高枝下，
字里琢磨石砚间。
燕语巧成千百字，
花团精悟数十篇。
业成欢畅庭中月，
甘效农夫在垅田。

颂母校

1985级112班 刘瑞军

这里是我们生活过的地方，
小路旁弥漫着醉人的花香。
无论时光如何流淌，
美好的回忆总在心底深藏。

忘不了青砖房里的大通铺，
忘不了梧桐树下围坐乘凉，
忘不了室友们互相理发，
忘不了同学们共洗衣裳。

这里是我们成长的地方，
校园里编织过无数青春的梦想。
无论岁月过去多久，
青葱的声音总在耳边回响。

又听见教室里书声琅琅，
又听见演讲台语句铿锵，
又听见琴房里乐声悠扬，
又听见球场呐喊声一浪高过一浪。

这里是播撒火种的地方,
暗夜里燃起了明亮的灯光。
无论山河如何沧桑,
历史的皱纹里记下的都是一次次的拓荒。

求民主甘愿做民众先驱,
尚科学践行全新的教育主张。
什么也挡不住对真理的孜孜探索,
逆境里更坚定对主义的忠诚信仰。

这里是工农革命的策源地,
燎原的火种点燃在四面八方。
无论野草几度泛黄,
播火人胸怀里始终是不变的革命理想。

齐振臂群声讨"挽谢驱张",
为革命不怕险建立武装。
太行山下小车社一纸控诉,
大沙区上为民呼盐碱茫茫。

这里是继往开来的地方,
似重生的凤凰在天上翱翔。
无论时局如何更替,
年轮里蕴藏的永远是青春的力量。

老校友的战鼓声余音未息,
新同学奋进的号角已经吹响。
百年的更迭推动着与时俱进的步伐,
母校正昂首挺胸奔向前方!

红色师范　百年名校
——河北大名师范学校百年华诞文萃

这里是我们魂牵梦萦的地方,
脚下的每一步都让人回想。
无论你容颜几经风雨,
睡梦中依然是您勇立潮头的雕像!

百岁华诞的您依然奋发昂扬,
岁岁学子永聚在您的身旁。
"和师生打成一片"已根植四海,
"以作为学"闪耀着永不磨灭的光芒!

大名师范百年华诞

1985 级 112 班　李爱娥

金秋母校百年庆,气爽日灿畅惠风。
故园新貌景焕然,永立潮头意气盛。
忆昔教室诵读勤,赏花寻香花园径。
运动会上健儿搏,篮球比赛矫健影。
书法笔墨师传授,琴笛悠扬倾耳听。
回忆往昔看今朝,校友相聚谈笑声。
直隶七师纪念馆,百年风雨知历程。
古城记忆博物馆,大名府路入汗青。
重返校园感慨多,桃李天下人才众。
赓续百年革命脉,传承教育继谢公。
科教兴国与时进,踔厉奋发锦前程。

浪淘沙·大名师范

1985级113班　赵书广

谢公立冀南，
七师创建，
星星之火始燎原。
"以作为学"心炽焰，
何惧狼烟。
往事已百年，
沧桑巨变，
知行合一写续篇。
万千学子光华在，
一往无前。

贺母校百年华诞

1985级113班　杨明娥

喜迎母校百年庆，
故地重逢甚荣幸。
难忘昔日青春梦，
重温师生同学情。

谢老办学人称颂，
身心洗礼大师中。
同窗共论家国事，
商讨古今与西东。

以作为学记心中，
红色传承爱国情。
先辈躬耕杏坛地，
三尺讲台薪火红。

不忘初心承使命，
终生献教为痴情。
展望祖国美如画，
七师精神伴我行。

此生有幸入大师

1985 级 113 班　王瑞英

玉兔金秋祭月日，
恰逢母校百年时。
四方学子聚大师，
两鬓虽花真情意。

当年折桂入大师，
夙夜难寐心欢喜。
风华少年立长志，
躬耕圣土润桑梓。

书法笔墨师真传，
琴笛悠悠绕耳边。
运动场上身矫健，
德智体美齐发展。

百年风雨百年情，
初心不忘砥砺行。
红色传统永赓续，
三尺讲台育精英。

此生有幸入大师，
时过境迁近四十。
天命之年再出发，
老骥伏枥不停息。

百年校庆有感

1985 级 113 班　申汝英

百年校庆续传奇,
八方学子来会集。
家国情怀天下事,
以作为学筑根基。

嬉戏玩耍如昨日,
同窗共读我与你。
白发丛生容颜老,
恩师教诲牢牢记。

勤恳耕耘育栋梁,
红印喜报传战绩。
而今学友再聚首,
笑当而后又拥泣。

人生过半正当年,
岁月悠悠从长计。
期盼母校重抖擞,
血脉赓传创佳绩。

遥远的记忆

1985 级 115 班　张国良

依稀记得，
多少次，
我们站在谢台臣纪念碑前，
听退休老校长深情地讲述，
大名师范的红色历史。
我仿佛看到了，
昏暗的油灯下，
在鲜艳的红旗前，
一个个举起攥紧的拳头。

一个春寒料峭的早晨，
一群少年，
手拿画笔，
在画大名师范的校门。
或素描或水彩或写意，
那古朴庄严的校门，
仿佛灵动起来。

琴房的门，

红色师范　百年名校
——河北大名师范学校百年华诞文萃

仿佛没有锁过，
琴声仿佛一直在回响着，
每台风琴都忙个不停。
多少次的梦中，
在琴房里找不到位置，
我急得直跺脚。

"你们大名师范的学生，
写实验报告比那些名牌大学的学生都好！"
这是讲师团的老师，
对我们的认可。

口琴、笛子，
仿佛一直是大名师范的主旋律。
没有专门的老师，
口口相传。
数日后，
每个人都似乎轻车熟路了。

实验室的小院里，
近千人的学生秩序井然。
表扬、赞美，
似乎永远是主题。
熄灯了还不睡。
男生有男生的内容，
女生有女生的话语。
偶然的善意批评，
常使我梦中笑醒。

老师们讲的课，
深入浅出。
他们都很和悦，
听他们的课，
如沐春风。

好想念大名师范的伙食。
白菜豆腐，
羊肉萝卜馅的包子。
粉条白菜，
蒜泥黄瓜。
一碗稀粥，
一个馒头。
打饭窗口前，
永远是高密度的人群。

是谁，
在帮老师收割豆子的时候，
捉了几只蝈蝈？
趁黑放在了苏明春老师的丝瓜架上。
是否，
惊扰了苏老师的新婚宴尔？
清晨，
肯定有一地黄花。

学校组织的，
一月两次电影，
一部电影的名字都不记得了。
只记得班里发票时，

红色师范　百年名校
——河北大名师范学校百年华诞文萃

大家对着电影票的情景——
我挨着你，你挨着我，
我的前排，我的后排，
仿佛是一种缘分。

我亲爱的老师们，
如果有来生，
我一定还做您的学生。
聆听你们的教诲。

我亲爱的大名师范，
如果有来世，
我一定还做您的学子。
哪怕千山万水，
路近路远。

大名师范百年校庆感怀

1985级115班 张国良

秋分回母校,
归来仍少年。
亭台依旧在,
楼阁展新颜。
号角一声催,
关山千里归。
你我华发生,
恩师笑貌慈。
徘徊庭树下,
徜徉花海中。
学长高举杯,
共祝百年情。
忽觉暮云至,
何忍话别离。
昂首锦绣路,
阔步向云端。
母校正葳蕤,
吾辈亦青春。
磨砺负重行,
不负盛世情。

百年七师情

1986 级 117 班　杨延民

大名师范是一坛美酒。
七师人、大师人精心酿造，
百年发酵，百年蒸馏。
味道鲜美，香醇可口，
远近闻名，早成佳话。
我们班还未参加回访，
但美酒飘香已醉我当下。
无论繁忙闲暇，
无论在家远游，
喝上一口，
嘴角的甘甜香醇，
都让我们记忆永留、精神焕发！

大名师范是一部著作。
倡导"以作为学"思想，
穿越历史的隧道时空，
历经百年，仍然似玉无瑕。
灯光下——
读书声、写字声、讲课声，声声入耳；
月光中——

琴笛声、歌唱声、交流声，声伴琵琶。
回眸里的校舍蓝砖青瓦，
记忆中的教室橡皮板擦。
老师谆谆教诲难忘，
学友青春无邪。
母校的熔炉造就了我们，
每阅读一次，
心灵便会得到净化，
思想都会得到升华！

大名师范是一面旗帜。
一九二三年，
谢台臣先生创办七师，
兴教救国，名扬冀南华夏！
一九五六年，
贾培元先生重建校舍，
红色省立师范名传万家！
晁哲甫、冯品毅、李梦龄、王振华……
郭铁炼、张少逸、李玉生、王乐同……
一代代恩师呕心沥血，
倾心育人传为佳话。
无数先贤是我们的榜样，
赓续红色基因，
昭示我们前进的步伐！

大名师范是一个符号。
是开启我们人生新篇章的犁铧。
深耕细作，浇灌施肥，
培梁育栋，植兰种花。
青丝染霜育桃李，

红色师范　百年名校
——河北大名师范学校百年华诞文萃

直背成驼无愧话。
让稚嫩的幼苗茁壮成长，
让理想的种子生根发芽。
胸戴河北大名师范的校徽，
瞬间腹有诗书气自华！
我骄傲，
我们是大师走出来的娃！

大名师范是一代人的梦想。
贯穿了我们从毕业至今的教坛生涯。
甚至辐射到所有的重要岗位，
默默无闻、无私奉献、行行顶呱呱！
我们以一个中师生的学历，
撑起了中小学教育的高楼大厦！
一代代园丁闪光发热，
闪耀着七师教育的不朽光华！
我爱母校，
我们永远铭记着她！

母校锤炼了我们——
攻坚克难的精神，
教书育人的才华，
忠诚实在的人品，
勇向高峰上攀爬！
时逢母校百年华诞，
送上我们真挚的祝福。
母校——
百年育人，硕果累累。
我们——
想念感恩，永远牵挂！

敬贺母校百年华诞

1988级135班　王　磊

问学大师值少年，
青葱岁月梦里甜。
百年华诞襄盛举，
桃李芬芳喜空前。

贺母校百年华诞

1990级150班　张志涛

九〇年代入谢园，
三年光阴求学贤。
以作为学永传承，
盛世华章一百年。

贺母校烽火百年

1990 级 150 班　张志涛

喜逢母校庆百年，
谢园游子竞感言。
此去经年旧模样，
盛世靓装换新颜。
为人师表牢牢记，
桃李天下争相妍。
举杯共谱新华章，
七师美名天下传。

大名师范百年校庆有感

1990级150班 朱宪军

直隶七师谢公建,
革命烽火燎直南。
以作为学好理念,
知行合一打成片。
十秩母校今华诞,
百年庠序换新颜。
为国育英近三万,
桃李芬芳遍河山。

百年校庆抒怀

1990 级 151 班　王海云

忧国兴学下直南，
革命星火九州燃。
英烈先贤忠魂在，
七师红名已百年。

思变求新谋发展，
以作为学求真传。
桃李尽开华夏地，
凝心聚力谱新篇。

母校情似海

1990级151班　王海云

母校情似海，师恩重如山。
校庆重相聚，感慨涌心间。
校园换新颜，幼教特色显。
红色永传承，续写新百年。

大名师范,百年记忆

1991级160班　陈　林

青春记忆儿时梦,大名师范启人生;
东部五县聚英才,憧憬少年展胸怀。
道路崎岖步艰难,踏进校门乐开颜;
有缘相聚一六零,马不停蹄永前行。

革命摇篮鸿鹄志,以作为学需牢记;
教学管理精准细,风清气正颇受益。
为人师表三笔字,吹拉弹唱拿手戏;
宿舍整洁环境美,轮流值日健身体。

河北大名师范百年校庆颂

1991级160班 刘振兴

百年风雨，历经沧桑。
峥嵘岁月，铸就辉煌。
名师辈出，栋梁满天。
薪火相传，桃李芬芳。

百年章回，母校礼赞

1992 级 165 班　岳邯春

昨天，
这里曾是信仰的炼场，
血与火斗争的硝烟中，
屹立直南革命策源地的脊梁。
即使蚀我以蜜、烙我以铁、射我以枪，
一点儿也改变不了我的爱啊，
矢志不渝，
追寻党和真理的光芒！

今天，
这里正值理想的考场，
风与雨冲洗的坚守中，
挺立人类灵魂工程师的胸膛。
就算星灯如豆、岁淡如菊、路长如江，
一点儿也改变不了我的爱啊，
"以作为学"，
扎根人民教育的土壤！

明天，

这里将是创新的疆场,
星与海前路的仰望中,
擎立新时代奋斗者的臂膀。
高蹈着栉风沐雨、沥血淬火、劈波斩浪,
一点儿也改变不了我的爱啊,
众志成城,
谱写三省接合部区域中心的华章!

敬贺母校百年华诞

1993 级 178 班　陈岐福

觉醒年代，恰同学少年；
浴火淬炼，脱胎换骨变。
虽别数年，阅人间百态；
生命情感，系大名师范。

颂七师

——大名师范百年校庆感怀

1995 级 7 班　李利霞

战火纷飞,
您像一位坚强的勇士,
大气凛然,果敢传播正能量,
红色脉络遍布于祖国北方。

新中国成立初期,
您似一轮初升的太阳,
大公无私,播撒教育曙光,
无数师生从这里扬帆起航。

和平年代,
您如一位智慧的哲人,
勇毅前行,传播教育思想,
代代教育情怀自此而绽放。

信息时代,
您踔厉奋发喜迎朝阳,
蓬勃着前行步伐,亮丽铿锵,

激励一批批学子茁壮成长。

课改当前,
任凭那岁月时事变迁,
您仍是那夜空中最亮的星,
指引吾脚踏实地,奋发图强。

啊,七师——
一生魂牵梦萦的地方,
感谢您给予我们谆谆教诲,
历经百年沧桑而灿烂辉煌。

赓续红色血脉，致敬百年荣光
——贺母校百岁华诞

1995 级 9 班　胡朝敏

忆往昔，
直隶红七师，
国家存亡，
革命的摇篮，
孕育时代英雄，救国勇毅担当！

百年来，
您"以作为学"，
桃李芬芳，
国家建设中，
心燃理想灯塔，岗位齐放光芒！

划时代，
您展翅飞翔，
初心牢记，
革命薪火传，
英才栋梁竞技，复兴中华辉煌！

看今朝,
您红色荣光,
弦歌不断,
百岁华诞际,
学子欢聚母校,奏响庆典华章!

再起航,
师生同筑梦,
时空接力,
青年敢为先,
新时代中国强,愿母校伟业长!

月满桂花延期颐

——大师百年校庆感怀

1995 级 9 班　吴璐璐

（一）忆往昔

光影穿行溯往昔，月满桂花暗幽香。
行道梧桐荫长廊，英才少年赴梦想。
东区田圃劳技园，西区白楼学子堂。
红色七师台臣建，以作为学传四方。

（二）授技能

横平竖直心笔正，内圆外方筋骨藏。
琴键飞扬歌舞妙，水墨丹青心驰往。
诗词文赋意蕴丰，演绎推理算法章。
建构模型寻微观，学作结合技能强。

（三）报家乡

学有所成报乡梓，燕赵大地捷报传。
躬耕讲坛廿五载，初心不改心如磐。
德高身正行为范，红色血脉永相传。
丹心热血桃李芳，俯首杏坛育栋梁。

（四）庆华诞

百年校庆逢盛世，校友云集贺华诞。
金风送爽万泉汇，感念母校玉壶心。
英才辈出俊杰驰，百年学府薪火传。
期颐觞咏话沧桑，继往开来谱新篇。

先生精神赓续　台臣小学赞歌

1996 级 7 班　李运刚

在冀南大地，
屹立着一座美丽的古城，
大名府，就是她的姓名。
宁静的古城，
崛起了一座美丽的校园。
短短时间，
她的美名，传遍了城里乡间。
台臣小学，台臣小学，
念起她的名字，
那么亲切，那么依恋！

优美的环境，
先进的理念，
精细的管理，
奋进的战团，
一切，
只为托起祖国花朵幸福的明天。

忆往昔，峥嵘岁月；

下篇　语言凝练、情感丰富诗歌颂百年名校

自难忘，家校情怀。
难忘，一个个假日里，
最美保洁姐妹团劳动的身影；
难忘，一次次旗杆台前，
孩子们激昂发言的瞬间；
难忘，一回回放学路上，
老师们披星戴月返家园；
难忘，办公会上，
领导的一句句殷切期盼！
创办一流是我们共同的理想，
累并快乐是我们无悔的宣言！

台臣小学，台臣小学，
念起你的名字，
那么亲切，那么依恋！
科学的头脑，劳动的身手，艺术的情趣，改造的魄力，
新时代赋予更丰富的含义。
参观工厂，公益劳动，
创客大赛，午读晨诵，
手工制作，习惯养成，
表彰大会，家校联动，
一桩桩，一件件，
深刻践行着新时代台臣人的使命。

望未来，前程似锦，
自勉励，奋勇争先。
领导的支持，家长的祝愿，
是我们不竭的动力，无尽的源泉。
"以作为学"，指引我们的行动，

419

红色师范　百年名校
　　——河北大名师范学校百年华诞文萃

创办一流，烙印在我们的心间。
每次校歌响起时，
每次念到你的名字时，
我们心中都会涌动一种渴望——
加倍努力吧，
为了台臣更加璀璨的明天！

七律·七师

1997 级 8 班　张哲博

直隶七师屹百年，
誉满华夏庠序间。
以作为学立校训，
育得人师遍中原。
百年华诞结硕果，
八方学子聚校园。
礼敬谢公不忘本，
再叙深深师生缘。

咏大师百年华诞

1997 级 8 班　张哲博

　　一百年，一粒种子撒在大名，一束火苗引燃革命。冀南大地激情涌动，青年志士奔走相庆。

　　一百年，救国图存民族独立，五四新风吹遍大地。直隶七师应时而起，思想新潮马列主义。

　　一百年，育师启智教育图强，以作为学泽业绵长。传播文化激扬思想，南陶北谢共育芬芳。

　　一百年，历经烽烟战火沧桑，学子投笔从戎战场。金戈铁马玉汝名将，浴血奋战终得解放。

　　一百年，开国伊始庠序重建，百废待兴起锚扬帆。冀南翘楚聚集校园，精英学子遍布河山。

　　一百年，改革开放教育春天，大师学子深耕教坛。蜡炬成灰孜孜不倦，爱心如雨洒满人间。

　　一百年，升格整合改换新颜，历史积淀彰显璀璨。百年盛装恢宏精艳，再铸辉煌美名永传。

沁园春·母校百岁

2000级计算机班　郭洪领

百年耕耘，勋冠三杰，誉满五洲。忆峥嵘岁月，红色赓续；云集名师，栋梁辈出。薪火相传，弦歌未辍，名流华夏铸辉煌。守初心，为家国育人，钟灵毓秀。

秉承以作为学，高梧引凤蜂蝶和鸣。啸英雄豪气，义胆忠肝；栽柏立志，报国情长。同窗齐聚，天各一方，师生百年情难忘。启新程，愿久立东方，闪耀光芒！

后 记

司中瑞

河北大名师范学校肇始于1923年成立的直隶省立第七师范学校，其时学校简称为"直隶七师"；1928年直隶省改称河北省，学校易名为河北省立第七师范学校，简称"省立七师"；1933年奉省教育厅令，学校更名为河北省立大名师范学校，简称"省立大师"；1956年经省人民政府批准，学校在原址重建，定名为河北大名师范学校，简称"河北大师"。

2023年10月23日是河北大名师范学校百年华诞。百年历程，百年风雨，红色基因，薪火相传。溯往追远，名城名校，底蕴深厚，令无数学子备感自豪，成为镌刻在他们生命深处最温暖的记忆。

我以为庆典犹立著，旨在洞见初心，践行使命。校庆之年，学校和当地党委、政府共同决定举办一场声势浩大、热烈喜庆、精彩纷呈的百年大典，赋能百年老校凤凰涅槃，宋府明城重振雄风，携手打造冀、鲁、豫三省交界广袤区域经济、文化、教育中心。

百年校庆系列活动从2023年6月开始到10月结束共5个月时间，每月23日（寓意1923年建校），学校分阶段、分批次邀请毕业生、校友返校，参观直隶省立第七师范纪念馆，召开庆祝大会，重温校园青春岁月。

当7月23日第二次系列活动结束后的8月14日，我的手机微信上接收到前两批返校校友发来的4篇纪念文稿，如《大师，我永远的怀念》《母校七师建校百年感怀》等。接下来三天时间里，我又收到1984级102班朱振东校友的《百年校庆，追忆芳华》，1982级88班沙骏生校友的《贺大名师范百年校庆》等 12 篇文稿。这些稿件字里行间都浸润着万千学子对母校的栽培之念、感恩之心、爱戴之情、思念之切。我随后把收到的文稿分别转给主抓教育教学管理、已退休副校长、高级讲师邢朝芳老师,高级讲师、河北省方言专家张学军老师,邯郸市文艺评论家协会王承俊主席,邯郸学院李广教授,《邯郸晚报》新闻周刊主任、省作协会员李晓玲校友,中央广播电视总台机关党委副书记、纪委书记马书平校友等。李广教授回复:"朱振东同学的《百年校庆,追忆芳华》,我看过后激情澎湃,热血沸腾,美,真美!"马书平书记回复说,文章"写得很好,震撼人心,很有感染力,应该出版"!这是诸多校友及社会贤达的共同感受和共同心愿:就是要收藏好、整理好这些文稿,力争编辑出版一册百年校庆纪念文集,以此来回顾母校百年风雨历程,展示莘莘学子风采风貌,传承母校红色基因。

鉴于此,尽管校庆系列活动中最初没有征稿、编辑、出版纪念文集的设想和安排,但为了不辜负众多学子对母校的情感,在征得领导意见后,我们随即紧锣密鼓地开展工作。一是我起草发布了征稿启事。征稿启事分别在 8 月 20 日、9 月 29 日两次发布,发布范围为 1977 级到 2000 级 24 个年级 256 个班的百年校庆校友联络员群,让万余名校友能够及时浏览到征稿启事。两个半月时间里,我们共收到校友文稿 200 余篇。收到文稿当天,我就将文稿发至校庆校友联络员群和上千个人微信。二是我牵头组成文稿编写组。编写组成员有邢朝芳、张学军、司中瑞、陈连成、王映辉、王承俊、李晓玲、张文海。编写组负责文稿的审阅修订、顺序编排等事宜。这些老师没有任何报酬,大家表示甘尽义务。经商定,文稿分为散文和诗歌两大类型,散文排在前面,诗歌排在后面。两种体裁文稿排序规则为:老师的文稿排在前面,按年龄从大到小编排;学生的文稿排在后面,按入学时间(年级、班级)早晚排。三是拟定文集名称。最初文集的名字为《红色师范,百年华诞》,副标题为"河北大名师范学校建校百年纪念文集";后来我们又结合建议,将文集名称拟定为《红色师范 百年名校》,副标题为"河北大名师范学校百年华诞文萃"。四是付梓出版。经与 1984 级 106 班毕业的中央广播电视总台马书平校友商定,纪念文集编审定稿后,他负责辑印成书,这充分彰显了学子对母校的挚爱深情和对纪念文集出版的鼎力支持！

  值此文萃成书之际，谨向社会贤达、七师后人、文稿作者、教职员工，特别是付出辛劳的编写组老师和作出突出贡献的杰出校友表示衷心的感谢。另外，校友马书平书记请中国书法家协会毛国典副主席为本书题写了书名，我们这里一并表示衷心感谢！

  由于时间仓促、水平所限，难免有疏漏和不足之处，敬请校友和读者朋友批评指正。

2023 年 12 月

图书在版编目（CIP）数据

红色师范　百年名校：河北大名师范学校百年华诞文萃/本书编辑组主编. --北京：中国国际广播出版社，2024.9. --ISBN 978-7-5078-5597-5

I. I217.1

中国国家版本馆CIP数据核字第2024L5F396号

红色师范　百年名校——河北大名师范学校百年华诞文萃

主　　编	本书编辑组
责任编辑	张晓梅
校　　对	张　娜
版式设计	陈学兰
封面设计	赵冰波

出版发行	中国国际广播出版社有限公司［010-89508207（传真）］
社　　址	北京市丰台区榴乡路88号石榴中心2号楼1701 邮编：100079
印　　刷	北京联兴盛业印刷股份有限公司

开　　本	710×1000　1/16
字　　数	480千字
印　　张	29
版　　次	2024年9月 北京第一版
印　　次	2024年9月 第一次印刷
定　　价	99.00元

版权所有　盗版必究